LISA AHLAND

Das Geheimnis der Weihnachtskiste

GOLDMANN

Lisa Ahland

Das Geheimnis der Weihnachtskiste

Roman

GOLDMANN

Originalausgabe

MIX
Papier | Fördert gute Waldnutzung
FSC® C014889

Penguin Random House Verlagsgruppe FSC® N001967

1. Auflage

Umschlaggestaltung: UNO Werbeagentur GmbH, München
Umschlagmotive: © FinePic®, München
Redaktion: Lisa Wolf
LK · Herstellung: ast
Satz: Buch-Werkstatt GmbH, Bad Aibling
Druck und Bindung: Friedrich Pustet GmbH & Co. KG, Regensburg
Printed in Germany
ISBN: 978-3-442-31765-3

www.goldmann-verlag.de

Für meine Mutter

Es liegt nicht so viel daran, wie wir es um uns haben,
sondern wie wir es in uns haben, darauf kommt es an.

Hans-Christian Andersen

1.

»Fang mich doch!«

Feline rannte durch den Flur unserer Altbauwohnung, ihren Zwillingsbruder Lennard dicht auf den Fersen. Schon waren sie in der Küche angelangt, Feline drehte sich um, taxierte Lenny frech, um im nächsten Moment mit einem Ausfallschritt ihre Richtung zu ändern und um die Kücheninsel zu sprinten.

»Das Blech!«, rief ich erschrocken. »Feline! Pass auf.«

Nur haarscharf wich sie dem Backblech mit Kokosmakronen aus, das ich gerade aus dem Ofen geholt hatte. Sie bremste ihr Tempo, taumelte, und ich fing sie auf, die Hände noch in den Ofenhandschuhen.

»Hey, ihr sollt doch nicht in der Wohnung rennen«, schimpfte ich.

»Sorry, Mama«, sagte Feline kleinlaut und wand sich aus der Ofenhandschuh-Umarmung. »Die sehen aber lecker aus.« Sie reckte sich den frischen Kokosmakronen entgegen. »Dürfen wir welche …?«

»Erst die Hausaufgaben«, entschied ich. »In einer Stunde müssen wir los zum Training. Line, du musst die Vokabeln von gestern wiederholen. Und Lenny, denk an den neuen Ordner für Informatik.«

»Ja-ha«, murrte er und rollte genervt mit den Augen, wie nur Vorpubertierende es können.

»Beim nächsten Mal krieg ich dich«, raunte er in Felines Richtung, als die beiden zurück in ihre Zimmer trotteten. »Und wenn Mama uns zum Training fährt, sitze ich vorne, klaro?«

»Das werden wir ja sehen«, erwiderte Feline bedeutungsvoll, bevor sie ihre Zimmertür mit einem galanten Lächeln in Lennys Richtung hinter sich zuzog.

Diese beiden!, dachte ich und musste schmunzeln. Manchmal waren sie wie Hund und Katz. So war das schon immer gewesen. Doch wenn es darauf ankam, hielten sie zusammen.

Ich legte die Ofenhandschuhe beiseite und zog die Schürze aus, dann begutachtete ich mein Werk: Feline hatte recht, die Kokosmakronen sahen wirklich hervorragend aus.

An den Rändern waren sie goldbraun, ansonsten schön hell geblieben. Jetzt kam es auf die Konsistenz an. Im letzten Jahr hatte ich sie zu früh aus dem Ofen geholt, und die Makronen waren zu weich geworden. Und im Jahr davor war die Kokosmasse bröselig geblieben. Doch als ich jetzt mit dem Zeigefinger vorsichtig gegen eine Kokosmakrone drückte, hielt die zarte Kruste.

Ich warf einen Blick den Flur entlang, um sicher zu sein, dass auch Lenny in seinem Zimmer verschwunden war. Dann nahm ich vorsichtig eine der warmen Makronen vom Blech und biss ein kleines Stück ab.

Gut gemacht, Henrike, sagte ich mir selbst und seufzte genüsslich. Die feinen Kokosraspeln schmolzen förmlich auf der Zunge, während die Oblate schön knackig blieb. Schnell notierte ich die Backzeit und die exakte Menge an Quark, die ich dem Teig hinzugegeben hatte. Ich war einer Empfehlung aus einem Online-Backforum gefolgt – *Kokosmakronen nach Omas Rezept, gelingt immer* –, die nun offensichtlich den entscheidenden Unterschied machte.

Schon am Tag zuvor hatte ich Schwarz-Weiß-Gebäck, Vanillekipferl und Engelsaugen gebacken, die die Kinder so liebten. Sobald die Makronen abgekühlt waren, würde ich sie in die Plätzchendosen legen, und dann konnte die Weihnachtszeit endlich kommen. An den Adventssonntagen kuschelten wir uns immer zu dritt auf die Couch, naschten Plätzchen, und ich las den Zwillingen Weihnachtsgeschichten vor. Obwohl Feline und Lennard schon elf waren, hielten wir an dieser kleinen Tradition fest. Vor ihren Freunden taten sie natürlich so, als würde ich sie an die Couch fesseln – doch die Art, wie sie beim Vorlesen immer näher rückten und sich irgendwann dicht an mich schmiegten, zeugte vom Gegenteil.

Ich gönnte mir eine zweite Makrone, so frisch vom Blech schmeckten sie am besten. Obwohl es erst früher Nachmittag war, war es schon dämmerig draußen. Oder *noch* dämmerig? An diesen Novembertagen in Hamburg hatte man manchmal den Eindruck, es wurde nie richtig hell. Doch während alle anderen über die Dunkelheit, die Kälte und Feuchtigkeit schimpften, liebte ich diese Jahreszeit. Was konnte es Schöneres geben als Plätzchenduft, flackernden Kerzenschein und diese ganz besondere Vorfreude, die nur in der Adventszeit überall in der Luft lag?

Wie jedes Jahr hatte ich mir die letzten Wochen des Jahres freigehalten. Als selbstständige Redakteurin war das möglich, auch wenn es bedeutete, dass ich die Einnahmen, die mir im Dezember fehlten, über das Jahr verteilt als Mehrarbeit einkalkulieren musste. Doch das war es mir wert: Ich wollte in aller Ruhe durch die Geschäfte schlendern, Vorbereitungen für Heiligabend treffen und diese besondere Zeit des Jahres genießen. Bis vor ein paar Jahren hatte ich immer bis zum Tag vor Heiligabend gearbeitet, war wie ein aufgezogener Spielzeugsoldat durch den Dezember marschiert mit einer schier unendlichen To-do-Liste, harten Deadlines und einer Million Ansprüchen im Gepäck. Um dann wie auf Knopfdruck auf Besinnlichkeit, Ruhe und entspannte Familienzeit umzuspringen. Keine Ahnung, wie anderen das gelang, mir auf jeden Fall nicht. Nicht selten saß ich völlig erschöpft unterm Weihnachtsbaum und konnte das Fest nicht richtig genießen.

Nun musste ich nur noch diesen einen Artikel fertig schreiben, dann hatte ich es geschafft, und meine persönliche Wohlfühlzeit des Jahres würde beginnen. Doch dieser Artikel zog sich wie Kaugummi. Es war ein Bericht über die neue Straßenführung im Viertel, der in der kommenden Woche im Stadtmagazin veröffentlicht werden sollte. Eigentlich keine große Sache, die Informationen hatte ich bereits zusammengetragen, und normalerweise hätte ich nicht länger als zwei Stunden für den Text gebraucht. Doch nun saß ich schon seit Tagen daran, quälte mich von einem Satz zum nächsten, einer langweiliger und nichtssagender als der andere; aber was um alles in der Welt sollte man auch über eine neue Ampelschaltung und geänderte Vorfahrtsregeln Interessantes zu Papier bringen?

Während die Kinder über ihren Hausaufgaben brüteten, würde ich ebenfalls arbeiten. Ich war fest entschlossen, das Straßenverkehrsordnungsungetüm heute zu bezwingen. Der große Vorteil meines Jobs als freie Redakteurin war zwar, dass ich mir meine Zeit flexibel einteilen konnte (unbezahlbar, wenn man alleinerziehend für zwei Kinder zu sorgen hatte). Doch manchmal lag genau darin auch die Schwierigkeit, und einige Aufträge zogen sich ewig.

Ich setzte mich an den Esstisch und klappte meinen Laptop auf. Doch statt mit dem Text zu beginnen, ließ ich meinen Blick aus dem Fenster zu den Altbauten gegenüber schweifen. Einige Wohnungen waren bereits weihnachtlich geschmückt: Glitzernde Lichterketten wanden sich um Balkongeländer, gelbe Herrnhuter Sterne schwebten in dunklen Fenstern, und vor meinem Lieblingscafé, das ich am Ende der Straße gerade noch so erkennen konnte, standen zwei kleine Tannen, die mit großen roten Kugeln geschmückt waren. Nie war Altona schöner als im Advent. Und jeden Tag bot der Blick aus unserer Wohnung etwas Neues. Es war wie in den Wimmelbüchern, die die Kinder früher so geliebt hatten, immer gab es etwas Interessantes zu entdecken. Gerade beobachtete ich eine Frau im Haus gegenüber, die Vogelfutter-Ringe im Tannengrün ihrer Blumenkästen befestigte, da klingelte das Telefon.

Es war das Festnetztelefon, was nur bedeuten konnte, dass ich entweder zufällig für eine Telefonumfrage ausgewählt worden war oder dass meine Mutter anrief. Niemand sonst benutzte diese Nummer noch, alle anderen hätten auf meinem Handy angerufen.

Ich ging zur Bücherwand, wo das Telefon auf der Station stand und sein vernachlässigtes Dasein zwischen Romanen, Bildbänden und Sachbüchern fristete.

»Borrmann?«, meldete ich mich.

»Rike! Ich soll dich anrufen?«

Also keine Telefonumfrage. Die Mitarbeiter vom Callcenter hätten mich wenigstens begrüßt.

»Was gibt es denn, Schätzchen?«

Das war meine Mutter Vally, wie ich sie kannte. Liebevoll, aber immer forsch voran, bloß keine Zeit mit Höflichkeiten verschwenden.

»Hallo, Mama. Nichts ist los. Ich wollte nur hören, wie es dir geht.« Am Morgen, kurz nachdem die Kinder zur Schule aufgebrochen waren, hatte ich versucht, meine Mutter in Husum zu erreichen. Als ich auf dem Festnetzanschluss keinen Erfolg gehabt hatte, hatte ich Vally eine kurze Nachricht geschickt:

Guten Morgen! Ruf mich mal an, wenn es passt! Kuss und starte gut in den Tag.

»Schlechten Menschen geht's immer gut«, erklärte meine Mutter jetzt und lachte. »Aber in der Praxis ist wahnsinnig viel los. Wenn du nur schnacken willst, lass uns nachher telefonieren, ja?«

Im Hintergrund hörte ich Stimmen und nahm an, dass sie im Pausenraum der Kinderarztpraxis Dr. Bär war, wo sie seit fast dreißig Jahren als Arzthelferin arbeitete. In den Erkältungsmonaten zwischen Oktober und April machte meine Mutter fast täglich Überstunden. Früher schienen ihr die fordernden Dienste überhaupt nichts auszumachen, nach der Arbeit hatte sie Freundinnen getroffen, hatte sich zum Walking am Deich verabredet oder spontan beschlossen, das Wohnzimmer karminrot zu streichen. Doch mit ihren fast sechzig Jahren steckte sie die Anstrengungen heute nicht mehr so gut weg. Abends erreichte ich meine Mutter häufig nicht, weil sie vor dem Fernseher eingeschlafen war oder nicht ans Telefon ging, weil sie zu müde war und keine Lust hatte, zu sprechen.

»Eigentlich wollte ich wegen Weihnachten fragen«, kam ich deshalb gleich zur Sache.

»Was ist damit?«

»Willst du nach Hamburg kommen und mit den Kindern und mir feiern?«

»Das ist lieb von dir, Schätzchen.« Sie seufzte. »Aber ich feiere kein Weihnachten, das weißt du doch.«

»Auch dieses Jahr nicht? Jetzt, wo Papa …«

Es war immer noch schwer, es auszusprechen. Weil es auch nach einem halben Jahr noch unbegreiflich und deshalb unaussprechlich war. Mein Vater Arno war im Mai völlig überraschend verstorben. Und ich konnte mich einfach nicht an diesen Gedanken gewöhnen. Die Tatsache, dass er nicht mehr da war, war noch immer unbegreiflich. Wie konnte das sein? Mein Vater, dieser große, starke Mann, mein Fels in der Brandung, mein Leuchtturm, derjenige, der immer für mich da gewesen war, der immer Rat wusste – einfach weg! Ausgelöscht wie ein Kerzenlicht. Noch immer bekam ich augenblicklich Herzrasen und ein Engegefühl in der Brust, wenn ich daran dachte.

In den Wochen nach seinem Tod hätte ich mich am liebsten irgendwo verkrochen und ausgeharrt, bis das Leben einsah, dass es einen dummen Fehler begangen hatte, Arnos Tod ein Irrtum war, und die Zeit einfach zurückspulte, bis alles wieder so war, wie es sein sollte.

Doch das Leben blieb dabei, mein Vater war tot.

Und ich musste irgendwie weitermachen: Einkaufen gehen, damit wir etwas im Kühlschrank hatten. Hausaufgaben korrigieren, damit die Kinder in der Schule keine Probleme bekamen. Artikel schreiben, um Geld zu verdienen. Doch die Welt war eine andere. Wie ein dunkler Nebel hatte sich die

Trauer auf sie gelegt, alles war dumpfer, trister und langsamer geworden.

Anders bei Vally. Seit Arnos Tod war sie noch forscher und bestimmter.

»Das ändert nichts daran, dass ich kein Weihnachten feiere«, erklärte sie da auch schon. »Dieses ganze Gedudel und Geblinke ist mir zu blöd. Ich würde euch nur die Stimmung vermiesen. Außerdem habe ich überhaupt keine Zeit, zu verreisen. Ich muss den Umzug vorbereiten.«

»Welchen Umzug?«

»Na, meinen.«

»Deinen Umzug? Du ziehst um?«

»Habe ich dir doch erzählt. In die barrierefreie Wohnung am Hafen.«

»Du hast gesagt, dass du dir die Wohnung *angeschaut* hast. Und überlegst, dass es vielleicht eine gute Idee wäre, dich zu verkleinern.«

»Genau. Deshalb ziehe ich um.« Die Stimmen in der Praxis wurden lauter.

»Das heißt, es ist beschlossene Sache?«

»Sonst wäre die Wohnung weg gewesen.«

»Das heißt, es gibt schon ein konkretes Datum?« Ich spürte, wie mein Puls nach oben schnellte.

»Anfang Januar ziehe ich um.«

»Anfang Januar? Das ist ja schon in fünf Wochen!«, rief ich fassungslos.

»Jetzt mach kein Drama draus, Henrike. Ich hätte es dir schon noch erzählt.« Im Hintergrund hörte ich ein Kind weinen. »Wie gesagt, ich habe nicht viel Zeit. Aber die Entscheidung ist gefallen, und es gibt auch schon Interessenten für das

Haus. Es ist viel zu groß für mich allein«, erklärte sie. »Und zu dunkel war es sowieso schon immer. Auf den Garten habe ich keine Lust, das war Arnos Aufgabe. Außerdem strengt es mich an, immer mit dem Holzofen zu heizen, und überall diese Viecher, die aus dem Reet kriechen.«

Ich fühlte mich, als wäre ich mit Schwung gegen etwas sehr Großes, sehr Hartes gerannt. Was sagte meine Mutter da? Die alte reetgedeckte Fischerkate am Rand der Marsch war doch nicht dunkel, sondern gemütlich. Der Ofen nicht anstrengend, sondern urig. Und das Reetdach ein artenreicher Lebensraum für unzählige Moose, Flechten und Insektenarten, außerdem gelebte norddeutsche Tradition.

»Aber, Mama, wieso denn so schnell? Und wieso erfahre ich das so nebenbei?«

»Na, nun sag nicht, *DU* hättest hier einziehen wollen. Es gibt ja noch nicht mal zwei Kinderzimmer. So, ich muss jetzt wirklich aufhören.« Das Geschrei im Hintergrund war mehrstimmig geworden.

»Warte doch mal kurz. Ein Monat? Mama, das ist Irrsinn. Wie willst du es in der kurzen Zeit schaffen, das ganze Haus zu entrümpeln?«

»Ich habe einen großen Container kommen lassen. Man hat ja so viel unnützen Krempel, das meiste kann weg. Mit dem Keller bin ich schon fertig. So, nun aber wirklich. Wir reden später, Schätzchen, ja? Bis dann.«

Damit legte sie auf.

Langsam, sehr langsam ging ich zur Bücherwand. Stellte das Telefon zurück auf die Station. Drehte meinen Kopf und starrte auf das Blech mit den perfekten Kokosmakronen, das in der Küche stand.

Was passierte hier gerade?

War meine Mutter wirklich dabei, die Fischerkate zu verkaufen und die Erinnerungen an meine gesamte Kindheit in einem Container zu versenken?

Ich musste nach Husum.

Und zwar sofort.

2.

Willkommen zur Wiehnachtstied in Husum, begrüßte mich ein Banner, das über der vierspurigen Straße flatterte. Müde rieb ich mir die Augen und ließ meine angespannten Schultern kreisen. Vor mir erstreckte sich eine Karawane aus roten Rücklichtern, die sich nur im Schneckentempo vorwärtsbewegte. Als ich vor knapp zwanzig Jahren hier weggezogen war, gab es noch keine Rushhour in Nordfriesland.

Zwei Tage war der Anruf meiner Mutter her, und seitdem hatte ich keine ruhige Minute mehr gehabt. Am gleichen Abend hatte ich noch einmal mit Vally telefoniert und erfahren, wie ernst es ihr mit den Plänen war – offensichtlich türmten sich schon die Umzugskisten in meinem alten Kinderzimmer. Natürlich stritt meine Mutter ab, dass sie Hilfe bei den Umzugsvorbereitungen brauchte, und unterstellte mir, ich würde überreagieren. Doch es war offensichtlich, sie steuerte geradewegs auf eine Katastrophe zu.

Ich hatte mir den Kopf darüber zerbrochen, wie ich mein Leben in Hamburg mit der Rettungsaktion in Husum unter einen Hut bringen konnte. Allein wenn ich an das Arbeitszimmer meines Vaters dachte, das vollgestopft bis unter die Decke war, wurde mir mehr als nur mulmig zumute. Mit zwei, drei Besuchen in der Fischerkate wäre es bestimmt nicht getan.

Täglich nach Husum zu pendeln, war ebenfalls ausgeschlossen, dafür war der Weg zu weit. Letztendlich gab es nur eine Lösung: Die Zwillinge würden die verbleibenden knapp vier Wochen bis zu den Weihnachtsferien bei ihrem Vater, meinem Ex-Mann Moritz, und seiner Freundin Nicola verbringen. Und ich würde zu meiner Mutter in die kleine Fischerkate ziehen – mitten rein ins Auge des Orkans.

Ich hatte noch nie so viel Zeit allein mit meiner Mutter verbracht, und gerade jetzt, wo mein Vater nicht mehr da war, könnte es zu einer nervlichen Belastungsprobe werden. Meine Mutter war der einzige Mensch auf der Welt, der es schaffte, mich mit nur ein, zwei nebensächlichen Kommentaren zur Weißglut zu bringen. Doch ich würde mich hüten, in alte Muster zu verfallen. Schließlich war ich eine achtunddreißigjährige Frau, kein Kind mehr. Die Zeiten hatten sich geändert, ich war nicht mehr auf sie angewiesen. Ich würde mich auf das Wesentliche konzentrieren, Vally bei den Umzugsvorbereitungen unterstützen und ein paar Erinnerungsstücke vor der Mülltonne retten. Meine Mutter war schon immer gnadenlos gewesen, wenn es ums Aufräumen und Ausmisten ging.

Als alleinerziehende, berufstätige Zweifachmutter war ich organisatorische Herausforderungen gewohnt, doch die vergangenen achtundvierzig Stunden hatten mir einiges abverlangt. Immerhin hatte Moritz die Idee deutlich besser aufgenommen, als ich befürchtet hatte. Seine neue Frau freute sich offensichtlich über den unerwarteten Besuch der Kinder, und in langen Telefonaten hatte ich mit ihm die Termine für die nächsten Wochen besprochen, ihm aktuelle Essgewohnheiten, Abneigungen und unsere vereinbarten Bildschirmzeiten durchgegeben.

»Wir werden schon klarkommen, Henrike«, hatte er mich versucht zu beruhigen. »Sie sind doch nicht mehr klein. Außerdem sind sie jedes zweite Wochenende hier, wir kennen uns aus.«

Das stimmte. Trotzdem würden sie immer meine Babys bleiben. Und wenn ich jetzt daran dachte, dass ich sie fast vier Wochen lang nicht sehen würde, wurde mir augenblicklich das Herz schwer. Sobald die Ferien begannen, würden Feline und Lennard mit dem Zug nach Husum nachkommen, und wir konnten die Feiertage zusammen in der Fischerkate verbringen.

»Ist das wirklich in Ordnung?«, hatte ich sie ungefähr eine Million Mal gefragt. »Meldet euch sofort, wenn es Probleme gibt, ja? Dann komme ich zurück.«

»Alles easy, Mama«, hatte Lenny geantwortet, und Feline hatte versprochen, dass sie sich täglich melden würde.

Es fühlte sich vollkommen falsch an, die Vorweihnachtszeit ohne die Kinder zu verbringen. Aber es war die einzig praktikable Lösung, und ich hatte es jetzt so organisiert, dass für alle gesorgt war. Nur ich selbst fühlte mich wie durch die Schiffsschraube der Elbfähre gedreht. Eine ruhige und besinnliche Adventszeit würde es für mich nun nicht geben.

Nach fast zweieinhalb Stunden Fahrt kam ich endlich im Fischermannskoog an, der Straße meiner Kindheit. Die Sackgasse war die letzte erschlossene Straße in der nordwestlich gelegenen Siedlung, hinter ihr erstreckte sich das weite Marschland – und wäre es heller gewesen, hätte ich in der Ferne den Deich sehen können.

Auch hier waren die Häuser weihnachtlich geschmückt.

Doch im Gegensatz zu Altona, wo das ungeschriebene Gesetz »weniger ist mehr« galt, man schmückte skandinavisch dezent und hanseatisch elegant, setzte man in den Vorgärten des Fischermannkoogs auf »mehr ist mehr«. Überall blinkte es bunt und hell. Bei den Prüggers entdeckte ich sogar eine lebensgroße Weihnachtsmannfigur, die sich aus dem ersten Stock abseilte. Hätte der Weihnachtsmann jemals die Erde erreicht, wäre er direkt auf einem riesigen aufblasbaren Schneemann gelandet, der fröhlich im Wind wackelte. Van de Pellts, die direkt im Haus daneben wohnten, hatten am Mast, der in ihrem Vorgarten stand, wie immer eine Weihnachtsmannflagge gehisst. Und bei Krokowskis auf der gegenüberliegenden Seite blinkten bunte Lichtschlangen in der Hecke.

Alle Häuser in der Straße waren geschmückt. Ich sah flackernde Schwebbögen auf Fensterbänken, pulsierende Lichternetze auf Büschen, Engel und Rentiere an Haustüren baumeln.

Dann kam endlich unser Haus in Sicht – die alte Fischerkate mit ihren roten Backsteinmauern, kleinen Sprossenfenstern, dem dicken Reetdach und der tiefgezogenen Traufe. Obwohl es das schönste Haus der ganzen Straße war, gab es hier keine einzige Dekoration. Keinen Stern, keine Kerze, keinen Türkranz. Gar nichts. Vally machte nicht mit, wie jedes Jahr. Obwohl ich es nicht anders erwartet hatte, stimmte mich die dunkle, stumme Fischerkate zwischen all den strahlenden, fröhlich blinkenden Häusern der Nachbarschaft traurig. Als wäre das Haus jetzt schon verwaist.

Ich nahm mein Gepäck und ging die kurze gepflasterte Einfahrt zum Haus hoch, meine Schritte wurden vom Moos gedämpft, das zwischen den Fugen wuchs. Ich legte den Kopf in den Nacken und begutachtete das Reetdach, das wie eine struppige Perücke auf dem einstöckigen Backsteinhaus saß. Es musste dringend erneuert werden. Mein Vater hatte sich im letzten Jahr schon Angebote eingeholt, doch dann nicht mehr die Gelegenheit gehabt, sich darum zu kümmern.

Auch wenn das Dach in einem schlechten Zustand war und der Garten ein wenig mehr Aufmerksamkeit und Pflege benötigte, dieses Haus war noch immer ein Schmuckstück. Nicht selten hielten in den Sommermonaten Touristen auf dem Gehweg, um ein Foto zu machen. Die ehemalige Fischerkate hatte es sogar in einen Reiseführer über Husum geschafft.

Ich ging die zwei Stufen zum Eingang empor, drückte den kleinen Knopf neben der Tür und hörte das vertraute *Dingdong*. Nach der langen, anstrengenden Fahrt freute ich mich auf die Wärme und Behaglichkeit des Hauses, auf eine schöne Tasse Tee und natürlich auf meine Mutter. Seit der Beerdigung hatten wir uns nicht mehr gesehen, und mein schlechtes Gewissen deshalb war gigantisch. Wir telefonierten zwar einmal in der Woche, und ich glaubte ihr nur zu gern, wenn sie mir erzählte, dass es ihr gut ging und sie wie zum Beweis Unternehmungen mit ihren Freundinnen und Nachbarn aufzählte. Doch die Wahrheit war, ich wollte gar nicht hinter die Fassade aus Geschäftigkeit und aufgesetzter Heiterkeit schauen. Hätte ich mich vorher hier blicken lassen, vielleicht hätte ich ihr den Verkauf des Hauses noch ausreden können.

Ich klingelte noch einmal, aber nichts passierte. Es war 16 Uhr 32, genauso, wie das Navi es vorhergesagt und ich es Vally angekündigt hatte.

»Wenn sich etwas ändert, melde ich mich noch mal«, hatte ich ihr erklärt, als ich in Hamburg auf die Autobahn gefahren war.

»Mach das, mein Kind.«

»Und du bist dann zu Hause?«

»Natürlich bin ich das.«

»Ich habe keinen Schlüssel mehr.«

»Das wäre ja auch noch schöner«, hatte Vally gelacht. »Ich bin doch keine Pension.«

Ich klingelte ein weiteres Mal, doch immer noch nichts. Keine Regung hinter den rot-weiß karierten Gardinen, die die unteren Fensterhälften verdeckten. Über den feuchten Rasen und durch die kniehohen Rabatten ging ich zum kleinen Sprossenfenster des Esszimmers neben der Haustür und stellte mich auf die Zehenspitzen: Unter der tief hängenden Korblampe sah ich eine aufgeschlagene Zeitung auf dem Tisch, zwei Tassen, ein Schälchen Kluntjes, die kleinen Zuckersteinchen, ohne die Vally weder Tee noch Kaffee trank, einen angebissenen Keks, und unter der Keramikkanne brannte eine Kerze im Stövchen.

»Mama?«, rief ich und klopfte an die Scheibe. »Bist du da?«

Sie war doch offensichtlich zu Hause. Sonst hätte sie keine Kerze brennen lassen. Andererseits … Bei Vally wusste man nie.

Als mein Handy klingelte, erschrak ich so heftig, dass ich zusammenfuhr. Schnell kramte ich es aus der Handtasche. *Feline*, stand auf dem Display. Sofort war ich in höchster Alarmbereitschaft. Es war halb fünf. Feline sollte beim Tanzkurs sein. War die Stunde ausgefallen? Hatte sie ihren Bus verpasst? War sie verletzt? Sofort präsentierte mein Hirn mir eine ganze Palette an möglichen Katastrophen.

»Feline, was ist los?«

»Hey, Mama. Ich finde Lottl nicht.«

Erleichtert atmete ich aus. Lottl war das Lieblingskuscheltier von Feline. Ein kaugummirosa Axolotl von fragwürdiger Schönheit. Sie hatte es mir vor fünf Jahren bei einem Besuch im Münchner Zoo abgeschwatzt, und seitdem war es undenkbar, dass sie auch nur eine Nacht ohne Lottl verbrachte. Lennard bediente sich eines ganzen Arsenals an Kuscheltieren, und der Premiumplatz in seinem Arm wechselte häufig, doch für Feline war es immer Lottl.

»Hast du in der grünen Reisetasche geschaut?«

»Da ist sie nicht.«

»Wieso bist du nicht beim Tanzen?«

»Hatte keine Lust. Und Lottl ist weg.«

»Vielleicht ist sie in der großen Ikea-Tasche, in die ich dein Bettzeug gepackt habe?«

Es raschelte im Hintergrund, und eine Zeit lang sagte Feline nichts mehr. Dann hörte ich einen kleinen Freudenschrei. »Hab sie! Danke, Mama.«

Ein Glück, unvorstellbar, dass ich mich für vier Wochen aus dem Staub machte und gleichzeitig Lottl verschwunden wäre.

»Bist du schon bei Oma?«, fragte Feline.

»Gerade angekommen.«

»Cool.« Wieder raschelte es im Hintergrund, und ich hatte den Eindruck, dass Feline abgelenkt war.

»Ist Lennard wenigstens beim Training?«

»Japp.«

»Habt ihr euch schon eingerichtet?«

»Mhm.«

»Und vertragt ihr euch?«

»Ja, Mama. Alles gut.« Sie klang nun sehr geschäftig.

»Hat es mit dem Bettbeziehen geklappt? Ich habe euch die flauschigen Laken eingepackt.«

»Ja, Mama, wir sind doch nicht allein hier.«

Ich biss mir auf die Lippe. Nein, das waren Feline und Lennard nicht. Aber sie waren zum ersten Mal für eine längere Zeit bei ihrem Vater Moritz und seiner neuen Frau Nicola, die zwar auch in Hamburg lebten, bislang aber vor allem durch ihre Qualitäten als Wochenend- und Freizeiteltern überzeugt hatten. *Nicci und Mo*, wie die Kinder sie nannten, waren die coolen, die lustigen, die crazy Eltern, die mit Feline und Lennard spontan an einem Freitagnachmittag in den Freizeitpark fuhren, für die Tickets so viel Geld ausgaben, wie ich für zwei Wochen Lebensmittel einkalkulierte, und fünfmal hintereinander die wildeste Achterbahn mit ihnen fuhren.

Einen echten Alltag hatte Moritz mit seinen Kindern schon seit sechs Jahren nicht mehr erlebt, und ich war mir nicht sicher, dass er dieser Aufgabe gewachsen war. Schule, Hobbys, Verabredungen, Arzttermine – das Leben von zwei Elfjährigen zu managen, war nicht ohne.

»Ist noch was, Mama?«

»Nein, mein Schatz. Ich melde mich später wieder, ja? Und grüß deinen Bruder.«

»Mama …!« Ich konnte ihr Augenrollen förmlich hören.

»Hab dich lieb.«

Bevor sie wieder genervt antworten konnte, legte ich auf und steckte das Handy in meine Jackentasche.

Ich klingelte noch einmal an der Tür, doch es tat sich nach wie vor nichts. Also stellte ich meine Reisetasche ab, umrundete das Haus und ging in den Garten. Auch hier war der Rasen fast kniehoch, überall lag Laub, und ein Ast des Ahorns hing beängstigend tief. Die Fenster des Elternschlafzimmers im Erdgeschoss waren dunkel. Ich ging nah an die Scheibe, konnte aber nichts Ungewöhnliches erkennen. Das Doppelbett war gemacht, die Patchwork-Tagesdecke lag ordentlich umgeschlagen am Fußende, auf dem rechten Nachttischchen lagen ein paar Zeitschriften, ein Glas Wasser stand daneben, eine Cremetube und etwas, von dem ich annahm, dass es eine angebrochene Tafel Schokolade war.

Der rechte Nachttisch war leer. Da, wo sich sonst immer mindestens drei Biografien bekannter Sportler oder Politiker stapelten, herrschte gähnende Leere. Der Gedanke, dass meine Mutter die Bücher meines Vaters schon weggegeben hatte, traf mich unvorbereitet heftig.

»Wollen Sie einbrechen?«, rief da plötzlich eine vertraute Stimme. »Da haben Sie sich aber einen ganz schlechten Zeitpunkt ausgesucht. Ich finde selbst nichts wieder.«

»Mama!«, erleichtert fuhr ich herum und versuchte zu erkennen, woher die Stimme kam.

Schließlich entdeckte ich meine Mutter im Garten der Nachbarn. Als kleine dunkle Gestalt, nur ihre wirren, mittlerweile schlohweißen Locken hoben sich von der Dunkelheit ab.

»Was tust du da?«, rief ich ihr entgegen.

»Was tust DU da, ist doch wohl eher die Frage?«

»Ich habe mir Sorgen gemacht! Weit und breit keine Spur von dir, und auf dem Tisch brennt eine Kerze. Ich dachte, es wäre etwas passiert.«

»Ach Schätzchen!« Vally lachte. »Besorgt wie eh und je.«

»Bist du das, Henrike?«, fragte nun auch eine zweite Gestalt, die neben meiner Mutter aufgetaucht war. Es war Ilse-Marie Krokowski, Vallys Nachbarin und beste Freundin.

Die beiden setzten sich in Bewegung, kamen, kichernd und untergehakt wie Schulmädchen, den Rasen entlang, schlüpften durch eine Lücke in der hüfthohen Buchenhecke, die die beiden Grundstücke trennte, und standen dann leicht schwankend vor mir. Beide trugen Jogginghosen, dicke Strickjacken, Botten an den Füßen, wie die klobigen Plastikgartenschuhe hier genannt wurden, und waren offensichtlich nicht mehr ganz trittsicher.

»Willkommen zu Hause!« Meine Mutter zog mich in eine feste Umarmung, nur um mich Sekunden später von sich wegzuschieben und mich kritisch zu beäugen. »Was ist mit deinen Haaren?«, fragte sie entsetzt.

Reflexartig zupfte ich an einer Haarsträhne, als ob ich sie damit in die Länge ziehen könnte. Seit vorletzter Woche trug ich sie kurz, sehr kurz, Pixie-Cut-kurz. Und ich wusste auch noch nicht so recht, was ich von dieser Frisur halten sollte. Ich hatte gehofft, dass sie mich jünger und frischer aussehen ließ. Nun musste ich mir aber eingestehen, dass ich mich ziemlich nackt auf dem Kopf fühlte. Außerdem hatte ich gedacht, dass eine Kurzhaarfrisur praktisch sei. Stattdessen musste ich meine Haare nun jeden Morgen waschen und in Form föhnen, sonst sahen sie aus wie ein Heuhaufen.

»Vorher hat es mir besser gefallen«, urteilte meine Mutter. »So halblang und durchgestuft.«

»Sie wachsen ja wieder«, verteidigte mich Ilse-Marie und umarmte mich nun ebenfalls. »Das ist ja eine Ewigkeit her, Henrike. Ida wird sich freuen, dass du hier bist. Ich sag ihr gleich Bescheid. Dann könnt ihr einen Tee trinken und ein bisschen klönen. Vielleicht am Dienstag? Da hat sie ihren kurzen Tag.«

Ich musste mir einen Kommentar verkneifen und lächelte. Da war man fast vierzig, und die Mütter im Fischermannskoog fühlten sich immer noch berufen, die Verabredungen ihrer Töchter zu organisieren.

»Ich melde mich bei ihr«, antwortete ich diplomatisch und trat von einem Bein aufs andere.

Ilse-Maries Blick wanderte an mir hinab. »Das Kind hat ja ganz nasse Füße«, stellte sie besorgt fest. »Rein ins Warme mit euch«, befahl sie. »Mit Hackengas!«

3.

Im Wohn-Esszimmer mit der niedrigen Holzbalkendecke war es gemütlich warm, und hinter der verrußten Scheibe des Kaminofens glomm noch ein kleines Häuflein, das meine Mutter nun durch energisches Stochern mit dem Feuerhaken, Pusten und Holzauflegen wieder entfachte.

»Wir hatten Tee mit Rum«, erzählte sie. »Erst waren wir hier, dann ist mir der Rum ausgegangen, und wir saßen noch eine Weile drüben bei Ilse-Marie und Manni.«

Ich ließ mich auf der Eckbank nieder, die seit jeher mein Stammplatz war. Hier drinnen sah es aus wie immer – bis auf die zwei großen Kartons, die im Durchgang zwischen der Küche und dem Esszimmer standen.

»Willst du was essen? Hast du Hunger?« Meine Mutter öffnete den Kühlschrank und zählte auf, was sie im Angebot hatte. »Rührei vielleicht? Spiegelei, ein hart gekochtes Ei? Oder ein Bauernfrühstück, nur ohne Kartoffeln?«

Vallys Kochkünste hatten sich schon immer auf die Grundlagen beschränkt. Meine Schulkameraden wurden zu Hause von ihren Müttern mit Buletten, Nudelauflauf oder Kartoffeln mit Sahnehering erwartet. Ich hingegen fand im Kühlschrank einen Teller mit belegten Grinsebroten, wie Vally sie nannte. Käsebrote mit Tomatenaugen, saure Gurkenmünder, Schnittlauchhaare. Meine Eltern mussten meistens arbeiten, und so saß ich nach der Schule allein auf dieser Eckbank, verputzte immer zuerst die Tomatenaugen, damit das Grinsebrot den Rest nicht mit ansehen musste, und las in einem meiner Bücher mit den Pferdegeschichten.

»Danke, ich hab keinen Hunger«, erklärte ich jetzt. Wohlweislich hatte ich mir noch ein belegtes Brot für die Fahrt gemacht und einen Apfel aufgeschnitten, damit ich nicht hungrig in Husum ankommen würde. »Aber ein Tee wäre schön.«

Vally setzte Teewasser auf und stellte eine Packung Kekse auf den Tisch. Bald schon brodelte es im Kessel, und sein schräger Pfiff tönte durchs Wohnzimmer. Dieses Geräusch war immer mein Wecker gewesen. Wenn ich morgens in meinem Bett oben unter der Dachschräge das Pfeifen des Teekessels hörte, wusste ich, dass meine Eltern wach waren, ein Feuer im kleinen Kaminofen brannte, die Küche nach frischem Tee duftete und der Tag begann.

»Wie weit bist du schon?«, fragte ich mit Blick auf die großen Kartons.

»Heute ist die Küche dran«, erklärte Vally und goss den Tee auf. »Ich habe viel zu viel Geschirr und Töpfe und Küchengeräte und Dinge, von denen ich selbst nicht weiß, wofür sie eigentlich da sind. Ich werde das alles spenden. Bestimmt gibt es jemanden, der sich darüber freut.« Sie streckte sich, griff in das Fach über dem Herd und holte einen kleinen geflochtenen Weidenkorb hervor.

»Oh, das Eierkörbchen«, entfuhr es mir. »Das hatte ich schon ganz vergessen.«

Darin hatten wir beim Sonntagsfrühstück immer die Siebenminuteneier warm gehalten. Und Papa hatte bei jedem, bei wirklich jedem einzelnen Frühstück, auch als ich eigentlich schon viel zu alt dafür gewesen war, eine kleine Frühstückseier-Scharade veranstaltet. Nachdem er sein Ei ausgelöffelt hatte, drehte er die leere Eierschale um, sodass sie im Eierbecher aussah, als wäre es ein noch intaktes Ei. Dieses schmuggelte er mir dann im Laufe des Frühstücks unter, und meine Aufgabe war es, erstaunt zu tun, wenn ich vermeintlich auf die leere Eierschale hereingefallen war.

»Kommt weg. Brauche ich nicht mehr«, sagte Vally und schmiss das Körbchen in hohem Bogen in einen der beiden Kartons. Mit einem lauten Poltern traf das Körbchen auf andere Küchenutensilien, die Vally bereits ausgemistet hatte.

»Volltreffer!« Sie grinste.

Ich stand auf und spähte in den Karton. Unter anderem befanden sich dort die Platzsets mit den Gänseblümchen und der Entenfamilie, die wir immer nur an Geburtstagen benutzt hatten, die Marmeladenglas-Vase, die ich in der dritten Klasse liebevoll mit Transparentpapierschnipseln beklebt und Vally zum Muttertag geschenkt hatte, sowie das komplette Geschirrset, das Arno von seiner Mutter geerbt hatte.

»Das willst du alles weggeben?«, fragte ich entgeistert. »Die Sachen sind doch noch gut.«

»Rike-Kind, ich muss mich einschränken. Die neue Küche ist winzig. Drei Hängeschränke, ein Unterschrank, das war's. Ich kann das nicht alles behalten.«

»Aber die Sachen bedeuten doch etwas. Also, mir bedeuten sie etwas, dir nicht?«

»Willst du sie haben? Nimm sie mit. Nimm alles mit, was du willst.«

»Nein.« Ich hob die Schultern. »Ich brauche kein Eierkörbchen. Und Platzsets habe ich auch genug.«

»Na siehst du.« Vally nickte und machte sich wieder an die Arbeit. Sie beförderte einen Klarsichtfolien-Abroller zu Tage, ein Waffeleisen sowie einen alten Römertopf. Bis auf das Waffeleisen wollte sie alles weggeben.

»Und was soll ich tun? Ich bin schließlich zum Helfen hier.«

»Tja, also ...« Vally stemmte die Hände in die Taille und sah sich um. »Hier ist nicht mehr viel zu tun. Du könntest dich um deine Sachen oben kümmern. Und den Schuppen ausmisten, da steht immer noch deine Sammlung.«

»Die gibt es noch?«

»Was denkst du denn? Dein Vater hat sie gehütet wie seinen Augapfel.«

Ich trank einen Schluck Tee und fühlte mich niedergeschlagen. Das würde schwer werden. All die Dinge gehen zu lassen, die einmal ein so wichtiger Teil unseres Lebens gewesen waren. Die uns als Familie ausgemacht hatten.

»Aber was hast du denn?«, fragte meine Mutter erstaunt. »Wieso weinst du?«

Verstohlen wischte ich mir über die Wange und versuchte zu lächeln. »Ich werde das hier einfach alles schrecklich vermissen.«

»Aber, aber, meine Kleine!« Vally kam zu mir und streichelte mir über den Rücken.

»Es fühlt sich nicht richtig an, dass wir all das zurücklassen.«

»Es ist Zeit für etwas Neues.«

»Aber macht es dir denn nichts aus, dich von alldem zu

trennen?« Ich machte eine Bewegung, die die ganze Fischerkate umspannte.

Vally löste sich von mir und sah mich lange an. »Nein«, sagte sie schließlich. »Ich trenne mich ja nur von den Dingen. Die Erinnerungen nehme ich alle mit.«

4.

Am nächsten Morgen erwachte ich mit dem diffusen Gefühl, dass etwas nicht stimmte. Ein paar schlaftrunkene Momente dauerte es, dann wusste ich es: Es war viel zu ruhig.

Verdammt, verschlafen, war mein erster klarer Gedanke.

Ich versuchte, mich zu sortieren: Welcher Tag war heute? Donnerstag? Würde ich es noch rechtzeitig mit den Kindern zur Schule schaffen? Hatten sie gestern ihre Sportsachen gepackt?

Doch mit dem Öffnen der Augen begriff ich, dass ich heute ganz andere Probleme zu lösen hatte. Ich war im Fischermannkoog. Hier gab es keine johlenden Kinder auf dem Weg zur Schule, keine LKWs, die in aller Frühe Restaurants und Läden belieferten, keine Busse, die anfuhren oder bremsten. Es gab keine Familie Mühlberg über mir, deren Zwei- und Vierjährige gerne ab sechs Uhr morgens den Dielenboden mit Bauklötzen bearbeiteten, und auch keine Frau Funke in der Wohnung unter mir, die manchmal, kurz bevor sie zur Arbeit aufbrach, mit ihren High Heels durch die Wohnung hetzte, wahrscheinlich weil sie etwas vergessen hatte.

Der Fischermannskoog war aufgrund seiner Lage schon immer sehr ruhig gewesen. Nur wir Nachbarskinder hatten für ein paar Jahre Schwung in die verschlafene Sackgasse gebracht. Doch nun lebte man hier wieder geruhsamer. Die meisten Eltern meiner ehemaligen Freunde waren Rentner, es wurde ausgeschlafen, und wen es doch nicht mehr im Bett hielt, der saß mit steifen Gliedern bei der ersten Tasse Kaffee am Frühstückstisch und studierte die Zeitung.

Am Abend zuvor hatte Vally mir erzählt, dass es einen Interessenten für das Reetdachhaus gab, der bereit war, eine stattliche Summe zu zahlen. Es handelte sich um eine Vermittlungsagentur für Ferienimmobilien in Nordfriesland, die in ein paar Tagen einen Innenausstatter schicken wollten, um die Räume auszumessen.

Zukünftig würden hier also Touristen Urlaub machen. Eine Reinigungsfirma würde die Instandhaltung übernehmen. Ein Gärtner alle zwei Wochen den Rasen mähen und im Herbst die Hecken schneiden. Die Fischerkate wäre kein Zuhause mehr, sondern nur noch ein Erlebnis für Urlauber. Ein kurzes Vergnügen. Unpersönlich und austauschbar.

Ich konnte die Objektbeschreibung schon förmlich vor mir sehen: Urige Fischerkate mit Blick auf die Marsch, ehemals bewohnt von einer impulsgesteuerten älteren Dame, der offensichtlich nicht viel an Familienerinnerungen liegt.

Ich seufzte und setzte mich auf die Bettkante, wobei ich den Kopf unter der getäfelten Dachschräge einziehen musste. Um mich herum standen halbgefüllte Umzugskartons, Bücherstapel und Haufen von alten Winterjacken und schicken Kleidern, die ich seit Jahren nicht gesehen, geschweige denn angezogen hatte.

Auch im Haus war es still, Vally war offensichtlich schon zur Arbeit aufgebrochen, und sofort meldete sich mein schlechtes Gewissen. Ich war zum Helfen hier und nicht zum Ausschlafen. Schnell zog ich mich an und aß ein kleines Schälchen Müsli. Dann machte ich mich an die Arbeit und sortierte die Bücher oben in meinem Kinderzimmer aus.

Bis auf eine alte Ausgabe von Michael Endes *Momo*, das mir mein Vater mindestens viermal vorgelesen hatte, und ein Märchenbuch mit wunderschönen Illustrationen brachte ich alle Bücher zu einem öffentlichen Bücherschrank in der Nordseestraße. So konnten sich noch ein paar Kinder über meine alten Schätze freuen. Oder ihre Eltern, wenn sie die antiquierten Umschläge sahen und an ihre eigene Kindheit erinnert wurden.

Dann ging ich zum Fischhaus Loop, wo es schon immer die besten Fischbrötchen Husums gegeben hatte. Das kleine Fischgeschäft mit Imbiss lag direkt am Binnenhafen und war in den Sommermonaten ein Touristenmagnet.

Während ich draußen unter einem Heizpilz an einem der kleinen Stehtische mein Matjesbrötchen aß, wanderte mein Blick zum Museumsschiff, dessen Masten mit Lichterketten umwickelt waren. Auf dem Bug des Krabbenkutters stand ein kleiner Weihnachtsbaum. Und rund um das Hafenbecken verteilten sich Holzhütten, deren Dächer mit üppigem Tannengrün geschmückt waren. Darin würden in den Abendstunden gebrannte Mandeln, Glögg und Mutzen verkauft werden. Hinter den kleinen Holzhütten erhoben sich altehrwürdig die einstigen Speicher, Wirtschaften und Kapitänshäuser. Die Silhouetten der schmalen Giebelhäuser waren ebenfalls mit Lichterketten geschmückt, die die Häuser in ein warmes Licht tauchten. Wenn es irgendwann in den nächsten Wochen noch schneien würde, wäre das Bild der maritimen Weihnacht perfekt.

Mein Blick glitt weiter zu den mehrstöckigen Neubauten auf der gegenüberliegenden Seite des Hafens, wo früher die alte Werft gewesen war. Hier irgendwo musste Vallys neue Wohnung sein. Natürlich war die Lage großartig, aber die Vorstellung, dass meine Mutter ab Januar in einer Etagenwohnung leben würde, war immer noch befremdlich. Vally gehörte in den Fischermannskoog wie das Watt zur Nordsee, wie die Schafe zum Deich. Es fiel mir schwer, sie mir an einem anderen Ort vorzustellen.

»Henrike?«, riss mich jemand aus meinen Gedanken. »Henrike Borrmann, bist du das?«

Schnell wischte ich mir mit der Serviette über die Mundwinkel, sah mich um, und mein Hirn ratterte. Wer war dieser Mann, der da mit einem breiten Lächeln im Gesicht auf mich zukam? Ungefähr einen halben Kopf kleiner als ich, weiße Haare, weißer Bart, runde Brille und ein ziemlich praller Bauch unter dem roten Windbreaker.

»Erkennst du mich nicht? Peer Hinrichsen, dein alter Geschichts- und Geolehrer!«

Endlich fiel der Groschen – natürlich, Herr Hinrichsen! Ich reichte ihm die Hand und begrüßte ihn freundlich. Damals war er nicht nur deutlich jünger, sondern auch ein paar Kilo leichter gewesen. Ein sympathischer Lehrer, erinnerte ich mich, der es verstand, seine Schüler zu begeistern.

»Was ist aus dir geworden, Henrike? Wohin hat es dich verschlagen? Es ist doch in Ordnung, wenn ich dich Henrike nenne?«

»Natürlich, Herr Hinrichsen«, antwortete ich reflexartig. »Ich habe Kunstgeschichte studiert.«

»Nein, das gibt es doch nicht.« Er klopfte mir auf die Schulter. »Das freut mich, du warst schon immer wahnsinnig talentiert. Jetzt erinnere ich mich, warst du nicht sogar eine Zeit lang in London und hast dort gearbeitet?«

»Nur ein Semester lang«, lenkte ich schnell ein. »Für ein Praktikum.«

Das war typisch für eine Kleinstadt wie Husum. Irgendjemand erfuhr etwas und erzählte es weiter, vergaß aber, den Kontext zu erwähnen, oder schmückte die Geschichte ein wenig aus, und schon gab es das Gerücht, dass Henrike Borrmann als Chefkuratorin im British Museum arbeitete.

»Und was machst du jetzt?«, wollte Hinrichsen wissen.

»Ich bin nicht mehr in dem Bereich tätig. Ich arbeite als Redakteurin. In Hamburg.«

»In Hamburg, wie schön! Eine tolle Stadt.«

»Und Sie sind noch am Leibniz-Gymnasium?« Im Kopf überschlug ich die Jahrzehnte. Wie alt mochte Hinrichsen mittlerweile sein? Damals war er Anfang dreißig, schätzte ich. Also müsste er heute noch unterrichten.

»Nein, ich arbeite nicht mehr als Lehrer. Ich habe mich frühpensionieren lassen. Jetzt lebe ich meinen Traum. Ich bin der Weihnachtsmann.« Er lachte.

Ich legte den Kopf schräg. Doch. Die Ähnlichkeit mit dem Weihnachtsmann war kaum zu leugnen, aber hatte er für ein paar Einsätze im rot-weißen Kostüm zur Adventszeit tatsächlich seinen sicheren Beamtenjob an den Nagel gehängt?

»Ich habe vor vier Jahren ein Weihnachtsmuseum eröffnet. Drüben im Westerende.« Er deutete stadteinwärts. »In einem restaurierten Stadthaus aus der Gründerzeit. Weihnachtsschmuck aus zwei Jahrhunderten auf drei Etagen. Es war immer mein Traum, ein eigenes Museum zu haben. Und dann, zwei Tage vor meinem fünfzigsten Geburtstag bin ich morgens aufgewacht und habe mich gefragt, worauf ich eigentlich noch warten will. Es war kein leichter Schritt, aber ich bin froh, ihn gegangen zu sein. Man hat ja nur dieses eine Leben, richtig?« Wieder lachte er.

Ich nickte anerkennend, konnte mir ein Museum nur mit Weihnachtsschmuck aber nicht so recht vorstellen. Wen, außer ein paar ganz hartgesottene Weihnachtsfans, würde das interessierten? Es klang eher nach einem Spleen statt nach einem Museum.

»Bleibst du noch eine Weile hier in Husum?«

»Bis Weihnachten sogar«, erklärte ich. »Ich helfe meiner Mutter, das Haus zu entrümpeln, sie zieht um, will sich verkleinern.«

»Ah.« Herr Hinrichsen nickte mitfühlend. »Ich habe das von deinem Vater gehört, es tut mir wirklich schrecklich leid.«

»Danke. Also, ich werde es versuchen, mal vorbeizukommen«, schlug ich schnell vor, um das Thema zu wechseln.

»Unbedingt! Henrike, du musst unbedingt vorbeikommen, *Dat Wiehnachtshuus* wird dir gefallen. Es ist eine einzigartige Sammlung. Die ganze Welt zieht es mittlerweile nach Husum, um sich mein Museum anzuschauen!«

Damit verabschiedete er sich, schwang sich auf sein Fahrrad und radelte davon. Ich sah ihm hinterher, meinem ehemaligen Lehrer, in seiner roten Jacke mit dem weißen Bart und den weißen Haaren. Das Einzige, was noch fehlte, war die rote Mütze.

5.

Auf einmal hatte ich große Lust, mit meinen Weihnachtseinkäufen zu beginnen. Hinrichsens Begeisterung hatte mich angesteckt, und so schlenderte ich kurz darauf durch die geschmückte Altstadt. Zwischen den Giebelhäusern hing bereits die Weihnachtsbeleuchtung, deren Lichter auf dem feuchten Kopfsteinpflaster glänzten. Und wo immer sich eine Tür zu einem Laden öffnete, hörte man Melodien von Weihnachtsliedern. Wenige Takte reichten, um die Titel zu erkennen, und ich summte die bekannten Melodien mit. In den kleinen Läden befühlte ich seidige Stoffe und spiegelglattes Porzellan, hielt meine Nase in Teedosen und schnupperte an Duftkerzen. Es war so viel schöner, als die Geschenke in aller Eile online zu bestellen.

Bald war ich fündig geworden: Für die Kinder hatte ich kuschelige Flanellbettwäsche gekauft, für meine Freundin Anne einen Tee aus Rosenblüten, dazu eine bauchige handgetöpferte Tasse, für meine Freundin Frauke ein Armband aus kleinen grauen und weißen Perlen. Und für Vally eine große, grobmaschig gestrickte Stola aus Alpakawolle in Gelb-, Orange- und Lilatönen. Auch wenn Vally Weihnachten hasste, schenkte ich ihr jedes Jahr etwas. Ich nannte es nicht Weihnachtsgeschenk, sondern Wintergeschenk und überreichte es ihr immer schon am Zweiundzwanzigsten oder Dreiundzwanzigsten.

Bevor ich zurück in die Fischerkate fuhr, hielt ich noch beim Supermarkt. Ein weiteres Müsli- oder Rühreiangebot meiner Mutter würde ich nicht ertragen, und so lud ich den Einkaufswagen voll mit den Zutaten meiner Lieblingsgerichte. Wenn ich die nächsten Tage schon für uns kochen würde, dann wenigstens das, worauf ich Lust hatte.

Vor der Kasse hielt ich kurz bei der deprimierenden Auslage der Adventskränze, die lieblos in ein Regal gestapelt worden waren. Es waren nur noch wenige Gestecke übrig, die jetzt schon nadelten oder mit kitschigen Schleifen und künstlichen Zapfen geschmückt waren. Meinen eigenen Adventskranz, den ich wie jedes Jahr zusammen mit meiner Freundin Frauke gebunden hatte, hatte ich den Kindern mitgegeben. Als wir ihn vorige Woche an einem gemütlichen Abend mit Käsecrackern und viel Prosecco gebunden hatten, wie immer aus reichlich duftendem Tannengrün, Wacholder- und Eukalyptuszweigen sowie Kiefernwedeln, hatte ich noch nicht geahnt, dass meine Adventszeit in diesem Jahr ganz anders verlaufen würde.

Es dauerte, bis ich den Kaminofen angefeuert und die Fischerkate wieder auf eine behagliche Temperatur gebracht hatte. Dann machte ich mich daran, das Abendessen zuzubereiten. Einen frischen Salat mit Blutorangen und Walnüssen. Dazu ein Pilzrisotto. Vom Weißwein genehmigte ich mir schon ein Glas, während ich den Reis im Topf bis zur perfekten Sämigkeit rührte.

Und als Vally gegen halb sechs endlich mit einem lauten Seufzen zur Tür hereinkam, ihre Schuhe in die Ecke pfefferte und aus ihrem feuchten Mantel schlüpfte, war das kleine Häuschen von einem würzigen Duft erfüllt, im Kaminofen knisterte ein Feuer, und der Tisch war gedeckt.

»Das ist ja mal ein schöner Start ins Wochenende«, rief meine Mutter überrascht und küsste mich auf die Wange.

Ich hatte eine Kerze angezündet und die Kisten mit den aussortierten Küchensachen in die Diele geschoben, sodass es rund um den Esstisch so gemütlich war wie früher.

»Wie war dein Tag?«, fragte sie und ließ sich auf den Stuhl fallen.

»Gut«, erklärte ich. »Ich habe meine Bücher aussortiert und weggebracht. Dann war ich in der Stadt und habe ein paar Geschenke besorgt.« Ich tat ihr etwas vom Risotto auf. »Und wie war's bei dir?«

Sie erzählte von ihrer Arbeit in der Praxis. Davon, wie es war, mit immer weniger Personal immer mehr Patienten versorgen zu müssen. Dass sie Kinder ohne Termin wegschicken mussten, weil sie einfach keine Kapazitäten mehr hatten, und dass es ihr jedes Mal fast das Herz zerbrach, weil sie wusste, was es bedeutete, mit einem kranken Kind von Arzt zu Arzt zu irren.

»Wie lange willst du das noch machen, Mama?«, fragte ich sie vorsichtig. »Wird es dir nicht langsam zu viel?«

»Doch, es ist anstrengend. Aber wenn ich die Praxis jetzt auch noch verlasse, dann werden die Bedingungen für die übrigen Kolleginnen noch schlimmer. Und für die Patienten natürlich erst recht.«

Ich nickte und trank einen Schluck Wein. Schon immer hatte ich meine Mutter für ihre Arbeit bewundert und für ihre Unerschrockenheit, mit der sie sich ihren Aufgaben stellte. Bis ich zwölf war, hatte sie als Krankenschwester auf der Kinderintensivstation gearbeitet, und ich war mit Geschichten von schwerstkranken Kindern, lebensbedrohlichen Unfällen und plötzlichen Todesfällen aufgewachsen. Wenn Vally von ihrer Arbeit erzählte, nahm sie keine Rücksicht auf meine kindlichen Gefühle. »Das ist das Leben«, pflegte sie zu sagen. »Und wir können froh sein, dass es uns so gut geht.«

Nachdem sie in die Kinderarztpraxis von Dr. Bär gewechselt hatte, waren die bestimmenden Themen während unserer Familienabendessen nur noch Bronchitis, Windpocken und ab und an mal eine Rosine oder eine Murmel, die sich in ein Nasenloch, einen Bauchnabel oder ein Ohr verirrt hatte. Ich war froh, dass meine Mutter nicht mehr vom Schlimmsten umgeben war. Doch entspannte Arbeitsbedingungen hatte sie in der Kinderarztpraxis heute auch nicht mehr. Wenn ich selbst an mein behagliches Homeoffice und die paar nichtssagenden Artikel dachte, die ich pro Monat schrieb, bekam ich immer ein schlechtes Gewissen.

»Hast du Ida heute getroffen?«, fragte mich Vally und pikste ein Orangenstückchen auf ihre Gabel.

»Nein, noch nicht.«

»Wieso nicht?«

»Es hat nicht gepasst.« Ich zuckte mit den Schultern und nahm mir vom Risotto nach.

»Aber du hast dich schon bei ihr gemeldet?«

»Ja«, log ich. »Das Risotto könnte ein bisschen mehr Parmesan vertragen, findest du nicht auch?« Ich flüchtete mich in Richtung Küche.

»Habt ihr Streit?«, rief Vally mir hinterher.

»Nein«, rief ich zurück und rollte mit den Augen. Warum

konnte sie es nicht einfach gut sein lassen? Sie musste doch merken, dass ich nicht darüber reden wollte.

»Ilse-Marie fragt sich auch schon, was bei euch los ist.«

»Gar nichts, es war nur einfach noch nicht der richtige Zeitpunkt.«

»Klingt nach Ausrede«, hörte ich sie murmeln.

Ich atmete tief durch und ermahnte mich innerlich zur Ruhe. Der Abend war zu schön, um jetzt einen Streit anzufangen. Und ich würde mich schon noch bei Ida melden, nur eben dann, wenn ich es wollte, und nicht, wenn meine Mutter oder Ilse-Marie meinten, es wäre an der Zeit.

Früher waren Ida und ich unzertrennlich gewesen, fast wie Schwestern. Wir lebten Tür an Tür, waren in denselben Kindergarten und später in dieselbe Klasse gegangen. Wir waren *Beffis* – die Abkürzung hatte Ida erfunden, als wir acht oder neun gewesen waren. »Beste Freundinnen für immer«. Nach dem Abi war es vollkommen klar gewesen, dass wir fürs Studium zusammenblieben. Und weil Ida einen Studienplatz für Medizin in Hamburg ergatterte, ging ich mit. Wir wohnten in einer Zweier-WG, teilten Bad, Küche und häufig auch den Inhalt unserer Kleiderschränke.

Natürlich gab's auch Jungs, die mal kürzer, mal länger blieben, aber nie war es etwas Ernstes. Bis Moritz in mein Leben trat und ich mit ihm in Hamburg blieb, während Ida zurück nach Husum ging, wo sie einen Job als Assistenzärztin im Kreiskrankenhaus annahm. Das erste Mal in unserem Leben waren wir längere Zeit voneinander getrennt. Wir versuchten, uns oft zu besuchen, schickten uns lange E-Mails und telefonierten am Wochenende stundenlang. Doch dann kamen die Zwillinge, und mein Leben wurde komplett auf den

Kopf gestellt. Ich hatte keine Zeit mehr zum Telefonieren, geschweige denn für Besuche in Husum. Ich hatte ja noch nicht einmal Zeit, in Ruhe zu duschen oder zur Toilette zu gehen. Ida beschwerte sich nie, aber ich spürte, dass sie distanzierter war, wenn wir uns dann doch einmal trafen. Wir wussten nicht mehr, was im Leben der anderen vorging, was sie gerade umtrieb, welche Menschen wichtig waren, mit welchen Problemen sie zu kämpfen hatte.

Zuletzt hatte ich Ida bei der Beerdigung meines Vaters gesehen. Es war eine der unzähligen Umarmungen dieses Tages gewesen, Ida hatte mir über den Rücken gestrichen, gesagt, wie leid es ihr tue und dass sie für mich da wäre, wenn ich reden wollte. Sie würde sich Zeit nehmen, egal wann, ich sollte mich nur melden. Ich hatte traurig gelächelt, es war ein liebes Angebot – das ich nicht annehmen würde. Nie hatte ich mich meiner ehemals besten Freundin ferner gefühlt als an diesem Tag. Ida war während der Trauerfeier, bei der Seebestattung und auch beim anschließenden Leichenschmaus so gefasst und kontrolliert gewesen. Immer wieder hatte ich zu ihr hinübergesehen, ihre hochgewachsene, schlanke Figur gemustert, ihre honigblonden Haare, die in seidigen Wellen auf ihrem schwarzen Mantel lagen, ihr perfektes Make-up – und keine einzige Träne entdeckt. Als sei Arno ein Patient von ihr und nicht der Vater ihrer besten Kindheitsfreundin, bei dem sie früher selbst täglich ein und aus gegangen war.

Natürlich war das nichts, was ich ihr vorwerfen konnte. Aber es unterstrich, wie weit sich unsere Leben voneinander entfernt hatten.

Während ich mit den täglichen Herausforderungen als berufstätige, alleinerziehende Mutter kämpfte, war Ida auf der

Karriereleiter steil nach oben geklettert. Mittlerweile arbeitete sie als Oberärztin, lebte in einer superschicken Loftwohnung am Marktplatz. Es gab wechselnde Männer an ihrer Seite, die allesamt so aussahen, als würden sie viel Zeit für Fitnessstudiobesuche und proteinreiche Ernährung aufbringen können. Ida selbst lebte seit neuestem vegan, wie ich von ihrem Instagram-Account wusste, ihre Garderobe war exklusiv und elegant, und vorletztes Wochenende hatte sie mit ihren *Girls* bei einem Wellnesswochenende auf Sylt entspannt.

Mit schöner Regelmäßigkeit versank ich im Treibsand von Social Media, scrollte mich durch ihren Feed und beneidete sie um ihr schillerndes Leben. Neben der strahlend schönen Ida fühlte ich mich wie eine winzige staubgraue Maus. Und so, als hätte ich bei allen wichtigen Entscheidungen im Leben die falsche Wahl getroffen.

Das alles konnte ich meiner Mutter nicht sagen. Vergleiche dieser Art waren ihr völlig fremd, und sie hätte überhaupt nicht verstanden, wo das Problem lag.

»Ida hat diese Woche viel zu tun«, führte ich meine kleine Lüge deshalb aus und kam mit dem Wein, dem Käse und der Reibe zurück an den Tisch. »Nächste Woche sehen wir uns.«

»Freundschaften sind wichtig«, erklärte meine Mutter. »Man muss sie pflegen.«

Ich nickte und schenkte ihr nach.

»Auf die Freundschaft«, sagte sie und erhob ihr Glas.

»Auf die Freundschaft«, murmelte ich und ließ mein Glas gegen ihres klirren.

Wir waren gerade dabei, den Tisch abzuräumen, da klingelte das Telefon in der Diele. Meine Mutter ging ran und wechselte ein paar Sätze mit dem Anrufer, ihrem Ton zufolge war es niemand Vertrautes. »Für dich«, rief sie schließlich.

Wer konnte das sein? Ida vielleicht? Nein, mit der hätte Vally freundlich geplaudert. War etwas mit den Kindern? Sofort schnellte mein Puls in die Höhe.

»Es ist dein Geschichtslehrer, Herr Hinrichsen«, rief Vally, und ich beeilte mich, zu ihr zu kommen. »Hast du deine Hausaufgaben wieder nicht gemacht, Henrike?«, fragte sie mich mit strengem Ton.

Schnell nahm ich ihr den Hörer aus der Hand, Hinrichsen musste jedes Wort gehört haben.

»Herr Hinrichsen, hallo?«

»Entschuldige, Henrike, dass ich so spät noch anrufe. Aber ich habe ein Problem, ein riesiges. Dieser Tag hat sich als absolute Katastrophe entpuppt, und du bist womöglich meine einzige Rettung!«

»Ja …?« Ich lachte nervös.

»Es ist so.« Er holte tief Luft. »Ludwig, mein Angestellter im Museum, ist ausgefallen. Pfeiffersches Drüsenfieber – und das in der Weihnachtszeit! Ich habe schon halb Husum abgeklappert, aber niemand hat Zeit. Deshalb … Du bist meine letzte Rettung!«

»Wofür genau …?« Ich verstand nicht, worauf er hinauswollte.

»Kannst du dir vorstellen, in meinem Museum auszuhelfen? Nur für ein paar Stunden täglich und nur bis Weihnachten … Also, wenn du Freude daran hast, gerne auch länger. Aber wie gesagt, jetzt gerade brennt ein wenig die Luft, du verstehst?«

Ich räusperte mich. Natürlich verstand ich. Und ich wollte

auch nicht unhöflich sein. Aber ich war nicht hergekommen, um einen Aushilfsjob in einem Hobbymuseum anzunehmen. Meine Mutter und ich mussten noch ein ganzes Haus sichten, sortieren und in Kisten verpacken.

»Es würde mir auch schon helfen, wenn du nur ein paar Stunden pro Woche aushelfen könntest. Seit einem Jahr möchte ich die Ausstellung erweitern, finde aber einfach nicht die Zeit dafür, mein Archiv zu sichten, passende Ausstellungsstücke zu restaurieren und die Ausstellungstexte zu schreiben. Und dann ist da ja auch noch der Laden, der besetzt werden muss.«

Er klang wirklich verzweifelt, und ich überlegte fieberhaft, wie ich ihm freundlich absagen konnte.

»Du könntest erst mal vorbeischauen, und dann zeige ich dir die Räumlichkeiten, unsere Exponate und den Laden.«

»Also, ich …« Doch auf die Schnelle fand ich keine Argumente, die gegen einen kurzen Besuch in seinem Museum sprachen. »Gut«, sagte ich schließlich, anschauen konnte ich es mir ja mal.

»Großartig, Henrike, fantastisch! Ich freue mich riesig.«

»Ich kann aber nicht versprechen, dass es klappt«, stellte ich noch einmal klar. »Die Umzugsvorbereitungen laufen hier auf Hochtouren.«

»Natürlich. Aber komm doch erst mal vorbei, dann besprechen wir alles Weitere.«

Er schlug vor, dass ich am Montagmorgen um neun Uhr im Weihnachtshaus vorbeischauen sollte. Dann hätten wir noch eine Stunde Zeit, um einmal durch die gesamte Sammlung zu gehen, bis die ersten Besucher kämen. Eine Stunde, um sich ein bisschen Weihnachtsschmuck anzuschauen, das kam mir sehr großzügig kalkuliert vor. Irgendwie war es rührend, wie ernst er sein »Museum« nahm.

»Einverstanden«, verabschiedete ich mich. »Bis Montag dann, Herr Hinrichsen.«

»Vielen Dank, Henrike. Und eins noch: Nenn mich doch bitte Peer – so unter Kollegen.«

Ich legte auf und sah in Vallys fragendes Gesicht. Als ich ihr von Hinrichsens Bitte erzählte, nickte sie nur. Vom Weihnachtshaus hatte sie schon gehört. Im *Husumer Wochenblatt*, das größtenteils aus Werbung bestand, wurde regelmäßig darüber berichtet.

»Das kommt natürlich nicht in Frage«, erklärte ich. »Aber ich wollte ihn auch nicht gleich abwimmeln.«

»Was spricht denn dagegen?«, fragte sie. »Du liebst doch diesen ganzen Weihnachtsfirlefanz.«

»Aber ich bin nicht hier, um Hinrichsen zu helfen, sondern *dir*!«

»Ja, nun.« Vally sah sich um. »Wir können aber auch nicht vierundzwanzig Stunden am Tag Kisten packen. Außerdem muss ich arbeiten, habe Termine und Verabredungen. Willst du dann die ganze Zeit hier rumsitzen und Löcher in die Luft starren?«

Ich seufzte. Nein, das wollte ich nicht. Und anschauen musste ich mir sein Museum jetzt sowieso. Vielleicht würde es ja sogar ganz nett werden. Es stimmte, was meine Mutter gesagt hatte, ich liebte alles, was mit Weihnachten zu tun hatte. Und ein Haus voller Weihnachtsschmuck? Eigentlich entzückend.

6.

Das Wochenende verlief weitestgehend friedlich. Wir fanden einen Rhythmus aus Räumen, Reden, Essen und Ruhen, der für uns beide passte. Insgesamt kamen wir mit den Umzugsvorbereitungen nur langsam voran, fand ich. Doch meine Mutter schien das kein bisschen zu stören. Sie wirkte noch immer tiefenentspannt.

Schon in Hamburg hatte ich mir aus dem Internet eine Umzugs-Checkliste heruntergeladen und ausgedruckt. Danach hätten wir schon vor zwei Monaten ein Umzugsunternehmen beauftragen, Halteverbotszonen für den Tag des Umzugs beantragen und Vallys neue Adresse bei Banken und Versicherungen melden sollen. Ganz zu schweigen vom Wechsel der Telefon-, Strom- und Gasanbieter. Doch wann immer ich mich meiner Mutter mit dieser Liste näherte, schimpfte sie: »Nicht schon wieder die Liste des Grauens!«

»Aber, Mama, es gibt Termine und Fristen. Wann willst du das denn alles machen? Hast du wenigstens schon ein Umzugsunternehmen?«

»Lass das mal bitte alles meine Sorge sein, ja? Du kannst mir gerne beim Ausmisten helfen und deine eigenen Sachen hier aus dem Haus schaffen. Um alles andere kümmere ich mich.« Und murrend fügte sie hinzu: »Senil bin ich ja wohl noch nicht.«

Und so stand ich da mit hängenden Schultern und der Checkliste in der Hand, die auch für mich immer mehr zur Liste des Grauens wurde, weil wir bislang keinen einzigen Punkt abhaken oder streichen konnten.

Am Samstagvormittag nahm ich mir den Schuppen vor – mein ehemaliges Museum. Hier lagerte, was ich in zahllosen Spaziergängen zusammen mit meinem Vater im Watt gefunden, untersucht, katalogisiert und schließlich ausgestellt hatte. Und wovon ich mich heute verabschieden musste.

Draußen begrüßte mich klassisches nordfriesisches Winterwetter – vier Grad, Nieselregen und ein böiger Wind aus Nordost. Vorausschauend hatte ich mehrere Lagen Strumpfhosen, Leggins und Wollpullis angezogen. Die Tür des Schuppens war unverschlossen, klemmte aber, sodass ich kräftig daran ziehen musste. Mit einem Ruck öffnete sie sich schließlich, und meine Augen brauchten einen Moment, um sich an das dämmrige Licht des fensterlosen Raums zu gewöhnen.

Da waren sie, meine ehemaligen Schätze. Und obwohl es aus heutiger Sicht nur eine staubige Sammlung wertlosen Strandguts war, fühlte ich noch immer die Bedeutung, die von diesem Ort ausging. Einmal im Monat hatte das kleine Schuppenmuseum seine Türen geöffnet, und Vally durfte für einen Eintrittspreis von einer D-Mark meine Sammlung bewundern. Manchmal erbarmten sich auch Ilse-Marie oder Ida, die kamen umsonst rein.

Flügelfeder einer Zwergmöwe (Hydrocoloeus minutus) las ich auf einem der kleinen Kärtchen, die neben meinen Exponaten standen. Die blaue Tinte meiner Kinderschreibschrift war ausgeblichen. *Gefunden am 13. Februar 1992. Fundort: Breitengrad 54 Stunden, 29 Minuten und 20 Sekunden Nord – Längengrad 9 Stunden, 0 Minuten und 34 Sekunden Ost.*

Auf die Koordinaten hatte mein Vater besonders viel Wert gelegt. Hatte ich etwas gefunden, das ich in meine Sammlung aufnehmen wollte, sollte ich die Fundstelle dokumentieren. Er zeigte mir, wie man den entsprechenden Punkt auf der Karte fand, die er immer bei sich trug. Vor meinem inneren Auge sah ich mich als Grundschülerin in kniehohen Gummistiefeln und gelbem Friesennerz an der Seite meines Vaters im Watt, dem Wind trotzend. Mit fester Stimme gab ich die Koordinaten durch, er notierte sie gewissenhaft in einem kleinen Notizbuch, und ich fühlte mich wie eine echte Entdeckerin.

Ich nahm den Eimer, den Vally mir mitgegeben hatte, und begann die Muscheln, Seesterne, geschliffenen Glasscherben, Steine mit Löchern, seltsam geformten Äste und Federn hineinzuwerfen. Jedes Stück war mit einer Erinnerung verknüpft, bei jedem einzelnen wurde es mir schwer ums Herz.

Ich nahm gerade ein großes Stück Treibholz vom Regal, in das mein Vater kleine Löcher für die Kiele der Federn gebohrt hatte, da hörte ich seine tiefe, ruhige Stimme in meiner Erinnerung: »Und was hast du jetzt vor?«, fragte er. Und in diesen sechs Wörtern lag all seine Aufmerksamkeit, Wärme und Liebe. Mein Vater war nie ein Mann großer Worte gewesen. Viel besser: Er hörte zu und fragte nach und brachte mir so bei, meine eigenen Antworten zu finden. Wenn ich in der Schule gehänselt wurde, weil ich zu groß und zu dünn war. Wenn Ida und ich Streit hatten, was selten vorkam, mich dann aber besonders heftig traf. Oder wenn ich eine schlechte Note mit nach Hause brachte, obwohl ich doch eigentlich so gut gelernt hatte – dann setzte sich mein Vater abends auf meine Bettkante, das Licht war schon gelöscht, und nur die Sterne meiner Nachtlampe tanzten durchs Zimmer. »Na, mein

Kind?«, frage er. Mehr nicht. Und ich erzählte. Mein Vater hörte zu, manchmal stellte er eine Frage, um meinen Kummer ganz genau zu verstehen. Und erst wenn ich wirklich alles erzählt hatte, auch das letzte Körnchen Ärger, Enttäuschung und Frust losgeworden war, fragte er: »Was hast du jetzt vor?« Und wartete anschließend so lange, bis ich eine Lösung gefunden hatte.

Mit Vally war es anders. Sie hatte zu allem und jedem eine Meinung, ließ alle großzügig und ungefragt daran teilhaben, und es war schwierig, in ihrer Nähe auch nur einen einzigen klaren Gedanken zu fassen, weil sie eigentlich immer redete, immer in Bewegung war, immer auf dem Sprung.

Gegensätzlicher als meine Eltern hätten zwei Menschen kaum sein können. Und ich, das Produkt dieses besonnenen Vaters und einer vor Energie strotzenden Mutter, hatte eine komplizierte Kombination ihrer Eigenschaften geerbt. Ich war so unauffällig und zurückhaltend wie mein Vater, konnte aber nur schwer still sitzen und fühlte mich wie meine Mutter für alles und jeden verantwortlich.

Ich sah mich um. Die Regalböden waren geleert, mein einstiges Museum war mittlerweile nichts weiter als ein alter, klappriger Holzschuppen. Die Ferienvermietung würde ihn wegen Einsturzgefahr vermutlich abreißen. Oder so weit stabilisieren, dass hier drinnen zukünftig Rasenmäher und Heckenscheren verstaut werden konnten, sicher verschlossen vor den Touristen, die in ihrem teuer erkauften Urlaub nicht an Gartenarbeit erinnert werden sollten.

Ich würde den Eimer, der mittlerweile randvoll war, am Strand ausleeren. Wenn Ebbe war, könnte ich meine Fundstücke auf dem Watt verteilen. Vielleicht würde sich ja eins der Buddelkinder über meine Sammlung freuen, die hier auch im Dezember in gefütterten Softshellanzügen und mit dicken Mützen, roten Bäckchen und laufenden Nasen begeistert herumwerkelten.

Ich ging zurück zum Haus und warf einen Blick auf den Tidenkalender, der in der Diele neben der Haustür hing. So wie man die Tage der Müllabfuhr immer parat haben wollte oder einen Ausdruck des Busfahrplans, hing in den Häusern an der Nordseeküste der Tidenkalender gut sichtbar für alle Bewohner. Mein Finger wanderte über das Papier, bis ich die richtige Zeile gefunden hatte. Ein kurzer Blick auf die Uhr, wenn ich jetzt gleich losfahren würde, käme ich zu Niedrigwasser an.

Als ich den Strandparkplatz erreicht hatte, rüttelte der Wind beim Aussteigen an der Autotür, und ich hatte Mühe, den Deich hochzukommen. Hier draußen war es schrecklich ungemütlich, und der Eimer in meiner Hand wog schwerer, als ich angenommen hatte.

Oben erkannte ich, dass ich mich getäuscht hatte. Statt weitem Watt sah ich die tosende Nordsee, die bis an die Deiche brandete. So wenig Nordfriesin war ich also noch, dass ich den Tidenkalender nicht mal mehr richtig lesen konnte? Der Himmel war von dunklen grauen Wolken verhangen, und ein eisiger Wind peitschte die Wellen auf. Es roch nach Salz und Meer, das Tosen der Brandung war ohrenbetäubend.

Gebannt stellte ich den Eimer ab und ließ meinen Blick über die endlose See gleiten. Wie unermüdlich die Wellen gegen das Land schäumten, wie wild und unbezähmbar, wie grenzenlos. Jedes Mal aufs Neue war es überwältigend. Ich fühlte mich klein und unbedeutend. Und gleichzeitig stärker und zuversichtlicher. Ein Paradoxon, das nur das Meer beherrschte.

Gerne wäre ich noch einen Moment länger auf dem Deich geblieben, aber mein Gesicht brannte bereits von der Kälte des Windes. Ich beschloss, meine Museumsstücke dorthin zurückzubringen, wo sie herkamen. Sollte die Flut alles mitnehmen und hinausschwemmen auf die weite See, dorthin, wo auch die Asche meines Vaters schwebte. Ich ging bis nach vorne an die Wasserkante, warf Stück für Stück ins Meer und sah meinen Fundstücken dabei zu, wie sie fortgetragen wurden. Als ich ging, trieben nur noch ein paar Federn auf der Wasseroberfläche.

Am Sonntag, dem ersten Advent, schlich ich in aller Früh nach unten, um den Frühstückstisch zu decken. Nun bereute ich es doch, den vertrockneten Supermarkt-Adventskranz nicht mitgenommen zu haben. Ich hätte alles darum gegeben, die erste Kerze anzuzünden.

Frohen ersten Advent, schrieb ich den Kindern.

Prompt antwortete Feline mit einer Sprachnachricht: »Frohen ersten Advent, Mama!«, hörte ich ihre fröhliche Stimme. »Hi, Mum!«, meldete sich dann auch Lenny. »Wir haben heute auch das erste Säckchen aufgemacht. Vielen Dank für das Sandwich!«, sagte Line. »Und für den Hotdog«, pflichtete ihr Lenny bei.

Heute war nicht nur der erste Advent, sondern auch der 1. Dezember, was bedeutete, dass die Adventskalenderzeit begann. Schon im September hatte ich angefangen, die ersten Kleinigkeiten für sie zu besorgen. Heute hatten die Zwillinge bunte Radiergummis in Form von Snacks in den Jutesäckchen gehabt. Morgen würden sie zwei hübsch verpackte Schokoladensterne bekommen. Es machte mir Spaß, die kleinen Überraschungen zu besorgen und genau zu überlegen, an welchem Tag welches Geschenk am besten passte.

Ich selbst hatte früher immer nur einen dieser flachen Supermarkt-Schokoadventskalender bekommen, den mir mein Vater Ende November in meinem Zimmer aufhängte.

Meinen ersten echten Adventskalender hatte mir dann Ida geschenkt, da waren wir acht oder neun Jahre alt gewesen. Sie hatte vierundzwanzig Socken als Verpackung hergenommen und sie mit kleinen Süßigkeiten, Selbstgebasteltem oder Gefundenem gefüllt. Und schon am 7. Dezember fragte sie mich kleinlaut, ob sie vielleicht die ersten Socken zurückhaben könnte, sie hätte keine frischen mehr und wollte nicht die ihrer Brüder anziehen.

Seufzend sah ich mich in der Fischerkate um. Es gab hier wirklich keinen einzigen weihnachtlichen Gegenstand. Keinen Stern, keinen Engel, keinen Weihnachtsmann – so war das schon immer gewesen. Sogar selbst gemachte Baumanhänger aus Salzteig oder das Krippen-Fensterbild, das ich in der Schule gebastelt hatte, hatte Vally früher nur zähneknirschend akzeptiert.

»In deinem Zimmer kannst du machen, was du willst«, hatte sie erklärt. »Aber hier unten ist weihnachtsfreie Zone.«

Ich konnte ja verstehen, wenn man dem Weihnachtskommerz kritisch gegenüberstand, das tat ich ja selbst. Aber es ging an Weihnachten doch auch nicht darum, immer teurere und größere Geschenke zu kaufen, von einer Weihnachtsfeier zur nächsten zu hetzen oder am Heiligabend das perfekte Menü aufzutischen. Nein, es ging darum, die dunkle Jahreszeit mit unzähligen kleinen Lichtern zu erhellen und es sich zu Hause gemütlich zu machen. Es ging darum, innezuhalten und Zeit mit seinen Liebsten zu verbringen. Es ging um all die kleinen Rituale und Traditionen, die die Weihnachtszeit so besonders machten – sei es das Plätzchenbacken, Weihnachtslieder im Radio mitzusingen, der Duft von Bratäpfeln, der sich noch stundenlang in der Wohnung hielt, oder Weihnachtskarten an all die Menschen zu schreiben, bei denen man sich vielleicht ein ganzes Jahr nicht gemeldet hatte. Um zu sagen, ich denke an dich. Du bist mir wichtig. Wie ist es dir ergangen?

Was war denn falsch daran, all diese Kleinigkeiten zu zelebrieren? Es war mir unbegreiflich, warum meine Mutter sich all dem verweigerte.

7.

Warum hatte ich nur zugesagt? Warum brachte ich mich immer wieder in unangenehme Situationen, nur weil ich nicht unhöflich sein oder andere enttäuschen wollte?

Das fragte ich mich unwillkürlich, als ich am Montagmorgen von meinem Handywecker aufwachte und mir einfiel, dass heute der versprochene Besuch im Weihnachtshaus anstand. Am liebsten hätte ich mir gleich wieder die Decke über den Kopf gezogen.

Missmutig stand ich dann trotzdem auf, machte mich fertig und trank einen schnellen Kaffee im Stehen. Vally war schon zur Frühschicht in die Kinderarztpraxis aufgebrochen. Montagmorgens in der Winterzeit brummte die Praxis wie ein Bienenstock, ein hustender und schniefender Bienenstock, und sicherlich würde Vally am Abend schlagkaputt auf die Couch fallen.

Draußen hörte ich die Müllabfuhr durch den Fischermannskoog rumpeln. Ich sah, wie Ingo Van de Pellt, der Nachbar von schräg gegenüber und seines Zeichens Kapitänleutnant a. D., aus seiner Haustür sprintete und seine Mülltonne an die Straße schob.

Früher hatte ich immer großen Respekt vor Ingo Van de Pellt gehabt. Wenn ein Kind morgens, ohne zu grüßen, an ihm vorbei zu Schule hetzte, rief er den Fischermannskoog entlang: »Wer nicht grüßt, kriegt eins hinter die Löffel.« Obwohl er lachte, war ich nie sicher, wie ernst er es meinte.

Nun, rund dreißig Jahre später, waren alle Kinder von damals erwachsen. Und Ingo van de Pellt hatte zwar immer noch die aufrechte Haltung und den festen Blick eines Marinesoldaten, doch er war deutlich schmaler, und seine Hand zitterte, als er dem Mitarbeiter von der Stadtreinigung zuwinkte, der seine Tonne noch rechtzeitig mitnahm.

Habt einen guten Start in die Woche, meine Süßen!, schrieb ich den Kindern. Noch knapp vier Wochen, bis ich sie wiedersehen würde, und es fühlte sich unendlich an. Am liebsten hätte ich sie gleich angerufen, um zu hören, wie es ihnen ging, ob sie gut geschlafen hatten, und um sie daran zu erinnern, dass sie heute ein leeres Marmeladenglas für ihr Bioprojekt mitnehmen mussten. Aber aus Rücksicht auf Nicola ließ ich es bleiben. Es war eine Sache, dass die Kinder ihres Partners spontan in der Vorweihnachtszeit bei ihr eingezogen waren. Eine andere, wenn dann auch noch die Ex-Frau ständig anrief. Ich durfte ihre Gutmütigkeit nicht überstrapazieren, schließlich war ich darauf angewiesen, dass unser Arrangement funktionierte.

Auf geht's, Rike, versuchte ich, mich zu motivieren. Ein kurzer Besuch, nur mal schnell in diesem Museum vorbeischauen, mehr nicht. Und dann würde ich sagen, dass der Umzug doch mehr Einsatz von mir erforderte, als ich gedacht hätte. Oder dass ich früher zurück nach Hamburg und mich deshalb voll und ganz auf die Haushaltsauflösung konzentrieren müsste. Oder ein bisschen emotionaler: *Es wird gerade alles ein bisschen viel. Danke für Ihr Verständnis*. Irgendwie so.

Das Weihnachtshaus befand sich unweit vom Husumer Stadthafen in einem historischen Eckhaus. Ich hatte ewig gebraucht, um in die Stadt zu kommen. Die Müllautos blockierten die Straßen, und der erste freie Parkplatz, den ich fand, lag fast einen halben Kilometer entfernt.

Als ich nun nass, durchgefroren und außer Atem an den drei Etagen Rotklinker emporblickte, nahm ich mir fürs neue Jahr vor, an meinem *Nein* zu arbeiten.

Nein, Herr Hinrichsen, so leid es mir tut, es passt nicht.

Nein, Herr Hinrichsen, ich werde nicht kommen.

Nein, Herr Hinrichsen, ich habe gerade andere Sorgen.

So schwer war es doch eigentlich nicht.

Vor der Eingangstür wies ein Aufsteller vorbeikommende Passanten auf die Ausstellung hin:

Dat Wiehnachtshuus Husum
Über 10 000 weihnachtliche Exponate
Öffnungszeiten tägl. 10–18 Uhr

Das Plakat, wenn man es überhaupt so nennen konnte, war aus zwei DIN-A4-Seiten im Querformat mit Tesastreifen zusammengeklebt. Mehr Werbung gab es nicht, und wieder einmal überkam mich das Gefühl, dass Herr Hinrichsen hier zwar seinen Traum lebte, er von den anderen aber nicht unbedingt mit der gleichen Begeisterung aufgenommen wurde.

Während meines Studiums hatte ich in großen Museen in Hamburg, Lissabon und London gearbeitet und in den Semesterferien an der Vorbereitung von neuen Ausstellungen mitgewirkt. Das Marketingbudget der Ausstellungshäuser war in die Tausende gegangen, und ich hatte gelernt, wie wichtig es war, die richtige Zielgruppe anzusprechen. Ich hatte Social-Media-Kampagnen begleitet, mich mit dem PR-Team abgestimmt und bedeutende Kunstliebhaber zu Vernissagen eingeladen. Alles, um Aufmerksamkeit für die Ausstellung zu bekommen. Ein selbst gebasteltes Plakat war mir dabei noch nie untergekommen.

Ich nahm die beiden Stufen zum Eingang und drückte die schwere dunkelgrün lackierte Holztür auf. Ein Glöckchen läutete, ich trat ein – und fand mich in einer anderen Welt wieder.

Zuerst nahm ich den Geruch nach Zimt und Tannennadeln wahr, dann die wohlige Wärme. Sofort entspannten sich meine bis zu den Ohren hochgezogenen Schultern, und staunend nahm ich meine Mütze ab. Ich befand mich in einer Eingangshalle, deren Größe und Höhe ich in einem Stadthaus nie erwartet hätte. Und der Raum, der sich vor und über mir öffnete, war ein wahres Weihnachtswunderland. Von der stuckverzierten Decke hingen unzählige Lichterketten und Sterne, die die Halle in ein goldenes Licht tauchten, sowie ein wagenradgroßer Adventskranz, auf dem die erste der vier dicken roten Stumpenkerzen brannte.

Der Handlauf der weißen Holztreppe, die sich in den ersten Stock wand, war mit Tannengirlanden geschmückt. In der Mitte der Halle thronte ein riesiger, mit roten und grün schimmernden Christbaumkugeln üppig dekorierter Weihnachtsbaum, der von Rentierfiguren flankiert wurde, die so echt aussahen, dass ich zweimal hinsehen musste.

Beeindruckt ging ich weiter, meine Schritte wurden vom dicken Teppich gedämpft. Dann nahm ich auch die Musik wahr, leise Klavierklänge. Stille Nacht, heilige Nacht.

Ein paar Atemzüge hielt ich noch inne, bevor ich mich erinnerte, warum ich eigentlich hier war. Ich sah mich um, von Herrn Hinrichsen keine Spur – von *Peer* keine Spur, korrigierte ich mich in Gedanken.

»Hallo?«, rief ich zaghaft, erhielt jedoch keine Antwort.

Von der Eingangshalle gingen drei Räume ab. In zwei von ihnen erkannte ich Vitrinen und Ausstellungsstücke, der Raum rechts von mir lag im Halbdunkeln. Ich linste hinein und wurde wieder überrascht: Was war das? Fast der gesamte Raum wurde von dem mächtigen Einbau eines alten Kaufmannsladens aus dem vorletzten Jahrhundert besetzt – mit hohen Einbauschränken, Vitrinen, Schubladen und Schütten. Die Türeinsätze waren kunstvoll geschnitzt, und gedrechselte Streben zierten den Einbau, das war allerschönste Handarbeit. Und der Laden war über und über mit Weihnachtsdekorationsartikeln bestückt. Ich sah kleine Baumanhänger aus Holz, Glaskugeln, Weihnachtsbücher und Krippenlandschaften. Auf dem Tresen des Kaufmannsladens stand eine alte Kasse, wie ich sie nur aus Büchern kannte, mit pfenniggroßen Tasten, die auf langen Metallstreben schwebten.

»Hallo?«, rief ich erneut. »Hier ist Henrike. Sind Sie da, Herr Hinrichsen?«

Er war zehn nach neun, ich war nicht zu früh. Hatte er unser Treffen etwa vergessen? Oder hätte ich draußen warten sollen? Doch die Tür war offen, jeder könnte hier einfach reinspazieren, sich umsehen oder unbemerkt etwas mitnehmen.

Ich sah mich im ersten Ausstellungsraum um. In großen Glasvitrinen wurden hier Weihnachtsbäume mit ganz unterschiedlicher Dekoration ausgestellt. Schnell verstand ich, dass es um die unterschiedlichen Epochen ging: Während der

Biedermeier-Weihnachtsbaum hauptsächlich mit Essbarem geschmückt war, mit Ketten aus aufgefädelten Rosinen, Gebäck und Lebkuchen, hatte man in der Zeit des Jugendstils wohl eher Wert auf gedeckte Farben und silbernes Lametta gelegt. Interessiert betrachtete ich die ausgestellten Bäume und las die Beschreibungen dazu.

»Wer is dor?«, hörte ich da plötzlich eine Frauenstimme auf Plattdeutsch fragen.

»Ja«, rief ich und ging schnell zurück in die Eingangshalle. »Ich bin hier.«

»Wi hebbt noch sloten. In ein Stund geit dat los.«

»Ich weiß«, rief ich der Unbekannten entgegen, die sich offensichtlich im ersten Stock befand. »Aber ich bin keine Besucherin. Peer Hinrichsen hat mich gebeten vorbeizukommen.«

»Wat hett Peer?«

»Er hat gefragt, ob ich hier aushelfen könnte.« Ich kam mir blöd vor, die Treppe hinaufzurufen und mit dieser gesichtslosen Stimme zu verhandeln.

»Ach so, du bist das. Henrike, richtig?«, fragte sie jetzt auf Hochdeutsch.

»Genau!«

»Warte einen Moment, ich bin gleich da.«

Es rumpelte so heftig, dass ich schon befürchtete, die Frau sei gefallen. Doch dann erschienen erst ihre Füße auf der Treppe – ich sah rustikale Arbeitsschuhe –, gefolgt von einer Jeanslatzhose mit einigen beachtlichen Farbflecken und schließlich auch der Oberkörper und Kopf der Frau, die ich auf Ende vierzig schätzte und sofort sympathisch fand. Sie hatte ihre feinen hellblonden Haare zu einem Pferdeschwanz hochgebunden, trug zwei Grübchen im runden Gesicht und lächelte mich herzlich an. Bevor sie mir die Hand entgegenstreckte, rieb sie sie am Hosenbein ab.

»Svantje«, stellte sie sich vor. »Ich bin quasi Peers rechte Hand.« Sie hob einen Hammer in die Höhe und grinste. »Super, dass du mithilfst. Wir sind hier immer heillos unterbesetzt, vor allem in den Wintermonaten.«

»Ich wollte heute nur mal vorbeischauen, um mir alles anzusehen. Ich weiß noch nicht ganz, ob ich wirklich helfen kann.«

»Ganz bestimmt kannst du das! Peer hat erzählt, dass du Kunsthistorikerin bist. Und eine seiner Lieblingsschülerinnen warst.«

»Na ja«, wiegelte ich ab. So viel Lob war mir unangenehm. »Ich habe Kunstgeschichte studiert, aber nie wirklich in dem Beruf gearbeitet. Kurz vor meiner Promotion musste ich aufhören. Bist du auch Kunsthistorikerin?«

Svantje lachte. »Nein, Tischlerin. Oder Mädchen für alles, wenn es nach Peer geht. Er kann nicht mal einen Nagel in die Wand schlagen. Alles, was hier hängt, steht oder irgendwie befestigt werden muss, erledige ich.«

Ich nickte anerkennend. Aus der Notwendigkeit heraus hatte ich mir selbst zwar einiges beigebracht und besaß mittlerweile einen ansehnlichen Werkzeugkoffer mit Akku-Schrauber, Knarren-Set, Dübel und Bohrer in allen möglichen Größen. Aber anfallende Aufgaben erledigte ich immer noch mit Respekt, Widerwillen und einer unterschwelligen Wut auf Moritz.

Das Türglöckchen klingelte wieder, und Peer Hinrichsen erschien in der Eingangshalle. »Du bist schon da!«, begrüßte er mich fröhlich. »Wie schön! Und Svantje hast du auch gleich kennengelernt. Wir werden so viel Spaß hier haben!« Er zog seine knallenge rote Jacke aus, die ich schon am Freitag bewundert hatte, und hängte sie auf den Garderobenständer neben der Eingangstür. Darunter kam ein Norwegerpullover zum Vorschein, über dem er Hosenträger trug. An seinem Hosenbund baumelte ein großer Metallring mit unzähligen klimpernden Schlüsseln. Wieder lächelte er, und langsam bekam ich den Eindruck, dass dies sein ganz natürlicher Gesichtsausdruck war. So wie manche Menschen immer missmutig oder schlecht gelaunt aussahen, lächelte Peer Hinrichsen grundsätzlich. Ich konnte mich nicht daran erinnern, dass er früher als Lehrer auch so fröhlich gewesen war.

»Ich muss leider schon wieder los in die Tischlerei«, sagte Svantje. »Morgen früh schaue ich mir die Vitrinentür oben an. Und dann kümmere ich mich auch um den Haken in der Bäckerei, eventuell muss ich einen anderen Dübel besorgen.« Sie zog einen Zimmermannsbleistift und einen kleinen Spiralblock aus einer ihren vielen Latzhosentaschen und machte sich eine Notiz. »So, eingeloggt. Nun muss ich mich aber sputen.«

Dann winkte sie mir kurz zu, Peer wurde zum Abschied umarmt. Ziemlich fest sogar, fand ich, und unwillkürlich fragte ich mich, ob es eigentlich eine *Frau* Hinrichsen gab.

»So, Henrike, und nun gebe ich dir erst mal eine Führung. Wir fangen mit unserem historischen Laden an.« Peer knipste das Licht in dem Raum an, in den ich gerade schon hineingespäht hatte. Jetzt, im hellen Licht des Kronleuchters, der in der Mitte des Raums hing, war der Ladeneinbau noch imposanter.

»Wunderschön, nicht wahr?« Peers Lächeln verwandelte sich nun in ein Strahlen über das ganze Gesicht. »Der Laden ist von 1890, aus einer alten Seifensiederei. Wir verkaufen hier handgefertigten Weihnachtsschmuck und kulinarische Besonderheiten. Probier mal.« Er griff in eine große Bonboniere aus geschliffenem Glas, holte einen in Glanzpapier gewickelten Marzipanstern heraus und reichte ihn mir. Ich schälte ihn aus der Verpackung und biss hinein – himmlisch!

»Aus einer kleinen Konditorei in der Nähe von Lübeck. Alles Handarbeit. So gutes Marzipan bekommst du sonst nirgendwo!«

Wir setzten die Führung im Erdgeschoss fort. Neben den Weihnachtsbäumen gab es hier eine Ausstellung der ersten Adventskalender. »Früher machten die Menschen Kreidestriche an die Tür, die jeden Tag von den Kindern weggewischt werden konnten«, erklärte Peer. »Der erste richtige Adventskalender war eine Weihnachtsuhr wie diese hier.« Er deutete auf eine kreisrunde Schautafel, in deren Mitte ein Metallzeiger befestigt war. Auf zwölf Feldern befanden sich die Titel von Weihnachtsliedern, los ging es am 13. Dezember. Jeden Tag konnte der Zeiger nun einen Tag auf der Weihnachtsuhr nach vorne rücken und zeigte an, welches Lied gesungen werden sollte. Den krönenden Abschluss bildete am Heiligabend »Vom Himmel hoch, da komm ich her«.

»Von wann sind diese Weihnachtsuhren?« Ich musste mir eingestehen, dass ich mir noch nie Gedanken darüber gemacht hatte, wie und wann Adventskalender entstanden waren.

»1904. Man konnte sie für fünfzig Pfennig im Buchladen erwerben. Großartig, nicht wahr?«

Als Nächstes zeigte er mir im Erdgeschoss die Anfänge des Weihnachtsschmucks. Dass Christbaumkugeln eine deutsche Erfindung waren, hatte ich ebenfalls nicht gewusst. Bereits 1848 wurden die ersten Weihnachtskugeln in Thüringen hergestellt. Aus Ermangelung an Äpfeln und Nüssen, die die Bäume bis dato geschmückt hatten, stellte die Lauschaer Glashütte, eigentlich spezialisiert auf Glasaugen, die ersten hohlgeblasenen Kugeln her. »Weihnachtskugeln statt Glasaugen, großartig, nicht wahr?«, fragte Peer, und ich konnte nicht anders als ihm zustimmen.

Ganz gegen meine Erwartungen war es faszinierend, was Peer zu erzählen hatte. Wie oft schon hatte ich Weihnachtskugeln in der Hand gehabt, ohne mir darüber Gedanken zu machen, woher der Brauch überhaupt kam?

Im ersten Stock zeigte Peer mir die Ausstellung der Weihnachtskrippen und Engelfiguren in allen erdenklichen Größen und Materialien. Außerdem befanden sich hier Weihnachtspyramiden, von winzig kleinen, die sich wie Buddelschiffe in einer Flasche befanden, bis hin zu welchen, die fast so groß wie ich waren.

Die musste ich Feline zeigen. Wenn die Kinder am 22. Dezember in Husum ankämen, würde ich mit ihnen als Allererstes ins Weihnachtshaus gehen. Sicherlich wäre Line vollkommen aus dem Häuschen, wenn sie die Minikrippe sah. Schon als Zweijährige hatte sie es geliebt, mit den Figuren unserer Ostheimer Krippe zu spielen. Und noch heute legte sie viel Wert darauf, dass das Jesus-Baby nicht zu früh einzog.

In der zweiten Etage, unter den Dachschrägen des herrschaftlichen Hauses, befand sich ein Kinderzimmer mit altem Spielzeug – struppige Teddybären, Zinnsoldaten, kunstvoll geschnitzte Handpuppen und vieles mehr. Außerdem war hier oben die »Backstube«, wie Peer sie nannte. Hier gab es alte Lebkuchenformen, von Hand bemalte Vorratsdosen und Plätzchenausstecher.

Zu jedem Stück wusste Peer etwas Besonderes zu erzählen, und schon bald schwirrte mir der Kopf. Ich hatte das Museum vollkommen unterschätzt. Es war nicht nur charmant und einzigartig in seiner Sammlung, sondern illustrierte anschaulich zweihundert Jahre Kulturgeschichte. Diese ganz alltäglichen und doch so bedeutsamen Gegenstände eigneten sich hervorragend, um die Eigenarten einer Epoche aufzuzeigen.

»Und«, fragte Peer und gab dem antiken Holzschaukelpferd, das in einer Ecke des Kinderzimmers stand, einen kleinen Schubs, sodass es zu wippen begann. »Was sagst du?«

»Wirklich toll.«

»Nicht wahr?«

»Und kannst du dir vorstellen …?« Er sah mich erwartungsvoll an. »Ich dachte, vielleicht könntest du erst mal den Laden übernehmen. Die Besucher sind ganz versessen auf den Weihnachtsschmuck. Das ist natürlich weit unter deinen Qualifikationen, aber es gibt auch noch einige Stücke in unserem Lager, die ich immer noch nicht gesichtet und ausgestellt habe. Das ist so schade, aber ich schaffe es einfach nicht. Wenn du in Zeiten, in denen keine Kundschaft im Laden ist, dir das ein oder andere Stück mal ansehen könntest, das wäre großartig. Und wenn du dich ein bisschen eingearbeitet hast, könntest du natürlich auch Führungen übernehmen. Also, wenn du magst.«

Ich rieb mir die Hände. Das Weihnachtshaus war zwar nicht die Art von Museum, in denen ich früher gearbeitet hatte, aber es hatte mich vom ersten Moment an in seinen Bann gezogen. Allein die wunderschön gestaltete Eingangshalle …

Zögerlich nickte ich.

»Heißt das …?«

»Ja.« Nun musste ich auch lächeln. »Ich helfe gerne aus.«

Peer jauchzte und umarmte mich. »Das ist großartig, Henrike, ich danke dir von ganzem Herzen! Du wirst deine Entscheidung ganz gewiss nicht bereuen.« Damit befreite er einen alten Schlüssel mit verschnörkeltem Griff und kunstvoll gestanztem Bart von seinem Schlüsselring und überreichte ihn mir. »Die Eintrittskarte in unser Paradies«, erklärte er.

»Aber du weißt, dass ich keine Weihnachtsexpertin bin, richtig?«, stellte ich noch einmal klar.

»Kein Problem«, antwortete Peer mit einem Augenzwinkern. »Du bist auf dem besten Weg, eine zu werden.«

8.

Mehl, Milch, Eier, Hefe, Zucker, Butter, Vanille, Marzipan, Zimt und Kardamom. Die kandierten Früchte würde ich weglassen und stattdessen Datteln und gehackte Mandeln dazugeben. Ich stand in der Küche der Fischerkate und baute die Zutaten vor mir auf der Arbeitsfläche auf. Vallys miesepetriger Weihnachtslaune zum Trotz würde ich einen Christstollen backen, dabei das Weihnachtsoratorium hören und später einen selbst gemachten Glühwein mit Nelken, Zimt und Sternanis trinken. Der Besuch in Peers Museum hatte mich in Weihnachtsstimmung versetzt. Auf dem Rückweg hatte ich große Teelichter gekauft, die jetzt in drei der aussortierten Vasen gemütlich flackerten.

Aus dem Teig, der normalerweise für einen großen Stollen reichte, würde ich diesmal zwei kleinere formen. Einen für Vally und mich hier in Husum, den anderen würde ich den Kindern nach Hamburg schicken. Dann hatten sie trotz dieser für uns alle ungewöhnlichen Adventszeit ein Stück Weihnachtstradition, über das sie sich freuen konnten.

Ich siebte das Mehl in eine große Schüssel und fügte eine Prise Salz hinzu. Dann erwärmte ich die Milch und bröckelte die Hefe hinein. Vorsichtig gab ich das Gemisch in die Kuhle im Mehlberg, ließ den Zucker hineinrieseln und vermengte alles vorsichtig.

Schließlich streute ich großzügig duftenden Zimt und Kardamom darüber und begann, den Teig zu kneten. Allmählich verband sich die Mischung zu einer geschmeidigen Masse, und ich gab nach und nach weiche Butter, Eier, die Datteln und Mandeln hinzu.

Der Dattelstollen war mein eigenes Rezept, und ich hatte einige Jahre daran getüftelt, bis das perfekte Gebäck dabei herausgekommen war. Im ersten Jahr war es zu viel Zucker gewesen, im nächsten hatten sich die Datteln nicht mit dem Teig verbunden. Aber irgendwann hatte ich es raus und war stolz auf meine eigene kleine Kreation, die mittlerweile zur Tradition geworden war. Wenn Feline und Lennard erwachsen wären und mit ihren eigenen Familien Weihnachten feierten, könnten sie mit dem Rezept des Stollens ein Stück ihrer Kindheit wiederaufleben lassen.

Für mich selbst hatte es kein altes Familienrezept gegeben, auch keine Tipps von Vally oder aufgeklebte Rezeptausschnitte aus Zeitschriften. Soweit ich mich erinnerte, hatte meine Mutter in ihrem ganzen Leben noch keinen einzigen Stollen gebacken. Genauso wenig wie Plätzchen, Pfeffernüsse oder Lebkuchen.

Wenn ich früher Plätzchen gebacken hatte, dann zusammen mit Ida drüben bei Krokowskis. Die Adventszeit war von jeher eine angespannte Zeit bei uns gewesen. Entweder arbeitete meine Mutter wie eine Verrückte, übernahm Extraschichten und gerne auch die bei ihren Kolleginnen unbeliebten Feiertagsdienste in der Klinik, oder wir verreisten. Meine Eltern befreiten mich in den letzten Wochen des Jahres vom Unterricht, was wegen meiner guten Noten kein Problem war, wir setzten uns ins Flugzeug und flogen der Sonne entgegen –

auf die Malediven, nach Südafrika oder Malaysia, Hauptsache weit weg. Jedes Mal kam es mir eher wie eine Flucht als eine Auszeit vor. Und waren wir erst angekommen, hetzten wir von einer Sehenswürdigkeit zur nächsten, um bloß nichts zu verpassen.

Meine Eltern planten ihren kompletten Jahresurlaub für diese Reisen ein, sodass ich die Sommerferien, wenn all meine Freunde Urlaub machten, allein zu Hause mit einem Stapel Bücher verbrachte.

Als ich mir mit elf Jahren ein echtes Weihnachten wünschte, mit Baum, Plätzchen, Liedern und Kerzen, und bei meiner Mutter so lange gebettelt hatte, bis sie schließlich nachgab, schleppte sie sich mürrisch durch die Adventszeit und bekam an Heiligabend einen so heftigen Migräneanfall, dass sie über die Feiertage im Bett lag und mein Vater und ich allein im Wohnzimmer feierten. Wir konnten uns nur leise unterhalten, um Vally nicht zu wecken, und ihr Stöhnen war auch durch die Wände noch zu hören. Es waren beklemmende Tage gewesen, nichts war so fröhlich, beschwingt und strahlend, wie ich es mir erträumt hatte.

Aber jetzt war ich erwachsen und würde darauf bestehen, am nächsten Sonntag wenigstens eine kleine Adventsstunde zu zelebrieren – am knisternden Kaminfeuer, mit Stollen und duftendem Apfeltee.

Ich formte den Teig zu zwei glatten Laiben und legte sie vorsichtig auf ein mit Backpapier ausgelegtes Blech. Nun war es an der Zeit, den Teig ruhen zu lassen. Ich stellte das Blech auf einen Stuhl, den ich vor den Kaminofen schob.

Die Zeit nutzte ich, um mich meinen alten Schulsachen zu widmen, die sich in Kisten in meinem ehemaligen Kinderzimmer stapelten. Ich schleppte die drei großen Umzugskartons nach unten ins Wohnzimmer, weil ich hier mehr Platz hatte, und begann sie durchzusehen. Mit Interesse blätterte ich durch die vergilbten Hefte und Unterlagen.

Ich blieb an einem Aufsatz hängen, den ich als Neunjährige verfasst hatte: »Wenn ich erwachsen bin, möchte ich Chefin eines großen Naturkundemuseums werden«, las ich. Ich musste schmunzeln, mein neunjähriges Ich hatte bis dato nur das Naturkundliche Museum Husum gekannt, wo es mit Arno viele Stunden verbracht hatte. Meine Begeisterung für Kunst und Geschichte war erst später entfacht worden, auf einer Klassenfahrt in die Kunsthalle Hamburg. Ich hatte vor den metergroßen Werken gestanden, mich wie verzaubert gefühlt und mit einer unausweichlichen Sicherheit gewusst, dass es das war, womit ich mich beruflich beschäftigen wollte. Ich liebte die ehrfurchtsvolle Stimmung im Museum und die Hingabe, mit der auf jedes noch so kleine Detail geachtet wurde.

Meine Kommilitoninnen ächzten und stöhnten wegen des vielen Lesestoffs, ich konnte jedoch nicht genug davon bekommen. Es fühlte sich nicht wie Arbeit an, sondern als würde ich mich endlich und ausschließlich mit den Dingen beschäftigen, die mich wirklich interessierten. Und glasklar stand mir das Ziel vor Augen: einen Doktortitel zu erwerben, um mich dann als Kuratorin in einem großen Museum zu bewerben.

Moritz hatte ich während eines Praktikums kennengelernt. Genau wie ich war er leidenschaftlicher Kunsthistoriker, und wir konnten uns stundenlang über Interpretationen von Gemälden austauschen. Er war fasziniert von meinem Wissen, ich von seinem Charme. Seine lässige Art gefiel mir, wie er auf manche Konventionen einfach pfiff, seinen eigenen Weg ging und damit trotzdem durchkam. Er war groß und schlank, seine Haare waren immer ein bisschen zu lang, seine Hemden zerknittert. Wenn ich mit Moritz zusammen war, fühlte ich mich so, als wäre alles möglich. Als wäre die Welt aus feuchtem Lehm, geformt von den Händen anderer, aber eben nur ein Vorschlag. Und wir konnten daraus machen, was wir wollten.

Wir waren schon drei Jahre ein Paar und meine Promotion fast fertig, als ich schwanger wurde. Moritz und ich hatten bereits darüber gesprochen. Wir wünschten uns Kinder und eine Familie, nur über den Zeitpunkt waren wir uns noch nicht klar. Als ich dann aber miterlebte, wie lange zwei meiner engsten Freundinnen brauchten, um schwanger zu werden, wie mühsam und strapazierend der Prozess war, wie sehr ihre Beziehungen darunter litten, ließen wir es immer öfter einfach darauf ankommen. Den richtigen Zeitpunkt für eine Schwangerschaft gab es schließlich nie, wahrscheinlich würde es bei uns auch nicht sofort klappen, und falls doch, kämen wir damit schon zurecht.

Es war eine aufregende und intensive Phase unserer Beziehung, und als ich dann beim Ausbleiben meiner Periode einen Schwangerschaftstest machte und sich in Sekundenschnelle ein zweiter, sehr eindeutig blauer Strich im Testfeld zeigte, waren wir nicht überrascht.

Die eigentliche Überraschung waren die *zwei* kleinen, pulsierenden Punkte, die sich im ersten Ultraschall zeigten. Doch die Frauenärztin dämpfte unsere Vorfreude sofort: »Zwillingsschwangerschaften haben ein deutlich höheres Risiko einer Fehlgeburt«, erklärte sie. »Seien Sie lieber noch etwas zurückhaltend mit Anschaffungen und Plänen.«

Ich hatte mich immer als aktive Schwangere gesehen, doch

nun litt ich unter so schrecklicher Schwangerschaftsübelkeit und bleierner Müdigkeit, dass die Arbeit an meiner Dissertation völlig in den Hintergrund geriet. Und so hangelte ich mich von Woche zu Woche, ohne zu wissen, ob die kleinen Herzen in meinem Bauch weiterschlagen würden oder wann ich wieder arbeiten könnte.

In der 34. Schwangerschaftswoche drohte eine Schwangerschaftsvergiftung, und die Babys wurden mit einem Notkaiserschnitt geholt. Lennard musste die ersten Tage beatmet werden, und noch heute überkam mich ein Schauer, wenn ich an die beiden winzigen Wesen dachte, wie sie da im Inkubator lagen – so klein, hilflos und verletzlich.

Die Fürsorge und Pflege dieser puppenhaften Geschöpfe wurden zu meiner wichtigsten und einzigen Aufgabe. Und die Arbeit an meiner Dissertation, die Erforschung zweistöckiger Gebäude im Klassizismus, kam mir im Vergleich dazu auf einmal lächerlich überflüssig vor. Es ging um das Leben und Wohlergehen meiner Kinder. Was konnte da wichtiger sein?

Später würde ich meine Arbeit fortsetzen, sagte ich mir, wenn die Kinder aus dem Gröbsten raus waren. Ich blieb zu Hause, während Moritz seine Dissertation abschloss, sich auf spannende Stellen bewarb und schließlich die Jobs bekam, von denen ich immer geträumt hatte.

Ich hatte den Anschluss verpasst. Seit über zehn Jahren war ich raus. Nicht einmal die »Chefin eines großen Naturkundemuseums« war ich geworden.

Ich ließ den Wirbel in meinem Nacken knacken und kreiste meine Schultern. Dafür hatte ich zwei gesunde Kinder, sagte ich mir. Das war so viel wichtiger.

Bevor ich die Schulsachen weiter durchsah, wollte ich die

Stollen in den Ofen schieben. Die beiden Laibe waren zu einer stattlichen Größe aufgegangen. Ich stellte mir eine Küchenuhr und war optimistisch, dass dieses Jahr wieder alles klappen würde.

Bald schon hatte ich den unvergleichlichen Weihnachtsduft von frisch gebackenem Stollen in der Nase und machte mich zuversichtlich wieder ans Werk. Die Kartons enthielten alte Hefte, Projektmappen und ausgefüllte Workbooks. Damit würde ich niemandem mehr eine Freude machen können. Zur Erinnerung behielt ich meinen Aufsatz sowie ein Schreibheft aus der ersten Klasse mit einer äußerst fantasievollen Auslegung der deutschen Rechtschreibung. Den Rest entsorgte ich im Altpapier.

Die Küchenuhr klingelte. Ich nahm die Christstollen aus dem Ofen und legte sie behutsam auf ein Kuchengitter. Der Teig war goldbraun gebacken und verströmte einen betörenden Duft. Vorsichtig ließ ich den Puderzucker auf die noch warmen Stollen rieseln, sodass er sich mit dem gebackenen Teig verband.

Ich konnte mich nicht zurückhalten, bis die Stollen ganz abgekühlt waren, und schnitt mir eine dicke Scheibe des noch dampfenden Gebäcks ab. Erst schnupperte ich daran, dann nahm ich mit geschlossenen Augen einen ersten Biss. Was für ein Genuss!

Früher, als Moritz noch bei uns gewohnt hatte, hatten wir die Verkostung des Christstollens immer ganz besonders zelebriert. Wie vier professionelle Testesser hatten wir je einen kleinen Bissen verkostet und dann mit näselnder Stimme befunden, dass er *exquisite* sei.

Als er noch bei uns gewohnt hatte, ich stolperte über meinen eigenen Gedanken. Eigentlich müsste es doch heißen: *Als wir noch verheiratet, als wir noch eine Familie gewesen waren.* Oder: *als wir uns noch liebten*. Aber das war bereits lange vorbei, als er an diesem einen Abend, nachdem er die Kinder ins Bett gebracht hatte, in die Küche kam. Ich bereitete gerade die Brotdosen für den nächsten Kita-Tag vor. Er lehnte sich an den Küchenschrank, als könnte er sich nicht mehr aus eigener Kraft aufrecht halten, und sagte, dass er ausziehen würde, dass er immer für mich und die Kinder da sein würde, aber mich nicht mehr liebte, nicht mehr hier mit uns zusammenleben wollte.

Ich erinnerte mich noch, dass ich keine Luft mehr bekam und es sich anfühlte, als hätte er mir mein Herz aus dem Brustkorb gerissen. Aber ich machte einfach weiter, achtelte den Apfel und schälte die Stücke, weil die Kinder es so lieber mochten, bestrich das Brot mit Butter und legte Käse darauf.

»Sag doch was«, bat Moritz, und ich drehte mich um und sah ihn an, den Mann, den ich immer geliebt hatte, mit dem ich diesen Traum einer Familie lebte, eine gute Ehe führte, und flüsterte: »Bitte geh nicht.«

»Ich bin nicht mehr glücklich. *Wir* sind nicht mehr glücklich, Rike, das musst du doch auch sehen. Wir streiten uns ständig, die Kinder leiden darunter, so geht es nicht weiter. Du spürst es doch selbst.«

Das stimmte. Ich war erschöpft und müde und es leid, dass wir uns ständig stritten, darüber, dass er lange Stunden im Museum verbrachte, auf Kongresse ging, auf Exkursionen und ich immer noch zu Hause bei den Kindern saß. Aber bei diesem Unglück ging es doch nur um Organisation, um Entscheidungen. Es ging nicht um uns als Paar.

»Es ist nur eine Phase. Wir können daran arbeiten«, sagte ich.

Und als er daraufhin nichts erwiderte, Moritz, der große Macher, der Veränderer und Retter, da wusste ich, dass es um etwas ganz anderes ging.

»Hast du jemanden? Gibt es eine andere Frau?« Und dann warf ich die Brotdose nach ihm, eins der geschälten Apfelstücke traf ihn an der Schläfe, er sah mich nur verdutzt an und verstand nicht, woher diese Wut auf einmal kam, das war doch nicht Rike, die ruhige, beherrschte Rike, und weil ich gerade erst in Fahrt gekommen war, warf ich die andere Brotdose noch hinterher. Diesmal traf ich ihn an der Brust und schrie, er solle gehen, dann solle er doch abhauen.

Als er die Tür leise hinter sich ins Schloss zog, rutschte ich langsam an der Flurwand hinab und drückte mir die Hände vor den Mund, damit die Kinder nicht von meinem Schluchzen geweckt würden. Nie hatte ich mich einsamer und verratener gefühlt als in diesem Moment.

Doch schon am übernächsten Abend saßen wir ganz vernünftig zusammen, mit einem Block und einem Stift, ich fuhr die Linien der kleinen Kästchen nach, und wir notierten, wie unser neues Leben ab jetzt funktionieren sollte. Wer wann die Kinder übernahm, wie wir die Kosten regelten, was wir Feline und Lennard sagen würden. Und da war ich wieder ganz die Alte, ruhig und beherrscht, hatte mein gebrochenes Herz notdürftig zusammengeflickt, ein Lächeln aufgesetzt und weitergemacht.

9.

»Heute Abend kommen die Leute von Ferien-Peters mit dem Innenausstatter«, verkündete Vally am nächsten Morgen.

Ich verschluckte mich fast an meinem Kaffee. »Heute?«

»Sie wollen die Räume ausmessen und besprechen, was hierbleibt.«

»Warum hast du das nicht eher gesagt? Dann hätte ich gestern noch aufgeräumt.«

Meine Mutter hob nur kurz die Schultern und blätterte weiter durch die Zeitung. »So sieht es eben aus, wenn man umzieht.«

Ich ließ den Blick durch den Raum schweifen. Nein, hier sah es nicht nach Umzug aus, sondern nach Naturkatastrophe. Es ließ sich überhaupt kein System erkennen. Überall auf dem Boden lagen Dinge wahllos übereinandergehäuft, Bücher stapelten sich an den Wänden, und daneben lehnten die Bretter des Regals, das Vally bereits auseinandergebaut hatte.

»Und wann genau kommen sie?«, wollte ich wissen.

»Um vier. Nein, fünf. Oder doch vier?«

»Was denn nun?«

»Um fünf, ganz sicher.«

Ich überschlug in Gedanken meine Tagesplanung: Ich hatte Peer versprochen, bis nachmittags im Museum mitzuhelfen. Er hatte mir am Abend zuvor geschrieben, dass sich drei Schulklassen sowie eine Delegation der Landfrauen angekündigt hatten, und sie alle wollte er persönlich durch die Ausstellungsräume führen. Ich sollte in der Zwischenzeit den Laden und den Einlass übernehmen. Und als Ansprechpartnerin für die anderen Gäste zur Verfügung stehen. Aber bis um vier sollte sich die Lage entspannt haben. Dann könnte ich schnell zurück in die Fischerkate fahren, mit Turbogeschwindigkeit aufräumen und um fünf die Besichtigung der Käufer begleiten.

»Ich beeile mich und mache dann hier klar Schiff«, erklärte ich meiner Mutter.

»Stress dich nicht, Rike-Kind.« Vally stellte ihre Müslischale in die Spüle und ging in die Diele, um sich ihren Mantel und ihre Schuhe anzuziehen. Wie immer, wenn sie auf dem Weg in die Praxis war, trug sie eine weiße Hose und darüber ein blau-weiß gestreiftes Sweatshirt, die Arbeitskleidung der Arzthelferinnen bei Dr. Bär. »Die nehmen das Haus so oder so«, sagte sie und schlüpfte in ihre ebenfalls weißen Sneakers. Dass Vally nächstes Jahr sechzig würde, sah man ihr nicht an. »Es ist vollkommen egal, ob hier noch ein paar Kisten rumstehen.« Sie stellte sich auf Zehenspitzen und gab mir einen Kuss auf die Wange. »Bis später, Schätzchen!«

Ich seufzte und sah ihr nach, wie sie die Einfahrt in Richtung ihres Autos hinunterschritt mit der Eleganz einer alternden Primaballerina. Um diese Haltung, körperlich wie mental, beneidete ich sie sehr.

Es war heute milder als in den vergangenen Tagen, und ich beschloss, mit Vallys altem Klapprad ins Westende zum Weihnachtsmuseum zu fahren. Ein bisschen Bewegung würde nicht schaden, und so konnte ich mir wenigstens die lange Parkplatzsuche sparen.

Und als ich dann auf den vertrauten Wegen durch die klare, kühle Morgenluft radelte, fühlte ich mich erstaunlich gut. Der Tag war voll, aber ich hatte ihn im Griff. Wie selbstverständlich bog ich vom Fischermannskoog auf die Hauptstraße ein, kreuzte dann die Bahngleise, wie früher, wenn ich zur Schule gefahren war, um schließlich links in die Altstadt abzubiegen. Die Weihnachtsvorfreude war dem kleinen Städtchen ins Gesicht geschrieben, überall sah ich Tannengrün, Lichter und Sterne. Und wenn die Zwillinge an Weihnachten kämen, würde ich mich schon wieder ganz wie eine Einheimische fühlen.

Am Abend zuvor hatte ich ihnen eine Sprachnachricht geschickt und erzählt, dass ich jetzt aushilfsweise in einem Weihnachtsmuseum mithalf.

Wie cool!, hatte Feline geschrieben.

Isst du den ganzen Tag Plätzchen?, wollte Lenny wissen.

Ihr werdet mich nicht wiedererkennen, wenn wir uns in dreieinhalb Wochen sehen, antwortete ich und schickte ein Zwinker-Emoji hinterher.

Auch bei meinem zweiten Besuch im Weihnachtshaus fühlte ich mich augenblicklich wie verzaubert vom goldenen Glanz der Eingangshalle.

»Guten Morgen, Henrike!«, begrüßte mich Peer heiter. »Darf ich dir die Jacke abnehmen?« Galant nahm er meine Jacke entgegen und hing sie an die Garderobe. »Heute sind wir zu zweit«, erklärte er. »Svantje ist nur hier, wenn es technische oder handwerkliche Probleme gibt.«

»Woher kennt ihr euch?«, fragte ich und rieb meine kalten Hände aneinander. Trotz der Handschuhe waren meine Finger eiskalt.

»Als ich das Weihnachtshaus eröffnet habe, brauchte ich dringend handwerkliches Knowhow. In der Zeitung habe ich eine Anzeige gesehen, in der die Tischlerin Svantje Mommsen Heimwerkerkurse für Laien anbot. Sieben Teilnehmende, die sich immer mittwochabends bei ihr in der Tischlerei trafen. Doch spätestens in der Stunde ›Bohrer trifft Dübel‹ war klar, was für ein hoffnungsloser Fall ich bin, und sie bot mir an, im Weihnachtshaus vorbeizukommen und mir zu helfen.«

Ich lachte und konnte mir die beiden geradezu bildhaft vorstellen. Peer mit seinem sanften, leicht verzweifelten Blick. Und Svantje, die hemdsärmelig anpackte, wo es eben nötig war.

»Ich finde«, fuhr Peer fort, »man muss nicht alles können. Man muss sich nur zu helfen wissen.« Er ließ seine Hosenträger auf seinen Bauch schnalzen und lachte.

»Da hast du recht«, stimmte ich zu. »Und ich finde es beeindruckend, was du hier erschaffen hast, Peer. Wie mutig von dir, alles auf eine Karte zu setzen.«

»Na ja, weißt du, wenn du etwas mit großer Leidenschaft tust, dann sind manche Entscheidungen unausweichlich. Die Zeit war reif. Ich war nicht unglücklich als Lehrer. Ich mochte meine Schüler, und das Kollegium war toll. Aber ich hatte immer das Gefühl, da gibt es noch etwas in meinem Leben, das ich erleben will. Etwas Großes! Etwas Einzigartiges!«

»Wie gut, dass du diesem Impuls gefolgt bist.«

»Absolut! Das Weihnachtshaus war die beste Entscheidung meines Lebens. So, und nun möchte ich dir noch etwas zeigen.

Kommst du mal mit?« Er durchschritt den historischen Laden und öffnete die Tür zu einem dahinterliegenden Zimmer. »Dies ist der wichtigste Raum im ganzen Haus«, erklärte er bedeutungsvoll. »Unser Lager. Schrägstrich Büro. Schrägstrich Pausenraum.«

Ich sah an ihm vorbei und hätte beinahe einen erschrockenen Laut von mir gegeben. Der wichtigste Raum des Weihnachtshauses war winzig und ein einziges Chaos! An den Wänden standen Regale voller Bücher. In der Mitte ein Tapeziertisch, darum wild zusammengewürfelte Stühle. Auf einer alten Werkbank türmten sich Prospekte, Unterlagen und Papiere. In der Ecke entdeckte ich einen Sekretär mit einem Laptop, auf dem eine Tasse stand.

Ich folgte Peer in den Raum, und er ging vor der Werkbank in die Knie. »Das hier sind meine vernachlässigten Schätzchen.« Mit Bedauern deutete er auf die Ablage, auf der sich einige Kisten und Kartons stapelten sowie in Luftpolsterfolie eingeschlagene Gegenstände lagerten. »Von einigen weiß ich, was es ist«, er nahm ein kleines Folienpaket. »Das hier zum Beispiel ist ein Engel, der eine Kerze in den Händen hält, wunderschöne Handarbeit aus den fünfziger Jahren. Ich habe ihn bei einer Wohnungsauflösung ersteigert. Allerdings ist der kleine Kerl in einem desolaten Zustand, er müsste gereinigt und die Farbe seiner Flügel erneuert werden. Dann könnte er zu seinen Engelfreunden in den ersten Stock ziehen. Vielleicht kannst du dir das mal anschauen?«

»Das sollte ich hinbekommen.«

»Werkzeuge und Farben findest du hier.« Er öffnete die Tür eines kleinen Schränkchens, in dem ich Pinsel, Feilen, Hammer, Farben und Tuben sah. »Oder wende dich einfach an Svantje, sie weiß eigentlich immer einen Rat«, erklärte er. Dann beugte er sich zum untersten Regalbrett der Werkbank und kam mit einer schuhkartongroßen Kiste wieder in die Höhe. »Dann gibt es aber auch Sachen unter meinen vernachlässigten Schätzen, von denen ich noch gar nicht weiß, ob sie überhaupt etwas taugen. Wie das hier zum Beispiel.« Er übergab mir eine Kiste, die sehr alt aussah und schwerer in meinen Händen wog, als ich angenommen hatte.

»Was ist das?«

»Eine Sammlung aus allem Möglichen. Die Kiste steht hier schon seit Ewigkeiten, und ich habe es nie geschafft, sie mir genauer anzuschauen.«

»Hast du sie auch ersteigert?«

»Nein, die Sachen wurden dem Weihnachtshaus gespendet. Das passiert hin und wieder, die Leute wissen nicht wohin mit ihrem alten Kram und stellen ihn uns vor die Tür. Manchmal sind es wirklich kleine Schätze, manchmal aber auch nur billiges Plastik.«

Ich verstand, doch allein das Gewicht und das Alter der Kiste sprachen gegen Plastik. Die Schrift auf dem Karton musste über hundert Jahre alt sein. *Weihnachtsartikel* entzifferte ich die alte Sütterlin-Schrift.

»Du kannst die Tage ja mal einen Blick reinwerfen und schauen, ob Stücke drin sind, die sich für die Ausstellung eignen. Du kannst gerne die Nachschlagewerke oder den Laptop nutzen, wenn du etwas recherchieren willst. Vielleicht haben wir ja Glück, und es sind ein paar schöne Strohsterne für die Ausstellung oben dabei, da könnten wir noch einige gebrauchen.«

»Ja, schaue ich mir an.«

»Strohsterne kamen vor allem in den siebziger Jahren in Mode. Aber es gibt sie schon viel länger. Kennst du die Legende ihrer Entstehung?«

Ich schüttelte den Kopf.

»Nicht? Eine wunderschöne Geschichte: Eine junge Hirtin, die von der Geburt des Jesuskindes gehört hatte, aber so arm war, dass sie ihm keine wertvollen Geschenke machen konnte, überlegte fieberhaft, was sie dem Neugeborenen stattdessen bringen konnte. Es war eine eisig kalte Nacht, sie saß auf einem Strohsack, und über ihr funkelten die Sterne. Sie rieb einen Strohhalm zwischen ihren kalten Fingern, und plötzlich kam ihr die Idee, daraus einen Stern zu flechten. So ist der erste Strohstern entstanden. Schön, nicht wahr?«

»Ja, sehr schön«, stimmte ich ihm zu.

»Das liebe ich an Weihnachten, all die kleinen Parabeln und Geschichten, in denen es um Menschlichkeit und Dankbarkeit geht. Die Welt könnte an jedem Tag ein bisschen mehr Weihnachten vertragen, findest du nicht auch?«

Ich erwiderte sein Lächeln. Ja, das fand ich auch.

Die Zeit im Weihnachtshaus flog dahin. Ich machte mich mit den Lagerbeständen vertraut, lernte, wo welche Artikel aufbewahrt wurden und was sie kosteten. Am Einlass beantwortete ich erste Fragen der Gäste und sprach sogar schon eine Empfehlung aus, worauf ich ein bisschen stolz war. Zwei Freundinnen, eingemummelt in große Schals und dicke Wintermäntel, sagten, sie hätten leider nur eine halbe Stunde Zeit und wollten von mir wissen, welchen Teil der Ausstellung ich ihnen empfehlen würde.

»In diesem Fall würde ich mit dem Weihnachtsbaumraum

im Erdgeschoss beginnen, dann das Wohnzimmer des alten Stadthauses besuchen – hier erfahren Sie, wie Weihnachtsschmuck hergestellt wird. Und wenn noch Zeit ist, schauen Sie sich im Dachgeschoss das Kinderzimmer an, dort finden Sie historisches Spielzeug.«

Es ging mir ganz leicht über die Lippen. Und obwohl ich die ganze Zeit in Bewegung oder in Gesprächen war, meine Hände nie zu Ruhe kamen, fühlte ich mich nach Stunden im Weihnachtshaus immer noch voller Energie, fast wie beschwipst.

Früher war es mir oft so gegangen. Da konnte ich mich stundenlang in meine Arbeit vertiefen, hatte keinen Hunger, keinen Durst und keine Müdigkeit verspürt. Doch das war lange her. Bei meinem Job als Redakteurin quälte ich mich in letzter Zeit meistens nur noch von Zeile zu Zeile, wenn ich die beauftragten Artikel für Stadtmagazine, Mitarbeiterzeitschriften oder Unternehmensbroschüren schrieb. Richtig Freude brachten mir lediglich die Gespräche mit den Menschen, die ich hin und wieder interviewte. Wenn sie mir von ihren Nöten erzählten oder begeistert ihren Betrieb vorstellten. Dann wusste ich, dass ihnen mein Artikel etwas bedeutete und sie ihn ihren Freunden und Verwandten zeigen würden – »schau mal, ich bin in der Zeitung« –, und es kam mir nicht alles so schrecklich sinnlos vor. Vielleicht sollte ich in Zukunft häufiger Porträts schreiben. Statt Berichte über Ampelschaltungen.

Nach einer kurzen Mittagspause, in der Peer mich mit einem Krabbenbrötchen überraschte (dem vermutlich leckersten, das ich jemals gegessen hatte), begleitete ich die Führung der Landfrauen. Es war eine Truppe von zehn resoluten Frauen besten Alters, die Peer interessiert zuhörten und schlaue Fragen stellten. Ich hätte gerne die ganze Tour begleitet, doch irgendwann drängte die Zeit, ich musste los in die Fischerkate, um wenigstens ein paar Laufwege um die Türme aus aussortierten Dingen und Kartons für die Ferienvermittlungsleute freizuräumen.

Ich wollte nur noch einmal kurz ins Lager, um meine Tasche zu holen, da fiel mein Blick auf die Kiste, die Peer mir am Morgen gezeigt hatte.

Wenigstens kurz reinschauen, das sollte ich. Vielleicht enthielt sie ja wirklich die Strohsterne, die Peer sich wünschte. Dann könnte ich sie schnell an mich nehmen, etwas herausputzen, und morgen würden sie schon die Ausstellung bereichern.

Ich zog meine Jacke noch einmal aus, stellte die Kiste auf die Arbeitsfläche der Werkbank und schob die herumliegenden Zeitungen und Briefe beiseite.

Behutsam strich ich über den Deckel. Die Kiste war alt, zweifelsohne, vielleicht sogar aus dem vorletzten Jahrhundert. *Mayers Konserven*, konnte ich in verblichener Industrieschrift entziffern. Die Sütterlin-Beschriftung »Weihnachtsartikel« war nur auf der Stirnseite der Kiste zu finden. Das W hatte einen kunstvollen Schwung, der sich über die anderen Buchstaben erhob.

Langsam zog ich die Papplasche aus der Öse, der Karton fühlte sich rau und porös an unter meinen Fingern. Erst sah ich nur eine Lage braunes Seidenpapier, das ich vorsichtig zurückschlug. Darunter zeigten sich mehrere Gegenstände, die ich nun behutsam nacheinander aus der Kiste holte. Erst jetzt merkte ich, dass ich die Luft angehalten hatte.

Da waren Baumketten aus Silber, Kerzenhalter mit roten

Kerzenstummeln, kleine Baumanhänger, die musizierende Engel zeigten, ein Lebkuchenmodel aus Holz, wie ich welche oben in der Backstube gesehen hatte, sowie eine Packung mit Brillant-Eis-Lametta, das aus den fünfziger Jahren stammen musste. Die Mode der Familie, die auf der Vorderseite abgebildet war, sprach Bände. Ich fasste die Packung nur mit den Fingerspitzen an, von Peer hatte ich bereits erfahren, dass dieser Baumschmuck bis in die siebziger Jahre aus Zinn mit einem Bleikern hergestellt worden war – ziemlich giftig.

Weiter unten in der Kiste fand ich Baumkugeln, Briefe und linkisch ausgeschnittene Papiersterne, von denen ich annahm, dass sie selbst gebastelt waren, wahrscheinlich von Kinderhand.

Als alle Gegenstände aus der Kiste geborgen waren, betrachtete ich sie ausgiebig. Was mir sofort auffiel, waren die großen Zeitspannen, die zwischen den einzelnen Gegenständen liegen mussten. Mein eigener Weihnachtsschmuck, den ich über die Jahre auf Weihnachtsmärkten oder bei Kunsthandwerkern erstanden hatte, war nicht älter als fünfzehn Jahre. Die Weihnachtskiste, die ich hier vor mir hatte, musste hingegen eine lange Tradition haben.

Vorsichtig ließ ich die Kugelkette durch meine Finger gleiten. Wie alt mochte sie sein? Und wer hatte damit wohl schon alles seinen Weihnachtsbaum geschmückt? Ich stellte mir vor, wie ich jedes Jahr zu Weihnachten mit Line und Lenny ehrfürchtig unsere Weihnachtskiste öffnen würde und die Dinge herausholen, mit denen schon ihre Großeltern, Urgroßeltern und Ururgroßeltern Weihnachten gefeiert hatten. Ich besaß keinen alten Weihnachtsschmuck. Weil meine Mutter ja quasi der Grinch war, Weihnachten und alles, was damit zu tun hatte, kategorisch ablehnte, hatte sie mir natürlich auch nichts vererbt – keinen Baumschmuck, keine Fensterbilder, keine Erinnerungen an vergangene Weihnachten, keine Geschichten über geliebte Verwandte.

Vally. Ich sah auf die Uhr und erschrak. Es war schon kurz nach vier, nun musste ich mich wirklich sputen, in die Fischerkate zu kommen.

Kaum hatte sich die Tür des Weihnachtshauses hinter mir geschlossen, bereute ich es, am Morgen das Fahrrad genommen zu haben. Kräftige Böen brachten eiskalten Regen von Westen, der mir nun entgegenpeitschte. Ich musste kräftig in die Pedale treten, um überhaupt voranzukommen, und meine Verspätung wurde immer größer. Es war stockdunkel, das Vorderlicht an Vallys Fahrrad hatte einen Wackelkontakt, und als mich dann noch ein protziger SUV überholte und direkt neben mir durch eine große Pfütze fuhr, war ich endgültig bedient.

»Ich bin zu Hause«, keuchte ich, als ich endlich, nach Luft ringend, in der Diele der Fischerkate stand. »Mama?«

Nichts zu hören. Ich sah auf die Uhr. Kurz vor fünf, waren die Leute von Ferien-Peters etwa schon hier? Hatte die Tour schon begonnen? Ich lauschte angestrengt, ob ich im Innern des Hauses etwas hörte. Doch da war nichts.

Ich wollte mich gerade auf den Weg in den Garten machen, da hörte ich Stimmen auf der Einfahrt. Und sah eine Frau in Kostüm, elegantem Mantel und Pumps, bei denen ich schon beim Hinsehen fror, ein Mann im Anzug, der andere in Latzhose.

»Moin«, begrüßte mich der Anzugmann. »Peters von Ferien-Peters«, er streckte mir die Hand entgegen. »Wir sind mit Valerie Borrmann verabredet, um die Übergabe der Immobilie zu besprechen.«

Man gab sich reihum die Hand, und ich lächelte angestrengt. Wo um alles in der Welt steckte Vally?

10.

Als ich klein war, verschwand meine Mutter häufiger. Oder kam zu spät. Oder war zwar da, aber irgendwie auch nicht, weil sie so vertieft war in ein Buch oder das Telefonat mit einer Freundin, dass sie ganz vergaß, dass ich in ihrer Nähe war. Ich war für sie unsichtbar, während ich auf dem Fußboden ein Puzzle legte oder mir Bilderbücher ansah. Über Stunden konnte das so gehen, dass ich mich zwar mit meiner Mutter im selben Raum aufhielt und wir uns doch in zwei unterschiedlichen Welten befanden.

Und während die Mütter meiner Freundinnen schon zehn Minuten vor Schulschluss am Tor warteten, sich angeregt unterhielten und sich über die Noten und Hausaufgaben ihrer Kinder austauschten, stand ich häufig noch eine halbe Stunde später einsam auf dem Pausenhof. Ich blieb lange dort, weil ich nicht wollte, dass sich meine Mutter meinetwegen schlecht fühlte. Ich wollte ihr den Eindruck vermitteln, gerade noch rechtzeitig gekommen zu sein. Doch irgendwann gingen selbst die Lehrer nach Hause, und nur noch der Hausmeister drehte seine Runden mit dem Rasenmäher über den Sportplatz. Dann trottete ich mit hängenden Schultern den ganzen Weg allein nach Hause. Und hoffte, dass mich wenigstens ein paar Grinsebrote erwarten würden.

Ich wusste, dass meine Mutter mich liebte, mich verteidigen würde wie eine Löwin, wenn irgendjemand mich ärgerte oder mir wehtat. Als Moritz mich für Nicola verlassen hatte, war Vally drauf und dran gewesen, nach Hamburg zu fahren und ihm die Leviten zu lesen. Nur knapp konnte ich sie davon abbringen.

Aber dann gab es immer wieder diese anderen Momente. In denen sie verschwand. Sich zurückzog oder mich einfach irgendwo stehen ließ. Und mir war es auch mit achtunddreißig Jahren unmöglich, mich daran zu gewöhnen. Egal wie alt ich war, Vallys Unzuverlässigkeit verletzte mich noch immer.

Klatschnass wie ich war, führte ich die Innenausstatterin, Herrn Peters jr. und den Haustechniker der Vermietung, wie sich der Latzhosenmann vorstellte, durch die Fischerkate. Das Chaos war mir unfassbar peinlich, und ich konnte keine ihrer Fragen zufriedenstellend beantworten. Blieb die Küche drin? Würden die Gartengeräte noch benötigt? War die Wand zwischen Wohnzimmer und Küche tragend?

Ich hatte keinen blassen Schimmer, und so verständigte ich mich mit den dreien schließlich darauf, dass sie noch einmal wiederkamen. Was ein genervtes Augenrollen bei der Pumps-Frau und ein Seufzen beim Anzugmann hervorrief. Nur der Latzhosenmann nahm die Verzögerung gelassen hin und zeigte sich begeistert von der Kate.

»So ein Schmuckstück haben wir noch nicht im Programm«, murmelte er vor sich hin. »Was man hier alles rausholen kann. Wahnsinn! Das wird ein Premiumhaus, fünf Sterne Plus.«

Bis halb sieben tauchte meine Mutter nicht auf, und meine

Wut wurde schon von Sorge abgelöst, bis ich endlich den Schlüssel im Schloss hörte.

»Ich bin da!«, rief Vally und knipste meine Wut augenblicklich wieder an. Sie klang nicht entschuldigend, nicht beschwichtigend, und wie sie da stand, die Wangen von der Kälte gerötet, ein Lächeln im Gesicht, sah sie auch nicht so aus, als wäre sie verletzt oder verschleppt worden.

»Wo warst du?«, platzte ich heraus.

»In der Praxis.« Vally zog ihre Schuhe aus und hängte ihren Mantel über das Treppengeländer.

»Ferien-Peters stand hier vor der Tür. Um fünf. Du wolltest hier sein.«

»Ja, entschuldige. Es kam was dazwischen. Konntet ihr alles klären?« Sie ging ins Schlafzimmer, legte ihre Ohrringe in das kleine Schälchen mit Schmuck, das auf ihrem Sekretär stand, und begann, ihre Hose auszuziehen.

Ich war kurz davor, zu explodieren. Einatmen, ausatmen, sagte ich mir. Ruhig bleiben. »Ich konnte ihnen nicht weiterhelfen. Sie wollen noch einmal kommen.«

»Okay«, sagte sie nur und klang abwesend. »Haben sie schon gesagt, wann?«

»Ich weiß doch nicht, wann du Zeit hast. Es wäre gut, du meldest dich bei ihnen.«

»Mache ich. Aber jetzt nehme ich erst mal ein schönes Bad. Es war ein langer Tag. Wir reden morgen, ja, Schätzchen?«

Im Vorbeigehen gab sie mir einen Kuss, kurz darauf hörte ich das Rauschen des Wasserhahns im Badezimmer. Auch als erwachsene Frau war ich für meine Mutter manchmal unsichtbar. Sie sah nicht, was ihr Verhalten bei mir bewirkte. Sie sah nicht, wie es mir damit ging. Sie sah mich nicht.

Noch immer aufgebracht, stand ich einen Moment unschlüssig in der Diele und überlegte, was ich mit dem Abend noch anfangen sollte. Allein mit den Umzugsvorbereitungen weitermachen, während meine Mutter gemütlich in der Badewanne lag? Nein danke.

Die Geschenke, kam es mir dann. Ich würde die ersten Geschenke verpacken. Ein Ritual, das ich fast so sehr liebte wie das Schenken selbst und das meine Stimmung bestimmt heben würde. Dieses Jahr hatte ich mich für schlichtes braunes Packpapier entschieden, eine braun-weiße Kordel als Geschenkband und kleine mattsilbrige Glöckchen, die ich an die Schleifen band. Mit einer Kalligrafieschablone beschriftete ich die Päckchen noch. Und als ich fertig war, arrangierte ich sie auf dem Schreibtisch und machte ein Foto davon.

Die Vorbereitungen laufen, schrieb ich in den Familienchat.

Alle für mich?, antwortete Lennard prompt und schickte ein Zwinker-Emoji hinterher.

Ich: Nur für Kinder, die ihre Mathehausaufgaben immer machen. 😘

Lenny: 🙄

Ich: Hab dich auch lieb, mein Schatz.

Lenny: 🖤

Das war neu zwischen uns. Der feine Humor, die Ironie, die Anspielungen. Es machte Spaß, auf diese Art mit den Kindern zu kommunizieren. Doch es war auch ein Zeichen dafür, dass die Zwillinge auf dem besten Weg waren, Teenager zu werden. Früher war mir die Zeit mit ihnen unendlich vorgekommen. An diesen langen und manchmal sehr zähen Nachmittagen, bis Moritz von der Arbeit kam, wir alle Bilderbücher schon dreimal gelesen hatten, ich meterhohe Legotürme gebaut und zum drölfzigsten Mal in ihrem Kaufmannsladen eingekauft hatte. Doch nun spürte ich, wie sie wie kleine Rennpferde in ihren Startboxen standen, mit den Hufen scharrten und nur darauf warteten, dass sich die Türen endlich öffneten. Und dann? Würden sie in die Welt hinausstürmen, alles selbst entdecken, ihre eigenen Erfahrungen und eigenen Fehler machen wollen. Nur noch wenige kostbare Jahre, in denen ich als ihre Mutter unabkömmlich war. Umso schlimmer, dass ich diese Adventszeit mit ihnen verpasste. Nächstes Jahr war Weihnachten vielleicht schon super *cringe*, und sie hatten keine Lust mehr auf unsere kleinen Traditionen.

Als ich später an diesem Abend endlich einschlief, träumte ich davon, meinen Zug zu verpassen. Es war ein Traum, den ich schon seit Jahren immer wieder träumte. Vollbepackt mit Koffern, Taschen und Rucksäcken, stürmte ich die Treppe zum Gleis hinunter. Ich sah den Zug dastehen, erreichte die letzten Stufen, jetzt waren es nur noch wenige Meter bis zur Tür. Doch da ertönte der Pfiff des Schaffners, die Türen schlossen sich, und der Zug setzte sich in Bewegung. Keuchend kam ich zum Stehen, mein ganzer Körper schmerzte vom vielen Gepäck, und ich sah mit hängenden Armen den roten Rücklichtern des Zuges hinterher. Ich war zu spät.

Schweißgebadet schreckte ich auf und sah mich panisch um. Es dauerte, bis sich mein hämmerndes Herz beruhigte und ich wieder einschlief. Noch ein paarmal wurde ich in dieser Nacht wach, immer mit dem Gefühl, etwas Wichtiges verpasst zu haben.

11.

Am nächsten Morgen begrüßte mich Vally, als sei nichts gewesen. »Ist was?«, fragte sie, als ich nur sparsam reagierte.

»Nein.« Ich nahm mein Müsli und verzog mich auf die Eckbank.

»Du bist so schweigsam.«

Ich hob die Schultern. Was brachte es, mich ihr zu erklären? Sie würde es ja doch nicht verstehen.

»Ist es wegen gestern?«

Wieder zuckte ich nur mit den Schultern.

»Bist du etwa immer noch sauer, weil ich zu spät gekommen bin?«

»Na ja.« Ich atmete schwer. »Ich stand hier allein mit den neuen Besitzern dieser *Immobilie*«, äffte ich Peters Tonfall nach, »und hatte keine Ahnung, was ich ihnen sagen sollte. Wo warst du?«

»Nun mach kein Drama draus, Henrike, es gibt wirklich Schlimmeres.«

»Es war mir verdammt unangenehm, dass ich keine ihrer Fragen beantworten konnte. Bleibt der Schuppen stehen? Wann ist alles raus? Gibt es eine Übernahme der Einbauküche? Keine Ahnung, Herr Peters, meine Mutter ist sonst wo und hat mir auch vorher nichts dazu gesagt.«

»Nun beruhig dich mal. So dramatisch ist das nicht.«

»Für dich vielleicht nicht, du warst ja auch nicht hier.«

Nun zuckte meine Mutter leichtfertig mit den Schultern. »Was soll schon passieren? Sie nehmen das Haus so oder so, es sind nur Absprachen.«

»Und willst du mir nicht sagen, wo du warst?«

»Habe ich doch schon. In der Praxis.« Sie zuckte wieder mit den Schultern.

»So lange?«

»Es gab einen Notfall, komplettes Chaos, ich hätte nicht einfach gehen können.«

»Ein Notfall?«

»Ja, es war kritisch.«

»Ein Kind?«

»Natürlich ein Kind, Schätzchen, ich arbeite in einer Kinderarztpraxis, und manchmal haben wir sehr, sehr kranke kleine Patienten bei uns. Der Rettungswagen musste kommen, die Praxis war in heller Aufregung, die darauffolgenden Termine haben sich verschoben. Ich hätte nicht einfach gehen können.«

»Was ist mit dem Kind?«

»Das weiß ich nicht.«

»Was hatte es?«

»Nicht, Henrike. Lass uns über etwas anderes reden.«

»Ist es … gestorben?«

»Das weiß ich nicht. Und genau deshalb wollte ich es dir nicht erzählen, weil du der sensibelste Mensch bist, den ich kenne. Und weil du sicherlich gleich die Zwillinge anrufen willst und den ganzen Tag niedergeschlagen bist.«

Ich musste schluckte. Vally hatte recht. Augenblicklich

kämpfte ich gegen die Tränen. Wie schrecklich, hoffentlich ging es dem Kind und seiner Familie gut.

»Komm her.« Sie zog mich zu sich heran und umarmte mich.

»Es tut mir leid, dass ich wütend war«, nuschelte ich in den Stoff ihres blau-weiß geringelten Shirts.

»Ich weiß. Ich kenne doch meine kleine Heulsuse.« Sie pikte mich zwischen die Rippen, dass ich lachen musste.

»Aber was ist denn jetzt mit Peters?«

»Rike«, meine Mutter löste die Umarmung und sah mich tadelnd an. »Mach dir nicht immer über alles so viel Gedanken. Ich vereinbare heute einen neuen Termin, dann kommt Peters eben noch mal. Kein Problem.«

Ich nickte.

»Sprich mir mal nach: Kein Problem.«

»Kein Problem«, sagte ich brav, und meine Mutter kniff mir in die Wange.

»Viel besser, so gefällst du mir.«

12.

Wann immer es die Besucher zuließen, verzog ich mich an diesem Vormittag ins Lager, um den Inhalt der Weihnachtskiste zu inspizieren. Es war, als würde ich eine Zeitkapsel öffnen: Jedes Stück war von Bedeutung und erzählte mir die Geschichte seiner Zeit und seiner ehemaligen Besitzer. Die Kiste hütete eine private Sammlung, so viel stand fest. Und da die Gegenstände aus verschiedenen Epochen kamen, lag es nahe, dass sie innerhalb einer Familie von einer Generation zur nächsten weitergegeben worden war. Einer wohlhabenden Familie, mutmaßte ich, denn viele Stücke waren von hoher Qualität.

Am ältesten war wohl die Baumkette mit den kleinen silbernen Kugeln. Ungefähr einen Meter lang, einige der filigran gearbeiteten Kugeln waren angelaufen, aber alles in allem war die Kette in einem sehr guten Zustand. Ganz ähnliche Ketten hatte ich am Jugendstil-Baum gesehen, es konnte also gut sein, dass die Stücke der kleinen Sammlung in der Weihnachtskiste bis in die 1890er Jahre zurückreichten. Dafür sprach auch, dass sich in dem Umschlag auf dem Boden, ganz zuunterst, ein Weihnachtsbrief befunden hatte. Von Weihnachtbriefen hatte ich in der Ausstellung bereits gelesen. Früher war es üblich gewesen, dass Kinder wohlhabender Familien ihren Eltern zu Weihnachten einen Brief schrieben, in dem sie sich für ihre Fürsorge bedankten und ihnen Wohlergehen wünschten. Wunschzettel an den Weihnachtsmann kamen erst Mitte des 19. Jahrhunderts auf und waren eine Erfindung der Spielzeugindustrie.

Vorsichtig zog ich das dünne Papier aus dem mit Rosen und Engeln verzierten Umschlag.

Meinen lieben Eltern zum Weihnachtsfest 1912, von ihrem dankbaren Sohn Paul, stand da in gestochen scharfer Sütterlin-Schönschrift. Es folgten einige Zeilen, die schwer zu lesen waren, weil die Tinte an dieser Stelle verblasst war. Doch der abschließende Reim war wieder gut zu erkennen:

Schenk meinen Eltern Segen
Und stetes Wohlergehn;
Auf ihren Lebenswegen
Laß ihnen Freud entstehn!

Sicherlich würde Peer begeistert sein, ein so gut erhaltener Weihnachtsbrief bereicherte seine Sammlung. Es war nicht alles zu entziffern, aber die Ornamente, die den Briefbogen schmückten, schimmerten noch in schönstem Gold.

Was wohl aus dem kleinen Paul geworden war? Und seinen Eltern? 1912 hatte er den Brief geschrieben. Nur zwei Jahre später war der Erste Weltkrieg ausgebrochen.

Ich untersuchte den Briefumschlag, um zu sehen, ob Paul hier irgendwo seine Adresse vermerkt hatte. Oder wenigstens den Wohnort? Doch bis auf den Namen des Verfassers fand ich keine persönlichen Angaben.

Dann nahm ich die kleinen Papiersterne unter die Lupe, die eindeutig jüngeren Datums waren. Die Sterne waren aus

Pappe ausgeschnitten, man konnte noch erkennen, wo die Schere angesetzt worden war: Kleine Zacken in der grauen Pappe zeugten davon, dass es schnell gehen musste oder die Schere von ungeübten Bastlern geführt worden war. In einer Sternenspitze befand sich ein kleines Loch, vermutlich mit einem Locher hineingestanzt, durch das ein Stück rotes, glänzendes Geschenkband gefädelt und zu einer Schlaufe gebunden worden war. Wahrscheinlich waren diese Sterne als Baumanhänger gedacht gewesen.

Das Interessanteste waren jedoch die Zeichnungen auf den Sternen. Auf einem war ein Mädchen zu sehen, das neben einem Weihnachtsbaum stand. Auf dem anderen war ebenfalls ein Mädchen, jedoch neben einem Schneemann. Die Art, wie die kleinen Winterszenen gezeichnet waren, unterschied sich stark, und ich vermutete, dass die Sterne von zwei verschiedenen Kindern stammten. Während der Weihnachtsbaum mit feinen Linien skizziert war und die Flächen akkurat ausgemalt waren, war die andere Zeichnung von einem deutlich kräftigeren und unsauberen Schwung.

Ich dachte daran, wie Feline und Lennard mittlerweile malten, und schätzte die Urheber dieser Werke vielleicht ein, zwei Jahre jünger ein. Denn die Proportionen der gezeichneten Mädchenfiguren passten noch nicht ganz, und es fehlten die Details, auf die die Zwillinge mit ihren elf Jahren nun besonders viel Wert legten.

Die Türglocke klingelte, und ich musste zurück in den Laden. Zwei Familien mit Kleinkindern standen staunend in der Halle. Ich freute mich, als ich sah, wie sie ihre Köpfe in den Nacken legten und den Sternenhimmel über sich bewunderten. Genauso war es mir beim ersten Besuch auch gegangen.

Sobald sie ihre Tickets gekauft hatten, verzog ich mich wieder ins Lager, öffnete den Laptop und tippte zusammen, was ich bisher über die Kiste herausgefunden hatte. Viel war es nicht.

Am Abend sah es im historischen Kaufmannsladen fast so schlimm aus wie in unserer Fischerkate. Die Besucher hatten so viele Glaskugeln, Engel und Baumschmuck gekauft, dass ich irgendwann gar nicht mehr hinterherkam, die Waren aufzufüllen. Alles lag kreuz und quer, Bücher standen an den falschen Stellen im Regal, der Ständer mit den Weihnachtskarten war komplett durcheinandergebracht worden, und mein Kopf brummte von den vielen Fragen: »Haben Sie diesen Engel auch mit einem Glöckchen statt dem Stern?« – »Könnten Sie nachschauen, ob es von dem handbemalten Vogel mit der echten Feder als Sterz noch zwei weitere gibt?« – »Nein? Schade, dann vielleicht in Rot?«

Eigentlich hatte ich nur bis vier Uhr arbeiten wollen, doch zu dieser Zeit tummelten sich so viele Besucher im Souvenirshop, dass es undenkbar gewesen wäre, einfach zu gehen. Außerdem hatte sich im ersten Stock ein kleiner Unfall bei der Modelleisenbahnlandschaft ereignet: Die Figur eines fliegenden Weihnachtsmannes war in die Vitrine mit der Modelleisenbahn gestürzt und hatte ein verheerendes Chaos auf dem winterlichen Miniaturweihnachtsmarkt angerichtet. Ein aufgebrachter Besucher hatte Peer darüber informiert, der konnte im laufenden Betrieb aber nicht mehr machen, als die Vitrine pietätvoll mit einem weißen Laken abzudecken. Um die Opfer würde er sich später kümmern.

Bis alle Gäste gegangen waren und ich den Laden wieder aufgefüllt hatte, wurde es schließlich Abend. Ich nahm meine

Jacke und verabschiedete mich von Peer, der an seinem Laptop im Lager saß und in den Bildschirm starrte.

»Peer, die Kiste, die du mir gegeben hast …«

»Mhm.« Er sah nicht vom Bildschirm auf.

»Da sind einige sehr alte Stücke dabei.«

»Fein.«

»Ich habe die Sachen hier auf die Werkbank gelegt und Notizen dazu gemacht. Wenn du später Zeit hast, vielleicht magst du noch mal drüberschauen?«

»Mhm.«

»Ich bin dann weg.«

»Ja.«

»Bis morgen!«

Endlich sah er auf und nahm seine Lesebrille von der Nase. »Entschuldige, wie unhöflich von mir, diese Bestellung raubt mir den letzten Nerv. Henrike, ich bin dir sehr dankbar für deinen Einsatz hier. Du machst das ganz großartig.«

»Danke. Ich wollte dich auch nicht stören. Nur falls du später noch Zeit hast …« Ich zeigte auf die ausgebreiteten Gegenstände der Weihnachtskiste.

»Das mache ich. Versprochen.«

Ich fand meine Mutter im ersten Stock, wo sie dabei war, das Arbeitszimmer meines Vaters auszuräumen. »Seit heute Mittag sitze ich hier und komme überhaupt nicht voran«, jammerte sie. »Dein Vater war ein Messie.«

»Sammler«, verteidigte ich ihn, verstand jedoch genau, was sie meinte. Diese kleine Nische unter der Dachschräge neben meinem Kinderzimmer war bis auf den letzten Winkel vollgestopft mit Büchern, Zeitschriften, Papieren und Dokumenten.

»Schau, was ich in einem Stapel Fachzeitschriften über Meeresbiologie gefunden habe.«

Ich überflog das Papier in der Prospekthülle, das sie mir entgegenhielt.

Eheschließung zwischen Arno Borrmann und Valerie Borrmann, geborene Münz.

»Eure Eheurkunde?«, fragte ich entsetzt.

»Die steckte einfach so zwischen den Zeitschriften, ich hätte sie fast weggeschmissen.« Sie fuhr sich durchs Haar. »Dieses Zimmer ist eine Katastrophe, Rike, wir müssen alles ganz genau durchsuchen, bevor wir die Sachen weggeben.«

Ich setzte mich zu ihr auf den Boden und nahm mir den Inhalt seines Schreibtischcontainers vor. Reinstes Chaos! »Ich hatte ganz vergessen, wie unordentlich er war«, sagte ich.

Sie schnaubte. »Ich nicht. Mein halbes Leben habe ich damit verbracht, ihm hinterherzuräumen. Manchmal hat er Sachen, die ich schon in den Mülleimer geworfen hatte, sogar wieder herausgefischt, mit der Begründung, das sei doch noch gut, das könne man noch brauchen.«

Ja, das klang ganz nach meinem Vater. »Aber dann gab es immer wieder diese Momente, in denen er mit seinem alten Krempel auftrumpfen konnte«, fügte ich hinzu. »Erinnerst du dich, wie er den Staubwedel mit der alten Teleskopgardinenstange repariert hat?«

Sie lachte. »Oder wie er den abgebrochenen Griff der Heckenschere mit dem Verschnitt eines alten Rohrs wieder einsatzbereit gemacht hat?«

»Er war wirklich findig.«

»Und kreativ.«

»Und nun hat er uns sein kreatives Chaos hinterlassen.«

Eine Zeit lang arbeiteten wir schweigend nebeneinanderher. Es gab einen Haufen mit Dingen, die wir wegschmeißen würden, einen mit Dingen, die wir spenden wollten, und einen Behalten-Haufen.

»Ich rede mit ihm«, sagte meine Mutter.

Ich sah von einem Mäppchen auf, in dem sich mehrere Dutzend kleiner Gratisbleistifte aus dem Baumarkt befanden.

»In Gedanken«, fügte sie schnell hinzu und legte ein Buch beiseite, von dem sie gerade den Staub gepustet hatte. »Eigentlich rede ich ständig mit ihm.«

»Das ist schön.« Ich ließ das Bleistiftmäppchen sinken.

»So ist er immer noch bei mir. Wir unterhalten uns über ganz gewöhnliche Dinge. Ich erzähle ihm, was ich auf der Arbeit erlebt habe. Was es zum Abendessen geben soll. Welche Pläne ich fürs Wochenende habe. Solche Sachen.«

Ich hatte die Beziehung meiner Eltern immer bewundert. Sie hatten weder viele Worte noch große Gesten gebraucht. Sie akzeptierten sich so, wie sie waren. Mit all ihren Macken und Spleens, ein schulterzuckendes Einverständnis. Sie waren nicht immer einer Meinung gewesen, hin und wieder hatten sie sich gestritten, dann gingen sie sich eine Weile aus dem Weg, aber sie fanden immer wieder zusammen.

»Über dich unterhalten wir uns auch«, sagte Vally.

»Ja?« Ich musste mich räuspern, weil ich den mittlerweile vertrauten tennisballgroßen Kloß im Hals hatte, sobald es um meinen Vater ging. »Was sagt er denn so über mich?«

Sie überlegte einen Moment. »Er ist stolz auf dich. Wie du dein Leben meisterst, findet er bewundernswert.«

Ich musste schlucken. Noch nie hatte ich solch anerkennenden Worte aus dem Mund meiner Mutter gehört.

»Aber er findet auch, dass du dir die Haare wieder wachsen lassen solltest«, fuhr sie fort. »So kurz steht dir nicht.«

Ich musste lachen, doch nur Sekunden später rannen mir Tränen über die Wange. »Ich werde ihn selbst fragen«, schniefte ich. »Ich rede nämlich auch mit ihm. Beziehungsweise redet er mit mir.«

»Du auch?« Vally zog überrascht die Augenbrauen hoch. »Der arme Mann hat ja keine ruhige Minute. Und was sagt er so?«

»Er fragt, wie es weitergehen soll. Weißt du noch, wie er das immer gefragt hat? Nur dieses: *Und was hast du jetzt vor?*«

»Ja.« Sie lachte. »Das konnte er gut, einen zurück auf die richtige Bahn bringen. Ohne zu sehr zu beeinflussen, wohin es gehen sollte.« Sie legte das Buch in den Karton zu den anderen. »Manchmal hat er mich damit aber auch zur Weißglut gebracht. Sollte *er* doch mal sagen, wie es weiterging!« Dann erzählte sie, wie schlecht er darin gewesen war, Entscheidungen zu treffen. Im Restaurant bestellte er immer dasselbe Gericht, kaufte sich über Jahre hinweg immer die gleiche Hose und vermied, wo es nur ging, Neues und Unbekanntes.

»Und weißt du noch, wie er einmal diesen riesigen Umweg bis nach Hattstedt gefahren ist, nur weil er sich weigerte, nach einer Straßensperrung die zwar ausgeschilderte, aber ihm unbekannte Umleitung zu fahren?«, ergänzte ich. »Er war wirklich ein Gewohnheitstier, mit Tendenz zur Schrulligkeit.«

Es war schön, so offen mit Vally über ihn zu reden. Sich seiner guten Eigenschaften zu erinnern, aber auch seine Macken nicht zu verschweigen. Und obwohl wir gerade dabei waren, all seine Sachen wegzugeben, war er mir so nah wie schon lange nicht mehr.

»Willst du das haben?«, fragte Vally und hielt einen kleinen Bilderrahmen hoch, der schon, seit ich denken konnte, in Arnos Büro hing. Auf schönstem Plattdeutsch stand da: *Do, wat Du wullt, de Lüd snackt doch!* – Tu, was du willst, die Leute reden sowieso.

»Woher kommt das Schild eigentlich?«, fragte ich.

»Das war ein Flohmarktfund.« Vally strich sich eine weiße Locke aus dem Gesicht. »Das Schild habe ich deinem Vater geschenkt, als wir noch nicht lange in Husum waren. Es passte zu unserem Neustart hier.«

»Ja? Wieso?« Ich rückte einen Stapel Zeitschriften gerade und versuchte, möglichst beiläufig zu klingen. Dass meine Mutter etwas von früher erzählte, kam sehr selten vor. Ich wusste, dass sich meine Eltern hier in Husum kennengelernt hatten. Meine Mutter hatte mit Freundinnen Urlaub an der Nordsee gemacht, und mein Vater hatte gerade seinen Job beim Küstenschutz angenommen. Bei einer Wattwanderung hatten sie sich kennengelernt und Hals über Kopf ineinander verliebt. Kurz danach war Vally von Bayern nach Husum gezogen, und man musste kein Mathegenie sein, um den Grund dafür herauszufinden: Neun Monate später kam ich auf die Welt.

»Und ihr habt später nie überlegt, noch mal woanders zu leben?«, fragte ich. »Hast du die Berge nicht vermisst?«

Vally hatte ihren süddeutschen Dialekt nie ganz abgelegt. So stach sie zwischen den plattdütschen Deerns auch sprachlich immer noch heraus. Eine Brezel war bei Vally immer noch *a Brezn*, wenn sich jemand wichtigmachte, nannte sie ihn *Adabei,* und die *Husumer Nachrichten* blieb *a Kasblattl.*

»Damit habe ich abgeschlossen. So, und jetzt runter mit

dem Blätterwald.« Sie wuchtete einen Karton in die Höhe und schleppte ihn zur Treppe. »Außerdem habe ich Hunger und brauche eine Pause.«

Damit war das Thema beendet.

Ich kannte diese Art von Reaktion schon, es war immer dasselbe. Als gäbe es ein Falltor, das sich blitzartig schloss, sobald ich mich dem verbotenen Bereich näherte. Keine Chance, mehr über die Vergangenheit meiner Mutter zu erfahren. Vally war wieder eine Festung des Schweigens.

»Du solltest das Schild mitnehmen«, rief sie noch, als sie den Karton die Treppe hinunterbalancierte. »Do, wat Du wullt, ich habe das gut verinnerlicht.« Sie tippte sich an die Schläfe. »Aber du, mein Kind, könntest hin und wieder eine kleine Erinnerung gebrauchen.«

13.

Was war das?

Ich hatte meine Jacke schon an und schlüpfte gerade in meine Stiefel, als ich in einem davon auf etwas trat und es unter meinem Fuß gefährlich knackte. Dann wurde es weich. Und warm. Erschrocken schleuderte ich den Stiefel von meinem Fuß und beförderte dabei einen kleinen, komplett zermatschten Schokoladennikolaus zu Tage.

Nachdem sich der erste Schreck gelegt hatte, ließ ich mich ratlos auf die Treppenstufen sinken. Sollte meine Mutter mir tatsächlich etwas in die Stiefel gesteckt haben? Einen Tag zu früh zwar, trotzdem wäre es eine Sensation. Selbst als ich noch ein Kind gewesen war, war es immer mein Vater gewesen, der meine Stiefel befüllt hatte.

Vally war schon zur Arbeit aufgebrochen, und ich war spät dran für meine Schicht im Weihnachtshaus, weil ich noch die restlichen Kartons mit Altpapier in Vallys alten Kombi gehievt hatte, um sie später zum Wertstoffhof zu fahren. Vallys kleine Überraschung hatte nun zur Folge, dass ich eine neue Strumpfhose brauchte, an meiner klebte Schokolade. Und weil ich keine Strumpfhose fand, musste ich mein Kleid gegen eine Jeans tauschen und in aller Eile eine passende Bluse zur Strickjacke finden. Es wurde etwas hektisch, und als ich dann endlich auf dem Fahrrad saß, strampelte ich, so schnell ich konnte, durch den grauen Wintermorgen.

Atemlos öffnete ich die Tür zum Weihnachtshaus, trat ein, und da hörte ich auch schon die Stimmen aus dem Ausstellungsraum mit den Weihnachtsbäumen. Ich ging ins Lager, hängte meine Funktionsjacke auf und lauschte: Da war Peers fröhliche Stimme, Svantjes tiefes, gackerndes Lachen und eine weitere männliche Stimme. Die drei schienen vertraut miteinander, es wurde viel gelacht.

War Peers Mitarbeiter Ludwig etwa von seinem Pfeifferschen Drüsenfieber genesen? Die Vorstellung versetzte mir einen kleinen Stich. Bedeutete seine Rückkehr, dass ich nicht mehr gebraucht wurde?

Ich warf einen Blick in den trüben Spiegel, der neben der Tür hing. Was ich sah, war wirklich nicht sehr erbaulich. Ich rieb mir die Wimperntusche von den Wangen, stich meine Haare glatt und setzte ein Lächeln auf. Dann ging ich ins Baumzimmer, den Stimmen entgegen.

»Ah, da ist ja unsere Meisterdetektivin«, begrüßte mich Peer.

»Guck sie dir an«, kicherte Svantje. »Sie weiß noch gar nichts von ihrem Glück.«

Mein Blick sprang hin und her zwischen Peer, der heute irgendwie noch glücklicher aussah, Svantje, die wieder ihre Jeanslatzhose trug und vor sich hin grinste, und einem unbekannten Mann, der mich erwartungsvoll ansah. Ich schätzte ihn um die vierzig, er war einen halben Kopf größer als ich, trug einen Dreitagebart und hatte dichte dunkle Haare, die an den Schläfen leicht ergrauten. Über seiner Schulter hing eine Fototasche. Er lächelte mich an und nickte zur Begrüßung, dann schob er mit dem Zeigefinger seine dunkel umrandete Brille Richtung Nasenwurzel.

Ich grüßte verunsichert in die Runde. Irgendetwas war hier im Gange.

»Ich habe mir gestern, wie du es dir gewünscht hast, die Gegenstände der Weihnachtskiste angeschaut«, erklärte Peer. »Und was soll ich sagen: Das ist eine kleine Sensation! Diese Sammlung beinhaltet alles, was unser Museum ausmacht: Historie, Bedeutung, Persönlichkeit.«

»Das ist gut«, schaltete sich der Dreitagebart-Mann ein. »Das notiere ich kurz.« Er kramte ein kleines schwarzes Notizbuch aus seiner Umhängetasche und zückte einen Bleistift. »Historie, Bedeutung, Persönlichkeit – großartig!«

»Wir wollen eine Artikelserie in der Zeitung veröffentlichen«, fuhr Peer fort. »An den verbleibenden Adventssonntagen sowie an Heiligabend werden wir je einen Gegenstand aus der Kiste genauer vorstellen. Damit machen wir Werbung für das Museum, stellen unsere Arbeit vor, und vielleicht können wir sogar rausfinden, wem die Kiste gehört hat. Das ist ganz großartiger … *Content*, so heißt es doch?«, fragte Peer. »Und ihr seid unser Rechercheteam: Jasper Jenssen und Henrike Borrmann.«

»Jasper?« – »Rike?«, sagten wir gleichzeitig.

»Lange her?«, fragte Peer grinsend.

»Wir waren im gleichen Deutsch-Leistungskurs«, sagte ich erstaunt, und in meinem Hirn ratterte es. Jasper Jenssen, ich hatte schon immer ein besseres Namens- als Gesichtergedächtnis gehabt. Das war also die erwachsene Version von Jasper Jenssen? Viel mehr Bart als früher – aber dieser Blick, ich erinnerte mich vage. Diese verschmitzte Neugier – das kam mir bekannt vor.

»Du siehst ganz anders aus«, sagte er indessen geradeheraus. »Hattest du nicht längere Haare?«

Unwillkürlich zupfte ich an einer der kurzen Strähnen. Wir hatten uns zwanzig Jahre nicht gesehen, meine Veränderung war ganz bestimmt nicht nur auf eine gewagte Entscheidung beim Frisör zurückzuführen.

»Das ist ja witzig«, fuhr er fort. »Ich dachte, du wärst aus Husum weggegangen?«

»Du doch auch.«

»Na, ich sehe schon. Ihr habt euch einiges zu erzählen.« Peer schmunzelte. »Machen wir jetzt die Fotos?«

»Fotos?« Mein Puls schnellte in die Höhe. »Welche Fotos?«

»Für den Artikel«, erklärte Peer. »Am besten, man sieht die Weihnachtskiste. Und dann vielleicht noch ein Bild, auf dem du auch drauf bist, Henrike, wie du daran arbeitest. So über die Werkbank gebeugt. Damit es menschelt.«

Entsetzt sah ich zu Jasper, der nur entschuldigend die Schultern hob.

»Ich war nicht vorbereitet auf ein Foto«, insistierte ich.

»Sabbel nich', dat geit. So'n hübsche Deern bruk sich doch nicht vorbereiten«, sagte Svantje. »Stell di man dorhin.« Sie schob mich vor die Arbeitsfläche, auf der sich noch immer die ausgebreiteten Gegenstände der Weihnachtskiste befanden. »Und im Hintergrund der Laden.« Sie lotste Jasper auf die andere Seite des Raums. »Jo, dat löppt!«

»Großartig!«, jubelte Peer. »Das wird toll. Wir lassen euch jetzt allein, ja? Svantje und ich kümmern uns um den abgestürzten Weihnachtsmann.«

Ich fühlte immer noch eine leichte Panik, doch da verabschiedete sich Peer schon mit Handschlag bei Jasper, Svantje umarmte ihn kurz. Dann waren wir allein, und ein Moment unangenehmer Stille breitete sich zwischen uns aus.

»Tja, dann …«, setzte er an. »Vielleicht erzählst du mir etwas zu den Gegenständen? Dann wirkt es etwas natürlicher.«

»Und du machst dabei Fotos?«

»Wenn das okay ist?«

Ich nickte. Und versuchte, einfach auszublenden, dass er da mit der Kamera stand. Ich erzählte, dass die Kiste eine anonyme Spende war und ich mehr über den ehemaligen Besitzer herausfinden wollte. Welche Gegenstände ich schon zeitlich einordnen konnte und bei welchen es mir noch nicht gelungen war. Dann sinnierte ich noch ein wenig über die Bedeutung von Weihnachtskisten in Familien und erklärte, dass sie als private Sammlung sowohl Zeugnis ablegten von der Zeit als auch von der individuellen Familiengeschichte und damit ein ganz wunderbarer kulturgeschichtlicher Fundus waren.

»Danke«, sagte er schließlich und wischte über das Display der Kamera. »Ich habe alles, was ich brauche. Und wirklich interessant, was du über Weihnachtskisten erzählt hast. Bei unserer Weihnachtskiste ist es genauso: Da ist eine uralte Baumspitze drin, die hat schon meinen Urgroßeltern gehört, und jedes Jahr aufs Neue krönt sie den Weihnachtsbaum. Wenn ich so darüber nachdenke, ist das eigentlich der einzige Gegenstand, den wir noch von ihnen besitzen.«

»Wie schön«, sagte ich. »Pass gut darauf auf.«

»Meine Mutter ist die Herrin über unsere Weihnachtskiste. Sie allein schmückt den Baum, weil sie immer noch befürchtet, wir würden die Glaskugeln fallen lassen.« Er lachte, dann sah er auf die Uhr und überlegte. »Ich habe gleich noch eine wichtige Konferenz in der Redaktion. Passt es dir, wenn ich später noch mal wiederkomme? Gegen halb vier? Und dann besprechen wir, mit welchem Artikel die Serie starten soll?«

Kaum war er weg, vertiefte ich mich, wann immer es die Besucherströme zuließen, wieder in die Gegenstände der Weihnachtskiste. Fieberhaft überlegte ich, mit welchem Gegenstand die Artikelserie starten könnte. Wahrscheinlich wäre es am besten, mit einem historischen Gegenstand zu beginnen. Jetzt, da das Interesse der Husumer Presse darauf lag und Peer sich eine große Werbewirkung erhoffte, war mein Ehrgeiz geweckt.

Ich verschaffte mir mehr Platz im Lager, räumte den großen Tisch frei und reihte alle Gegenstände dem geschätzten Alter nach auf. Am Anfang stand die Kugelkette. Ich nahm mir eins von Peers Nachschlagewerken aus dem Regal und erfuhr, dass die ersten Baumkugeln aus der Zeit um 1860 stammten. In der Regel waren sie oval geformt und rot oder silbern bemalt. Die Kugelketten, wie ich nun eine in den Händen hielt, kamen kurz darauf. Die etwa haselnussgroßen Kugeln waren auf einen feinen Silberdraht aufgezogen, damit man sie um den Baum legen konnte. Die Kugeln unterschieden sich in ihrer Form, in ihrer Farbe und in ihrer Struktur. Manche waren rund, andere tropfenförmig, Silber überwog, doch es gab einzelne Kugeln, die mit roten Streifen oder Punkten verziert waren. Einige Kugeln waren geriffelt, andere hatten die Struktur eines Tannenzapfens, wieder andere waren ganz glatt.

Würden diese Informationen Jasper ausreichen? Erhoffte er sich mehr? Ich nahm ein Poliertuch und rieb es vorsichtig über eine Kugel. Nur wenig Druck war nötig, und das Silber strahlte wieder im einstigen Glanz. Ich würde es bei zwei, drei Kugeln belassen, überlegte ich. Dann könnten die Leser den Vorher-nachher-Unterschied sehen, vielleicht fände Jasper das interessant.

Jasper. Ich seufzte, warum war es mir so wichtig, was er darüber dachte? Es war nur Jasper Jenssen. Er hatte nie zu den wirklich coolen Jungs gehört. Auch nicht zu den Nerds oder den Sportlichen. Jasper ließ sich nirgendwo so richtig einordnen. Er war nicht unbeliebt gewesen, aber auch keiner der Jungs, die sich ständig in den Vordergrund drängten. Im Unterricht hatte er sich kaum gemeldet, wenn er aber aufgerufen wurde, wusste er immer eine passende Antwort. Es hatte eine Zeit gegeben, da hatte ich ihn ganz gut gefunden. Gerade weil er sich in keine Schublade stecken ließ und schon zu Schulzeiten irgendwie sein eigenes Ding machte.

Nach dem Abi war er nach München auf die Journalistenschule gegangen, und wir verloren uns aus den Augen. Wir waren Freunde auf Studi-VZ, schrieben uns aber nie. Und mit dem obligatorischen Umzug zu Facebook einige Jahre später war er aus meiner Kontaktliste verschwunden. War er verheiratet? Hatte er Kinder? Ich versuchte, mich daran zu erinnern, ob er einen Ring getragen hatte. Ida hatte mal erzählt, dass er in Berlin und New York gelebt und bei hochkarätigen Zeitungen und Magazinen gearbeitet hatte. Ich war neidisch gewesen und hatte überlegt, wie es sein musste, eine solch kometenhafte Karriere hinzulegen. Und auch wie ungerecht, schließlich war ich in der Schule tausendmal besser gewesen als er.

»Eine gute Wahl«, rissen mich Peers Worte aus meinen Gedanken. »Die hätte ich auch als Erstes vorgestellt.« Er deutete auf die Baumkette und schenkte sich ein Glas Wasser ein.

»Wenn man bedenkt, dass das alles Handarbeit ist …« Ich

legte die Kette behutsam auf die Arbeitsfläche zurück. »Wie wertvoll und bedeutsam früher einzelne Stücke noch waren. Heute hängen sich die Leute ihren Baum so voll, dass kaum noch Grün zu erkennen ist. Und was da teilweise hängt: Einen Kack-Emoji-Baumanhänger habe ich neulich im Kaufhaus gesehen, das ist doch nicht schön!«

»Jeder so, wie es ihm gefällt.« Peer lachte. »Die Menschen schmücken ihren Weihnachtsbaum immer mit dem, was sie gerade bewegt. Um 1900 hingen Krokodilanhänger an deutschen Weihnachtsbäumen. Damals träumte man von Reisen in exotische Länder. Während der Weimarer Republik war es dann die Dicke Berta, die legendäre Kanone aus dem Ersten Weltkrieg. Bei den Nazis das Hakenkreuz oder der Kopf von Hitler.« Er hob die Schultern.

»Und heute Kack-Emojis«, konstatierte ich. »Was sagt uns das über unsere Zeit?!«

14.

Als Jasper pünktlich um halb vier im Weihnachtshaus erschien, versuchte ich, meine Erinnerungen mit dem Mann zusammenzubringen, der jetzt vor mir stand. Was schwierig war, denn im Vergleich zum jungen, blassen Jasper war der erwachsene Jasper durchaus charismatisch. Vielleicht sogar so charismatisch, dass sein Lächeln mich ein bisschen verunsicherte.

»Was meinst du, wollen wir eine Runde gehen und dabei besprechen, mit welchem Gegenstand die Serie beginnen soll? Mir würde frische Luft guttun, ich habe den ganzen Nachmittag nur im Büro gesessen«, sagte er.

Ich stimmte zu, vor allem, um nicht in die Verlegenheit zu geraten, ihm längere Zeit gegenübersitzen und ihn ständig anstarren zu müssen. Er trug einen gut sitzenden anthrazitfarbenen Mantel, der seine breiten Schultern und die schlanke Erscheinung betonte. Ich selbst kam mir in meinem funktionalen petrolfarbenen Windbreaker nur mäßig elegant vor.

Ohne uns abzusprechen, gingen wir in Richtung Deichkoogspitze, wo die Sonne sich in einem spektakulären Orange der Nordsee entgegenneigte. Die Luft war kühl und klar, und es tat gut, sich zu bewegen. Wir redeten über Jaspers Arbeit in der Redaktion, und ich erfuhr, dass er stellvertretender Ressortleiter für Kultur war.

»Und wie lange arbeitest du schon in Hinrichsens Museum?«, fragte er.

»Genau drei Tage.« Ich lachte. »Es ist nur ein Aushilfsjob, befristet auf ein paar Wochen.«

»Und was machst du eigentlich? Also, wenn du nicht gerade historisch wertvolle Überraschungskisten entdeckst?«

»Nichts Weltbewegendes. Ich bin freiberufliche Redakteurin.«

»Du schreibst auch?«, fragte er freudig überrascht.

»Na ja«, ich wiegte den Kopf. »Es sind nur Artikel für ein Stadtmagazin, kleinere Aufträge von Mittelständlern, die ich bei der Unternehmenskommunikation unterstütze. Vor allem bin ich wohl Mutter.«

»Du hast Kinder?«

»Zwillinge, ein Mädchen, ein Junge, elf Jahre alt.«

»Klingt nach Fulltime-Job.«

»Absolut, vor allem als Alleinerziehende.« Keine Ahnung, warum ich das gesagt hatte. Es klang schrecklich mitleiderregend, und weil er daraufhin nichts erwiderte, wechselte ich schnell das Thema: »Du hast in New York und Berlin gelebt, richtig?«

Er nickte.

»Und jetzt wieder Husum?«

»Und jetzt wieder Husum.« Er hob die Schultern, als wollte er sich entschuldigen.

Ich wartete einen Moment, aber er erklärte nichts.

Wir hatten die Stadt jetzt verlassen. Links von uns lag das Hafengelände mit seinen alten Speichern und großen Silos. Rechts von uns erstreckte sich die weite Marsch mit ihren Gräben und Wiesen.

»Fehlen dir die Metropolen nicht?«, fragte ich.

»Nein. Nirgendwo gab es das hier.« Ein schiefes Grinsen erschien auf seinem Gesicht, und er deutete auf den Deich, der sich im Dämmerlicht grasgrün von den tief hängenden grauen Wolken abzeichnete. Die Sonne schickte ein paar letzte satt orange Strahlen, bevor sie verschwinden würde.

Ich verstand genau, was er meinte. Das Meer in seiner rauen Schönheit, der Geruch von Salz und Algen, der Wind, die Weite. Kein anderer Mensch, so weit das Auge reichte. Nur das Rufen der Möwen. Da konnte New York definitiv nicht mithalten.

»Und seit wann bist du wieder in Husum?«, fragte ich.

»Fast ein halbes Jahr.« Er schob die Hände in die Manteltaschen. »Und es kommt mir so vor, als wäre ich nie weg gewesen.«

»So geht es mir auch.« Ich lachte. »Obwohl ich erst eine Woche hier bin.«

»Und du bist extra nach Husum gekommen, um Hinrichsen im Museum zu helfen?«

»Nein, das war so gar nicht geplant. Ich bin hergekommen, um meine Mutter zu unterstützen, das Haus zu entrümpeln. Sie will Anfang Januar in eine kleinere Wohnung ziehen.«

Er blieb stehen und sah mich an. »Ich habe die Traueranzeige für deinen Vater in der Zeitung gelesen. Mein Beileid.«

»Danke.« Schnell schaute ich auf meine Stiefelspitzen und hoffte, dass die Traurigkeit hinter meinen Augen verschwinden würde. »Schon in Ordnung«, sagte ich leichthin und versuchte ein Lächeln. »Lass uns noch ein Stück laufen.«

Wir setzten uns wieder in Bewegung. Immer wieder sah er

zu mir herüber, und sein mitfühlender Blick öffnete etwas in mir, das ich lieber verschlossen gehalten hätte.

»Es kam sehr überraschend«, erklärte ich und räusperte mich. »Ich habe es wohl immer noch nicht ganz überwunden.«

»War er krank?«

»Nein, nicht wirklich.« Ich atmete tief durch. Würde das denn nie aufhören? Würde ich immer weinen müssen, wenn ich in Zukunft an ihn dachte? »Er war unterwegs, weit draußen auf dem Deich«, erklärte ich. »Wahrscheinlich war es ein Herzinfarkt. Erst am Abend, als er nicht nach Hause kam, hat Vally in seinem Büro angerufen, und sie haben versucht, herauszufinden, wo er ist. Es ist ja manchmal einfach verdammt menschenleer hier.«

Jasper sah mich immer noch an, und seine Zugewandtheit ließ mich weiterreden.

»Dass er allein sterben musste, ist das Schlimmste daran. Dass niemand bei ihm war, er vielleicht um Hilfe gerufen hat und niemand kam.« Ich wischte mir eine Träne von der Wange. »Entschuldige, Jasper, es tut mir leid. Jetzt überfalle ich dich hier mit meinen Problemen. Dabei soll es um die Weihnachtskiste gehen, richtig? Deshalb bin ich auch nur Aushilfskraft«, plapperte ich dahin und versuchte wieder zu lächeln.

Jasper hob die Hand, als wollte er mich am Arm berühren, ließ sie dann aber wieder sinken. »Es ist in Ordnung, Rike«, sagte er leise.

Ich nickte ein paarmal. »Meine Güte, wir sind ganz schön weit draußen.« Ich hatte nicht gemerkt, wie weit wir uns von der Stadt entfernt hatten, wir waren einfach immer weitergelaufen. »Lass uns umkehren, bevor es ganz dunkel ist.«

Auf dem Rückweg besprachen wir, dass wir die Artikelserie mit der Kugelkette starten würden. Ich würde Jasper meine Erkenntnisse per Mail schicken, er würde den Artikel in der Sonntagausgabe der *Husumer Nachrichten* veröffentlichen. Für eventuelle Rückfragen tauschten wir Handynummern aus.

Das Hafenbecken mit seiner üppigen Weihnachtsbeleuchtung kam wieder in Sicht, die lichtergeschmückten Konturen der umliegenden Häuser spiegelten sich im stillen schwarzen Wasser. Als wir näher kamen, hörten wir den Leierkastenmann, der »Lasst uns froh und munter sein« spielte. Eine kleine Menschenansammlung umringte ihn, einige Kinder sangen mit.

Wir gingen weiter bis zur Hafenstraße, hier würde ich abbiegen, während Jasper weiter geradeaus zur Redaktion musste.

»Jetzt kennen wir uns schon so lange und reden das erste Mal richtig miteinander«, sagte er.

»Stimmt. Dabei sind wir schon auf dieselbe Grundschule gegangen, das ist mehr als dreißig Jahre her!« In letzter Zeit erschrak ich häufiger über ganz offensichtliche Zahlen, wenn mir plötzlich bewusst wurde, welch riesige Zeiträume es mittlerweile in meinem Leben gab.

»Du warst in der 1a, ich in der 1b – da lagen Welten dazwischen«, erklärte er. »Aber weißt du was, ich glaube sogar, unsere Wege hätten sich schon drei Jahre früher kreuzen können.«

»Wie das?«

»Bei den Wattwürmchen.« Nun lachte er richtig. Ein Lachen, das mich bis ins Herz traf und ansteckend war. Die Wattwürmchen waren der städtische Kindergarten in Husum.

»Ich war in der grünen Gruppe«, erklärte er.

»Ich in der roten. Unglaublich! Dann kennen wir uns seit fünfunddreißig Jahren – das ist fast unser ganzes Leben lang!«

Wir verabschiedeten uns, und ich beschloss, gleich noch einmal ins Museum zu gehen, um ihm die Notizen über die Kugelkette zu schicken. Auf dem Weg dahin surrte mein Kopf, und ich ging jedes Wort unserer Unterhaltung noch einmal durch. Während ich ihm tiefe Einblicke in meine verkorkste Psyche präsentiert hatte, hatte er so gut wie nichts von sich preisgegeben. Er lebte seit einem halben Jahr wieder in Husum und arbeitete, reichlich überqualifiziert, wie ich annahm, bei der hiesigen Lokalzeitung. Viel mehr wusste ich nicht über ihn. Was war davor passiert? Warum war er wieder hier?

Peer war gerade dabei, die Kasse zu machen, als ich ins Museum kam.

»Lass dich nicht stören«, sagte ich. »Ich muss Jasper nur schnell was schicken.«

»Habt ihr euch gut verstanden?«, fragte Peer, während ich aus meiner Jacke schlüpfte.

»Er ist nett«, sagte ich und fuhr den Laptop hoch.

»Finde ich auch. Und eine Bereicherung für Husum. Es ist so schade, wenn die ganzen klugen Köpfe weggehen.«

»Weißt du, warum er wiedergekommen ist?«

Er schüttelte den Kopf. »Aber warum hätte er es nicht tun sollen?«

Ich lachte schwach, obwohl mein Kopf automatisch damit begann, eine Liste mit den Punkten zu erstellen, die gegen Husum sprachen:

- schlechte Infrastruktur
- wenig interessante Jobs
- steigende Mieten aufgrund des Tourismus

- und das kulturelle Highlight der Region war die Wahl der Kohlregentin und der Pellkartoffelkönigin.

Ich hätte noch weitermachen können, doch endlich hatte sich das E-Mail-Programm geöffnet. Ich hängte das Dokument an, in dem ich meine bisherigen Erkenntnisse zur Kugelkette gesammelt hatte. Dann schrieb ich:

Lieber Jasper,
hier kommen wie vereinbart meine Notizen zur Recherche …

Viel zu förmlich. Ich löschte den Text.

Moin Jasper,
hat mich riesig gefreut, dich wiederzutreffen und Zeit mit dir zu verbringen …

Klang zu sehr nach Date. Schließlich hatten wir uns aus rein beruflichen Gründen getroffen, und ich versendete die Mail vom Account des Museums an den Account des Kulturressorts der Zeitung. Keine Ahnung, wer da alles mitlesen konnte.

Ich entschied mich für einen Mittelweg und schickte die Mail los, bevor ich weitere Minuten damit vergeudete, vor dem flimmernden Bildschirm zu sitzen und mir zu überlegen, wie meine Worte rüberkommen würden:

Hallo Jasper,
hier kommen die Notizen meiner Recherche. Bei Fragen melde dich gerne! Ansonsten freue ich mich da-

rauf, wenn wir das nächste Vorstellungsstück aus der Sammlung bestimmen.
Viele Grüße
Henrike

Ich klickte auf Senden, verabschiede mich von Peer und verließ schnell das Weihnachtshaus, um die Mail nicht noch dreimal im Gesendet-Ordner zu suchen und auch wirklich tausendprozentig sicherzugehen, dass ich den richtigen Text verschickt hatte.

Am Abend, nachdem ich mit Vally eine Tour zum Wertstoffhof gemacht hatte und die Kartons mit den alten Zeitschriften und Papieren aus Arnos Arbeitszimmer in den vorgesehenen Containern versenkt hatte, kochte ich uns Spaghetti alla Norma, gab ordentlich Chili dazu und entkorkte einen Chianti, der mich im Supermarkt durch sein hübsches Etikett überzeugt hatte.

»Was für ein Glück, dass du kochen kannst.« Meine Mutter drehte eine große Ladung Spaghetti auf die Gabel. »Von mir hast du das auf jeden Fall nicht. Kann ich mehr Wein haben?«

»Natürlich. Und danke.« Ich schenkte ihr nach. »Sag mal, erinnerst du dich an Jasper Jenssen? Mein Jahrgang, ich bin mit ihm zur Schule gegangen.«

»Jenssen? Jasper Jenssen?« Vally legte die Gabel ab und überlegte. »Doch, natürlich. Chronische Mittelohrentzündung. So ein kleiner, dünner Kerl.«

Ich lachte. Wie ich selbst hatte Vally zwar kein gutes Gesichtergedächtnis, konnte die Krankenakten fast aller Husumer Kinder jedoch auch Jahrzehnte später noch abrufen.

»Hatte der nicht eine große Karriere gemacht? Hanne van de Pellt hatte mal so etwas erzählt. Er ist Journalist, oder?«

»Weißt du auch, warum er jetzt wieder hier ist?«, fragte ich und gab mir Mühe, es möglichst beiläufig klingen zu lassen.

»Keine Ahnung.«

»Hat er Familie?«

»Wieso, gefällt er dir?« Vallys vom Rotwein dunkelgefärbte Lippen kräuselten sich.

»Nein. Hat mich nur interessiert, was aus ihm geworden ist.«

»Wie kommst du überhaupt auf ihn?«

»Wir arbeiten jetzt zusammen.« Ich erzählte vom Fund der Weihnachtskiste und dass es eine Artikelserie über den Inhalt geben sollte. »An den verbleibenden Adventssonntagen und an Heiligabend wird jeweils ein Bericht erscheinen. Und ich helfe ihm bei der Recherche.«

Vally legte die Gabel auf den Teller, lehnte sich zurück und musterte mich auf eine ungute Weise. »Er gefällt dir.«

»Nein.«

»Du findest ihn gut.«

»Hör auf damit, Mama.«

»Ich kenne doch mein Kind. Du kannst mir nichts vormachen, Henrike Borrmann. Du guckst wie damals, als du in deinen Querflötenlehrer verschossen warst.«

»Mama! So ist es nicht.« Ich beeilte mich, aufzustehen und die Teller in die Küche zu bringen. Die Episode mit dem Querflötenlehrer hatte mir wochenlange Sticheleien meiner Mutter beschert. Ich war vierzehn, groß, spindeldürr und meine Emotionen von den ersten Pubertätshormonen durchgeschüttelt. Er siebzehn, Star des Schulorchesters und rasierte sich schon.

Jedes Mal, wenn er mir im Wohnzimmer Unterricht gab, lüftete meine Mutter anschließend minutenlang, weil sie sagte, bei den vielen Pheromonen im Raum könne man ja kaum atmen.

»Ich würde es dir von ganzem Herzen wünschen«, rief mir Vally jetzt hinterher. »Du hast einen guten Mann verdient.«

»Wer sagt denn, dass er ein guter Mann ist?«

»Doch, doch, das ist er. Hanne ist mit seiner Mutter befreundet. Und du weißt, wie kritisch Hanne ist. Wenn sie seine Mutter mag, muss er was für dich sein.«

Klar, das leuchtete ein. Ein besseres Match hätte selbst der Algorithmus der angesagtesten Dating-App nicht hervorgebracht.

Ich stellte die Teller in den Geschirrspüler und räumte die Küche auf. Eine Woche war ich jetzt schon hier. Was in dieser Zeit alles passiert war: Ich hatte die Kinder so lange nicht gesehen wie nie zuvor. Wir waren mit dem Ausmisten und Packen vorangekommen. Ich hatte den Aushilfsjobs im Weihnachtshaus angenommen, Peer, Svantje und jetzt auch Jasper kennengelernt, und, was am schönsten war, ich war Vally ein Stückchen nähergekommen.

Bevor ich meiner Mutter eine gute Nacht wünschte und ins Bett ging, fiel mir noch etwas ein. »Ach, und, Mama: Danke für die Nikolausüberraschung.«

»Was?«

»Die in meinem Stiefel.«

»Ich weiß nicht, wovon du redest.«

Ich meinte, dass ihre Lippen kurz gezuckt hätten. Sicher war ich mir aber nicht.

15.

Am Morgen des zweiten Advents hielt ich es nicht lange im Bett aus. Ich wollte unbedingt wissen, ob Jasper den Artikel wie versprochen veröffentlicht hatte. Noch im Schlafanzug schlich ich die Treppe hinunter und fischte die Tageszeitung aus dem Briefkasten.

Schon auf der ersten Seite verwies ein kleiner Vorschauartikel auf den Kulturteil. *Sensationsfund im Wiehnachtshuus*, stand da, und mein Herz begann augenblicklich schneller zu schlagen. Im Innenteil nahm der Bericht über die Weihnachtskiste und die Kugelkette eine Dreiviertelseite ein. Und das Foto, das Jasper von mir gemacht hatte, war weniger schlimm, als ich befürchtet hatte. Eigentlich hatte er mich sogar ganz gut getroffen, wie ich so nachdenklich in die Kamera schaute und auf die Kugelkette zeigte. Ich sah viel hübscher aus, als ich mich an diesem Morgen gefühlt hatte. Und sehr professionell.

Ich füllte schnell die Kaffeemaschine und drückte auf den Knopf, dann setzte ich mich auf die Eckbank und begann zu lesen. Mein Blick flog über die Zeilen, und ich musste unwillkürlich lächeln. Der Artikel war packend geschrieben, und Jasper hatte genau die richtige Mischung aus Informationen und Emotionen getroffen. Es war seltsam, sonst war ich diejenige, die über andere schrieb. Und nun kam ich selbst in einem vor.

Ich griff nach meinem Handy und tippte eine kurze Nachricht an Jasper.

Toller Artikel, vielen Dank!

Kaum hatte ich die Nachricht weggeschickt, bereute ich es. Wie wirkte es, wenn jemand an einem Sonntagmorgen um 7.06 Uhr sich bereits die Zeitung geschnappt hatte, um einen Artikel über sich selbst zu lesen?

Doch nur ein paar Sekunden später erklang das Mitteilungssignal meines Handys. Jasper hatte geantwortet:

Freut mich, dass er dir gefällt! War einfach, ist ja auch eine super Story. Hier bei den *Husumer Nachrichten* waren alle begeistert. Passt es dir, wenn ich Donnerstag wieder ins Museum komme? Wieder nachmittags und dann besprechen wir den nächsten Artikel? LG Jasper

Ich schickte ein Daumen-hoch und bekam das Grinsen nun endgültig nicht mehr aus dem Gesicht.

»Guten Morgen.« Vally erschien mit kleinen Augen und wirrem Haar in die Küche.

»Schau mal, Mama.« Ich deutete auf das Foto der Weihnachtskiste und hielt es meiner Mutter unter die Nase. »Hier ist der erste Artikel. Und ich werde zitiert.« Ich schob die Zeitung über den Tisch.

»Das ist großartig«, erwiderte Vally, ohne hinzuschauen. »Aber erst mal brauche ich einen Kaffee. Willst du auch noch einen Schluck?«

Sie goss mir nach, holte die Milch aus dem Kühlschrank und gab Kluntjes in ihren Becher. Ich kannte niemanden sonst, der Kaffee mit Kluntjes trank.

»Hier, schau!« Ich tippte aufgeregt auf den Artikel, und Vally schob sich die Lesebrille zurecht.

»Das machst du also da bei Hinrichsen«, murmelte sie und begann zu lesen. »Interessant …« Sie las vor: »Kunsthistorikerin Henrike Borrmann schätzt das Alter mancher Stücke der Sammlung auf über einhundertfünfzig Jahre. Peer Hinrichsen, Leiter des Wiehnachtshuus Husum, betont die Expertise seiner Mitarbeiterin: ›Hätte Frau Borrmann aufgrund ihrer langjährigen Erfahrungen nicht erkannt, um welchen Schatz es sich hier handelt, die Kiste wäre wohl in Vergessenheit geraten.‹« Vally nahm einen Schluck Kaffee. »Rike-Kind, du bist ja eine lokale Berühmtheit!« Murmelnd las sie weiter und nickte anerkennend. Doch dann passierte etwas Merkwürdiges beim Vorlesen: Sie wurde leiser, ihre Miene versteinerte, sie blinzelte ein paarmal, schluckte, nahm ihre Lesebrille ab und legte die Zeitung schließlich wieder zusammen.

»Henrike, nimm es mir nicht übel, aber das interessiert mich nicht.«

»Was?« Ich fühlte mich wie vor den Kopf gestoßen.

Vally hob die Schultern. »Dieser ganze Weihnachtskram ist nicht mein Ding, das weißt du doch.« Es sollte leichtfertig klingen, aber die Art, wie sie aufstand und geschäftig in der Küche hantierte, war untypisch für sie.

»Was hast du denn?«

»Gar nichts, was soll denn sein?«

»Du bist seltsam.«

»Ich bin nicht seltsam. Ich habe Hunger. Hast du gestern zufällig Brot oder Milch mitgebracht?«

»Ist keins mehr da?« Ich stand nun auch auf und durchsuchte den Vorratsschrank. »Das ist ja ein toller Adventsmorgen«, murmelte ich. »Kein Brot, kein Müsli. Aber wir können Stollen essen. Mit Butter und Marmelade.« Ich öffnete den Küchenschrank, in den ich den Stollen gelegt hatte.

Das Leinentuch, in das ich ihn eingeschlagen hatte, war noch da. Der Stollen selbst war bis auf ein paar Krümel weg. Vorwurfsvoll hielt ich meiner Mutter das Tuch entgegen.

»Du hast doch gesagt, dass ich mir was nehmen kann.« Sie hob entschuldigend die Hände.

»Aber doch nicht *alles*. Und ich dachte, wir sitzen zum Stollenessen nett zusammen.«

»Es war nett, ich habe Arme Ritter daraus gemacht.«

»Du hast was?«

»Arme Ritter. Den Stollen in Scheiben geschnitten, in Ei gewendet, ausgebraten und mit Zucker und Zimt bestreut. Wirklich lecker.«

Ärgerlich schloss ich die Schranktür. Vallys Antiweihnachtshaltung ging mir langsam wirklich auf die Nerven. Und auch ihre Launen, ihre Wankelmütigkeit. Nichts hatte sich verändert.

»Ich gehe hoch«, kündigte ich an. »Klamotten aussortieren.«

Den ganzen Morgen verkroch ich mich in meinem Zimmer und fing an, großzügig meine alten Kleider und Mäntel auszusortieren. Eigentlich hätte ich Vally dankbar sein können, ich war in bester Wegschmeiß-Laune und kam sehr gut voran.

Nachdem ich fertig war, tat ich, was jede vernünftige Frau

tun würde, die gerade einen Mann kennengelernt hatte: Ich legte mich aufs Bett und googelte Jaspers Namen. Sofort wurden mir zahlreiche Treffer angezeigt: englischsprachige – by Jasper Jenssen, editor at large – und deutsche – Jasper Jenssen, freier Mitarbeiter im Feuilleton. Sogar Fotos von ihm und eine kurze berufliche Vita fand ich: Journalistenschule in München, Studium der Politik- und Kulturwissenschaften, Redakteur bei renommierten Zeitungen und Magazinen, vier Jahre Auslandsaufenthalt in New York als freier Journalist, Rückkehr nach Berlin und dann: nichts mehr. Einfach so, als hätte er sich in Luft aufgelöst. Wer gibt denn so eine Karriere auf, um zurück nach Husum zu ziehen? Schöne Deiche hin oder her, aber das hier roch nach Schicksalsschlag.

Am späten Vormittag, als ich gerade zwei große blaue Müllsäcke für die Kleiderkammer die schmale Treppe hinunterwuchtete, klingelte es an der Tür.

»Erwartest du jemanden?«, fragte Vally aus dem Wohnzimmer.

»Nein. Aber ich mach auf.« Ich versuchte, die Schemen hinter den Glaseinsätzen in der Haustür zu erkennen. Es waren zwei Gestalten, wenn ich mich nicht täuschte.

Ich schob die Türkette beiseite und öffnete langsam.

»Du bist berühmt!«, rief mir da auch schon Ilse-Marie Krokowski entgegen und wedelte mit der Zeitung vor meiner Nase. Neben ihr stand Ida, die die Augen über den peinlichen Auftritt ihrer Mutter verdrehte. Mein Herz sackte einige Zentimeter nach unten, doch da zog Ida mich schon in eine feste Umarmung und sagte: »Verdammt, ist das lange her!«

Ich schloss die Augen und roch ihr feines, sicherlich sehr

teures Parfüm. Es fühlte sich an wie immer, als lägen nur ein paar Tage zwischen unserer letzten Begegnung.

Ida löste die Umarmung und musterte mich. »Gut schaust du aus«, sagte sie anerkennend. »Die Frisur steht dir.«

Ich lächelte dankbar. Und musterte Ida nun ebenfalls.

»Ich weiß«, kam die meinem Urteil zuvor. »Ich sehe schrecklich aus. Frag mich nicht, wann ich das letzte Mal länger als fünf Stunden am Stück geschlafen habe. Es tut mir auch irre leid, dass ich mich nicht früher gemeldet habe. Es ist einfach wahnsinnig viel zu tun im Krankenhaus.«

»Nein, *mir* tut es leid. Ich hätte schon längst anrufen sollen.«

»Schwamm drüber. Jetzt haben wir uns ja.« Ida hakte sich bei mir unter, und wir gingen ins Wohnzimmer, wo Vally Ilse-Marie gerade die Fortschritte in Sachen Umzugsvorbereitung präsentierte. Ida an meiner Seite zu haben, fühlte sich sofort so vertraut an wie früher.

»Wollt ihr einen Kaffee? Tee?«, fragte ich. »Ich würde euch ja auch etwas vom Stollen anbieten, aber … das erzählt euch Vally.« Ich warf einen strengen Blick in die Richtung meiner Mutter.

»So richtig gemütlich ist es hier ja nicht mehr«, stellte Ilse-Marie fest. Ihr Blick wanderte über die Kisten und leer geräumten Regale. »Und das in der Weihnachtszeit, ihr Ärmsten. Wollt ihr nicht mit rüberkommen? Ist vielleicht kommodiger.«

Schon immer war es bei Krokowskis urgemütlich gewesen. Als Kind war ich hier oft untergeschlüpft, wenn meine Eltern arbeiten mussten. Ida hatte noch zwei ältere Brüder, und inmitten der tobenden Kinderschar war ich nicht aufgefallen in diesem Haus, in dem es immer laut und stürmisch zuging. Ilse-Marie erzog die Kinder mit liebevoller Strenge: Man hatte pünktlich und mit gewaschenen Händen am Esstisch zu sitzen, sagte Bitte und Danke, und gerauft wurde draußen. Ansonsten hatten die Kinder viele Freiheiten.

Als wir jetzt zu Krokowskis rübergingen, natürlich durch die Buchsbaumhecke statt über die Straße, fühlte ich mich in die Vergangenheit zurückversetzt. Wie immer stand die Terrassentür offen, drinnen war es warm und gemütlich. Auf dem großen Adventskranz, der auf dem Esstisch stand und den Ilse-Marie sicherlich selbst gebunden hatte, flackerten zwei Kerzen, und in den Fenstern hingen an goldenen Bändern kleine Holzsterne, schimmernde Christbaumkugeln und Tannengrün. In der Küche dudelten Weihnachtslieder im Radio, und es roch nach frisch gebrühtem Kaffee.

Zu viert setzten wir uns an den Esstisch, Ida und ich auf die Eckbank, Vally und Ilse-Marie auf die Eiche-rustikal-Stühle. Ida und Ilse-Marie waren gerade dabei gewesen, kleine Sterne aus Holzperlen zu fädeln, die auf der Tombola der Weihnachtsfeier des Turn- und Sportvereins verlost werden sollten. Bewundernd nahm ich einen der Sterne hoch, einen so schönen Trostpreis hatte ich noch nie gesehen.

»Wollt ihr uns helfen?«, fragte Ilse-Marie. »Es fehlen nur noch circa zweihundert Stück, ihr könnt später auch gerne ein paar mitnehmen.« Sie seufzte. »Jedes Mal ärgere ich mich im Nachhinein, dass ich bei der Planung des Weihnachtsbasars immer die Erste bin, die die Hand hebt, wenn es um die Verteilung der Freiwilligenarbeit geht.« Sie begann, ein paar Holzperlen auf einen Silberdraht zu fädeln. »Aber so ist das in Vereinen. Ohne die Freiwilligen geht nichts. Und es macht mir ja auch Spaß.«

Wir setzten uns dazu, fädelten immer je dreißig kleine Holzperlen auf den Draht, den Ida und Ilse-Marie zu Sternen bogen. Dabei tauschten wir den neusten Klatsch und Tratsch aus Husum aus. Ida erzählte von ihrer Arbeit im Krankenhaus, ich von den Kindern, Vally von der neuen Wohnung, und Ilse-Marie schimpfte über ihre Söhne, die wie jedes Jahr nicht rechtzeitig Bescheid sagten, wann sie an Weihnachten kommen würden. Dann aber wahrscheinlich auch wie jedes Jahr überraschend noch zwei Freunde im Schlepptau hatten und Ilse-Marie im letzten Moment den Kartoffelsalat strecken musste, damit alle genug bekamen.

Immer wieder sah ich zu Ida. So aus der Nähe und ohne Social-Media-Filter sah sie weit weniger perfekt aus. Und dass sie offen über ihre anstrengenden Schichten im Krankenhaus sprach, wirkte erfrischend ehrlich und überhaupt nicht so, als ob sie versuchte, sich ins beste Licht zu rücken. Manchmal musste man sich einfach nur mal wieder im echten Leben treffen, dachte ich, um sich zu erinnern, warum man befreundet war.

Irgendwann verzogen sich die Mütter in die Küche, wo Ilse-Marie den Sonntagsbraten vorbereitete, und Ida und ich hatten das Esszimmer für uns.

»Sag mal, du arbeitest für diese Serie mit Jasper Jenssen zusammen?« Sie hob amüsiert die Augenbrauen.

»Ja, das war vielleicht eine Überraschung. Ich hätte ihn fast nicht wiedererkannt. Früher war er eher unscheinbar, oder?«

Ida wiegte den Kopf. »So unscheinbar nun auch nicht, schließlich warst du im Sommer nach dem Abi total in ihn verschossen.«

»Nur ein bisschen.«

»Jasper hier, Jasper da, es gab kein anderes Thema mehr für dich. Und als er dann nach München gegangen ist, warst du am Boden zerstört.«

Ich fixierte die Holzperle zwischen meinen Fingern und hoffte, dass ich nicht rot wurde. »Er hat sich aber überhaupt nicht für mich interessiert.«

»Er war schüchtern, das war alles. Ihr wart beide schüchtern.«

Ich seufzte bei der Erinnerung an diese einzigartigen schwebenden Sommerwochen nach dem Abitur. Wir waren wie aus der Zeit gefallen, und die Welt steckte voller Möglichkeiten. Ida und ich übernachteten abwechselnd beieinander, schliefen lange aus und frühstückten auf der Terrasse, Stunden nachdem unsere Eltern zur Arbeit aufgebrochen waren. Gegen Mittag fuhren wir dann mit unseren Rädern zur Badestelle an der Dockkoogspitze. Irgendjemand aus unserem Jahrgang war immer schon da, ein Alster und eine Tüte Chips waren unser Mittagessen, abends bestellten wir Pizza, die wir uns bis an den Strandparkplatz liefern ließen. Und blieben, in dicke Wollpullover gemummelt, bis es so dunkel war, dass nur noch der Mond den kleinen Weg über den Deich zu den Fahrradständern erhellte.

Meist waren wir eine Gruppe von acht bis zehn Abiturienten, Jasper war fast immer dabei. Alle hatten wir schillernde Pläne für unsere Zukunft, warteten nur noch auf die Zusagen der Universitäten, Hochschulen und Betriebe, bei denen wir uns beworben hatten. Ida würde eine erfolgreiche Chirurgin werden, ich Leiterin eines großen Museums, und Jasper hatte die mehrtägige Aufnahmeprüfung der Journalistenschule in München absolviert. Während Ida mit den anderen Beachvolleyball spielte oder das Frisbee über den Grünstrand flitzen ließ, blieben Jasper und ich bei unserem Handtuchlager zurück und unterhielten uns. Ich mochte es, wie er mit allen zurechtkam und sich dabei trotzdem selbst treu blieb. Und sein Ehrgeiz faszinierte mich. Als er dann schließlich die Zusage für die Journalistenschule bekam, war ich beeindruckt – und auch ein bisschen enttäuscht. Seine zweite Wahl war damals ein Germanistikstudium in Hamburg. Wenn es dazu gekommen wäre, wer weiß, ob wir dann nicht miteinander in Kontakt geblieben wären.

»Egal«, ich hob die Schultern. »Ist hundert Jahre her.«

»Und heute? Ist er Single?«, fragte Ida.

»Keine Ahnung.«

»Wirst du rot?«

»Es ist warm hier.« Ich zupfte am Kragen meines Norwegerpullovers.

Ida legte den Kopf schief und musterte mich amüsiert. »Wie man hört, wohnt er bei seinen Eltern.«

»Bei seinen Eltern? Woher weißt du das?«

»Mareille ist seine Nachbarin. Erinnerst du dich an Mareille? Sie war drei Klassen unter uns.«

Ich nickte vage. »Und was hast du mit Mareille zu tun?«

»Sie ist eine meiner Assistenzärztinnen.«

Langsam bekam ich den Eindruck, meine früheren Mitschülerinnen und Lehrer, die in Husum geblieben waren, führten hier in einem Paralleluniversum das Leben fort, von dem ich auch einst Teil gewesen war.

Ida legte ihren Stern beiseite und lehnte sich mir entgegen. »Bei mir läuft es männertechnisch auch nicht«, sagte sie mit gesenkter Stimme.

»Ja?«

»Verheiratet.«

»Oh.«

»Und mein Chef.«

»Uh.« Ich verzog das Gesicht.

»Ich weiß natürlich, dass es großer Mist ist.«

»Wie lange läuft das schon?«

»Fast anderthalb Jahre.«

»Gibt es denn irgendeine Perspektive?«

Ida schüttelte den Kopf und atmete tief ein. »Nein, er wird seine Familie nicht verlassen. Aber es gibt Kurzurlaube, tolle Restaurants und teure Geschenke.« Sie hielt mir ihre Hand entgegen, an der ein Armkettchen funkelte.

Ich begutachtete das Kettchen einen Moment. »So kenne ich dich gar nicht«, sagte ich und hätte mir augenblicklich am liebsten auf die Zunge gebissen. Ich wollte die wiedergewonnene Vertrautheit zwischen uns nicht gefährden.

Doch Ida hob nur resigniert die Schultern. »Ich weiß«, sagte sie. »Ich erkenne mich selbst auch nicht wieder. Aber ich habe nicht die Kraft, es zu ändern, verstehst du? Es zu beenden und wieder allein zu sein, ich schaffe das gerade nicht. Dann lieber so.«

Das hingegen kannte ich nur zu gut. Ich legte meine Hand auf ihre, und einen Moment saßen wir einfach nur so da. Auf der alten Eckbank, vor uns die Holzperlen, im Hintergrund die Stimmen unserer Mütter.

»Danke, dass du es mir erzählt hast«, sagte ich leise.

»Natürlich.« Ida lächelte schwach. »Wir sind doch Beffis.«

»Beste Freundinnen für immer«, flüsterte ich.

Es war, als hätte nie etwas zwischen uns gestanden.

16.

Guten Morgen Rike-Kind!
Hab einen schönen Tag und bis heute Abend. Kaffee ist alle, kannst du neuen besorgen?
Kuss, Mama

Montagmorgen ohne Kaffee. Ich versuchte, es nicht als schlechtes Omen aufzufassen. Immerhin hatte ich ruhig und traumlos geschlafen, und langsam schien sich mein Körper an die durchgelegene Matratze zu gewöhnen. Ich fühlte mich erstaunlich gut und beschloss, auf dem Weg ins Weihnachtshaus zu frühstücken.

Nachdem ich mich fertig gemacht hatte, radelte ich zum Bäcker, wo ich mir ein Rosinenbrötchen und einen extragroßen Cappuccino holte. Ich setzte mich auf einen der Hocker vor dem Schaufenster, beobachtete die vorbeieilenden Passanten und zupfte Rosinen aus dem Brötchen.

Noch etwas mehr als zwei Wochen bis Heiligabend, und ich hatte die Weihnachtstage bereits minutiös durchgeplant: Am Zweiundzwanzigsten würde ich Feline und Lennard nachmittags vom Zug abholen und dann direkt ins Weihnachtshaus fahren, um ihnen alles zu zeigen. Anschließend würden wir Futjes auf dem Weihnachtsmarkt essen. Das traditionelle nordfriesische Gebäck aus Grieß, Hefe, Rosinen und Zucker gab es nur zur Weihnachtszeit, und so frisch ausgebacken wie auf dem Weihnachtsmarkt schmeckte es am besten.

Am Dreiundzwanzigsten würden wir die Fischerkate aufräumen, um trotz Umzugschaos ein wenig Gemütlichkeit zu schaffen, und außerdem den Teig für die Zimtschnecken vorbereiten. Seit ich das vor einigen Jahren einmal gemacht hatte, war es zur Tradition geworden, mit Kanelbullar, wie sie auf Schwedisch hießen, in den Weihnachtstag zu starten. Abends an Heiligabend würden wir Raclette essen, das wir am Nachmittag gemeinsam vorbereiteten. Ich liebte es, mit den Kindern in der Küche zu stehen, Gemüse zu schnippeln, Soßen vorzubereiten und dabei »Feliz Navidad« mitzusingen, das an diesem Tag im Radio in Dauerschleife zu laufen schien.

Aus Rücksicht auf Vally würde es keinen Baum geben und auch keine anderen Weihnachtslieder. Aber ich wollte mit den Kindern in den Gottesdienst gehen, die Husumer St.-Marien-Kirche mit ihrem klassizistischen Sternengewölbe war wunderschön. Anschließend würde zu Hause die Bescherung stattfinden, und wir würden es uns auf der Couch bei einem Weihnachtsfilm gemütlich machen.

Vally würde sich wahrscheinlich ins Schlafzimmer verkriechen, zwar anwesend sein, aber doch verschlossen und in sich gekehrt. Ein stiller Protest gegen die Konventionen. Schon wenn ich daran dachte, verdüsterte sich meine Stimmung. Und ich war froh, dass die Kinder nach Husum kommen würden, so könnte ich wenigstens für sie ein schönes Fest ausrichten.

Mit einem langgezogenen »Moooooin« wurde ich von Svantje begrüßt, kaum hatte ich die Tür zum Weihnachtshaus geöffnet. Sie saß im Lager, trug eine Brille, die ich noch nie bei ihr gesehen hatte, und besserte mit einem feinen Pinsel konzentriert die Engelsfigur aus, die Peer mir am ersten Tag hier gezeigt hatte. Sofort hatte ich ein schlechtes Gewissen, eigentlich wäre das meine Aufgabe gewesen.

Als hätte Svantje meine Gedanken gelesen, erklärte sie: »Solange ich auf Peer warte, kann ich dem kleinen Kerl hier ein bisschen Farbe verpassen.«

»Entschuldige. Ich habe ihn aus den Augen verloren und mich nur noch um die Weihnachtskiste gekümmert«, gestand ich.

»Das ist auch gut so. Die Kiste ist wichtiger. Gibt es etwas Neues über ihre Herkunft?«

»Leider nicht.« Ich schlüpfte aus meiner Jacke und hängte sie an die Garderobe.

»Wer gibt so einen Schatz einfach her?«, fragte Svantje kopfschüttelnd, stellte den Engel vorsichtig auf die Arbeitsfläche und nahm ihre Brille ab. Die kleine Figur hatte jetzt wieder zwei hübsche rote Bäckchen, und die Engelsflügel schimmerten golden. »Wenn dat min Wiehnachtskist wär, ich würde sie hegen und pflegen.«

»Hast du eine Weihnachtskiste?«

»Na kloor!«, antwortete sie stolz. »Von min Öllern bekommen, als sie das Weihnachtsfest nicht mehr für die ganze Familie ausrichten wollten. Aber mit der Kiste kam auch die Aufgabe, Gastgeberin zu sein.« Sie lachte. »Wenn ich im November auf den Dachboden krieche, um unsere Weihnachtskiste herunterzuholen, und dann einen Blick reinwerfe, fühlt es sich an, als würde ich alte Bekannte treffen, die ich lange nicht gesehen habe.«

»Das klingt schön«, erwiderte ich. »Wie feiert ihr Weihnachten?«

»Oh.« Sie lachte ihr Svantje-Lachen. »Es ist die größte Feier in ganz Husum. Meine Familie ist riesig, und weil es bei mir in der Werkstatt am meisten Platz gibt, feiern alle Geschwister, Partner, Ex-Partner, Großeltern, Tanten, Onkel, Cousinen, Cousins und Kinder zusammen.«

»Ihr feiert in deiner Tischlerei?«

»Am Dreiundzwanzigsten wird zusammen aufgeräumt und geputzt. Dann bauen wir eine große Tafel auf, die einmal quer durch den Raum reicht, stellen den Baum auf, schmücken ihn, und überall stehen Kerzengläser. Am Vierundzwanzigsten bringen dann alle etwas zu essen mit, unter dem Weihnachtsbaum türmen sich die Geschenke, und wir sitzen bis spät in die Nacht zusammen, die Kinder spielen, später wird getanzt.«

»Das klingt schön. Und nach viel Arbeit.«

»Nee.« Sie schüttelte den Kopf, dass ihre feinen blonden Haare flogen. »Alle packen mit an. Und am Ende is dat Huus sauberer als vorher.«

Ich konnte mir so eine große Gesellschaft zu Weihnachten nicht recht vorstellen. Mit Besinnlichkeit hätte das wenig zu tun. Aber es musste schön sein, Teil einer so großen, fröhlichen Gruppe zu sein.

»Und wie feiert ihr?«, fragte Svantje.

Ich räusperte mich. »Meine Kinder kommen nach Husum. Wir feiern zusammen mit meiner Mutter. Es gibt Raclette. Ganz klassisch.« Das stimmte zwar nicht ganz, aber schon als Kind hatte ich es aufgegeben, den Leuten unser seltsames Nichtweihnachten zu erklären. Weil ich die fragenden und mitleidigen Blicke, die unweigerlich auf meine Schilderungen folgten, nicht mochte. So war es einfacher.

»Wie schön«, befand Svantje. »Ein kleines, feines Fest.« Sie pustete den Engel an, damit er schneller trocknete. Dann stellte sie ihn zufrieden auf das obere Regalbrett der Werkbank.

Wer gab so einen Schatz einfach her? Svantjes Frage begleitete mich durch den Morgen. Die Gegenstände in der Weihnachtskiste hatten Weltkriege, Wirtschaftskrisen und sicherlich auch persönliche Schicksalsschläge überdauert und waren dabei von einer Generation zur nächsten weitergegeben worden, bis – ja, bis heute. Warum?

Ich nahm mir noch einmal die jüngeren Stücke vor. Neben den selbst gebastelten Sternen mit den Kinderzeichnungen gab es noch eine Packung mit Christbaumkugeln, die mein Interesse geweckt hatte. Sie waren goldfarben und mit weißen verschnörkelten Blumen bemalt. Die Ranken waren mit Glitzer verziert. Unwahrscheinlich, dass es sich hierbei um historische Stücke handelte. Vorsichtig nahm ich die Schachtel in Augenschein, in der die vier gleich großen Kugeln aufbewahrt wurden. Auf dem Boden fand ich eine Aufschrift:

Glas, Ø 6 cm, handbemalt, 1973, West Germany

Die Siebziger, das passte. Flower-Power am Weihnachtsbaum. Das hieß also, diese Kugeln und wahrscheinlich auch die selbst gemalten Sterne waren die letzten und jüngsten Stücke der Sammlung.

Vielleicht sollten wir die am Heiligabend im Zeitungsartikel vorstellen, überlegte ich. So hätten wir mit dem ältesten

Weihnachtsschmuck begonnen und würden mit dem jüngsten enden. Noch spannender wäre es, wenn wir die Geschichte rund um die Kiste herausfinden würden. *Das Geheimnis der Weihnachtskiste* – ich sah Jaspers Überschrift schon vor mir und fühlte mich gleich ein wenig aufgekratzt. Meine schlechte Stimmung vom Morgen war vergessen.

Behutsam legte ich die Kugeln zurück in ihre Verpackung. Wie war die Weihnachtskiste ins Museum gelangt? Die Kinder, die diese Sterne gebastelt hatten, waren heute vermutlich erwachsen, hatten womöglich selbst Kinder oder schon Enkel. Zwei weitere Generationen, in deren Händen die Weihnachtskiste sicherlich besser aufgehoben wäre als hier im Museum.

Noch einmal zog ich das dünne Papier des Weihnachtsbriefs aus dem Umschlag und betrachtete Pauls akkurate Handschrift. Dass die Tradition der Weihnachtsbriefe in Vergessenheit geraten war, war doch eigentlich schade. Ein Weihnachtsbrief war so viel charmanter als ein Wunschzettel, der manchmal ja eher einer Bestellliste glich.

Als Feline und Lennard klein waren und noch nicht schreiben konnten, hatten sie seitenweise Spielzeuge, Kuscheltiere und Musikinstrumente aus der Reklame ausgeschnitten, auf DIN-A4-Blätter geklebt, schließlich energisch zusammengetackert und mit meiner Hilfe an den Weihnachtsmann geschickt. Manchmal wäre es einfacher gewesen, wenn sie die Sachen aufgeklebt hätten, die sie *nicht* haben wollten.

Ich holte eine Lupe aus Peers gut ausgestattetem Werkzeugschrank und versuchte noch einmal, die Sütterlin-Schrift zu entziffern:

Unten stand:

Schenk meinen Eltern Segen
Und stetes Wohlergehn;
Auf ihren Lebenswegen
Laß ihnen Freud entstehn!

Aber darüber? Was stand dort? Ich recherchierte im Internet alte Schriften und verglich die Buchstaben mit den Wörtern, die ich bereits entziffert hatte. Es war mühsam, und ein paarmal wurde ich durch neue Gäste unterbrochen. Dann war es schwierig, wieder in den Text zu finden. Doch irgendwann ergab es plötzlich Sinn:

Mit dem Wacholderzweige
In der Rauhnacht durch jeden Raum;
Vertreibe böse Geister, Krankheit, Gram.

Ich streckte mich und ließ die Schultern kreisen. Die gekrümmte Haltung über dem Brief forderte ihren Tribut.

»Hast du schon mal von einem Weihnachtsbrauch gehört, in dem Wacholderzweige und Raunächte eine Rolle spielen?«, fragte ich Peer, als er ins Lager kam, um sich einen Kaffee zu holen.

Er strich sich nachdenklich den weißen Bart. »Komm mal mit.« Er ging zum Regal hinter seinem kleinen Schreibtisch und zog eines der vielen Lexika hervor. »Wacholderzweig, lass mal sehen.« Er ließ seinen Finger über das Inhaltsverzeichnis wandern. »Hier, Wacholder. Seite 214.« Er blätterte. »Das Ritual beginnt am 21. Dezember, dem Tag der Wintersonnenwende, und wird an Heiligabend, an Silvester und am Abend vor dem Dreikönigstag wiederholt. In einer Gusseisenpfanne werden Kräuter wie Salbei, Fichtenharz, Engelwurz und Wacholder verbrannt. Dann schreitet der Bauer voran, die qualmende Pfanne in den Händen, gefolgt von seiner Familie und Knechtschaft und geht jeden Raum des Hauses ab. Dem Rauch werden reinigende Kräfte zugesprochen«, las er vor. »Das Räuchern wird vor allem in der Alpenregion praktiziert.« Nachdenklich sah er auf. »Das könnte passen, oder?«

Ich merkte, dass ich die Luft anhielt.

»Damals unterschieden sich die Weihnachtsbräuche von Region zu Region stark«, fuhr er fort. »Ich halte es für unwahrscheinlich, dass ein Kind an der Nordsee von einem Wacholderzweig schreibt, wenn es diesen Brauch nicht erlebt hat. Das hieße also, die Spur führt in den Süden.« Seine Augen funkelten. »Lass mal schauen, was haben wir denn noch in dieser schönen Sammlung …?«

Konzentriert beobachtete er die Stücke und strich sich dabei weiter über den Bart.

»Ha!« Er griff nach der Holzform für Lebkuchen. »Ein Springerle! Das kommt auch aus dem Süden.«

»Ein was?«

»Ein Springerle. Darin werden vor allem in Süddeutschland Plätzchen aus einem Anis-Eierschaum-Teig gebacken, auch Eierzucker genannt.«

»Ich dachte, das ist eine Lebkuchenform.«

»Nein, schau mal, sie ist viel zu flach für einen Lebkuchen. Der wäre zerbrochen. Außerdem findet sich eine Aussparung hier in dem Blumenkranz. Lebkuchen wurden ohne Löcher gebacken. Der Teig für die Springerle ist aus Ei, Zucker und manchmal auch Anis. Er muss erst an der Luft trocknen, sodass sich später beim Backen keine Risse bilden. Beim Backvorgang springt das Springerle dann quasi aus der Form heraus. Je schöner und schärfer die Linien des Bildes, desto mehr Lob hat der Bäcker bekommen. Später wurden die Springerle mit Speisefarben bemalt, um die Bilder noch stärker hervorzuheben. Und nach Weihnachten, wenn der Baum geplündert wurde, durften sie gegessen werden.«

Ich nickte nachdenklich. Davon hatte ich noch nie gehört.

»Zwei Stücke, die aus dem Süden kommen? Ich denke, dass kann kein Zufall sein. Liebe Henrike, du bist auf einer verdammt heißen Spur.«

17.

»Und, wie gefällt es dir?«, fragte Vally und präsentierte stolz die Auszüge des Apothekerschranks in ihrer neuen Küche. Geräuschlos glitt der Schrank zurück zwischen die weißen Hochglanzfronten.

»Es ist alles sehr neu«, antwortete ich diplomatisch und wischte ein nicht vorhandenes Staubkorn vom Tresen mit der Marmorplatte, der die Küche vom Wohn-Ess-Bereich trennte. Unsere Stimmen hallten in der leeren Wohnung, vom bunten Treiben unten auf dem Weihnachtsmarkt hörte man durch die gut isolierten Fenster keinen einzigen Ton.

»Und so schön großzügig, nicht wahr?«

Ich nickte. Es gab nichts an dieser Dreizimmerwohnung auszusetzen. Sie war gut geschnitten und ganz sicher altersgerecht. Die geräumige Dusche im Badezimmer war ebenerdig, es gab einen Fahrstuhl, die Türen waren breit genug, um sich auch mit einer Gehhilfe problemlos zu bewegen. Und auch bei der Renovierung hatte der Vermieter nicht gespart: Das Parkett war noch einmal abgeschliffen worden, und alles roch nach frischer Farbe.

Trotzdem war es mir schwer ums Herz. Wie konnte Vally die Gemütlichkeit des kleinen Backsteinhäuschens nur freiwillig hergeben für diese austauschbare, unpersönliche Wohnung?

Die drei Abgesandten von Ferien-Peters hatten am vergangenen Tag noch einmal vorbeigeschaut, und diesmal war Vally pünktlich von der Arbeit gekommen. Ich hatte, so gut es ging, aufgeräumt und war dem kleinen Komitee angespannt durchs Haus gefolgt.

Meine Mutter wirkte vollkommen gelassen, machte Scherze und beantwortete die Fragen der potenziellen Käufer ohne ein Zeichen der Wehmut. Als wäre es ihr schlicht egal, was aus unserem alten Zuhause werden würde.

Ganz anders in ihrer neuen Wohnung: Sie glühte förmlich vor Begeisterung und wies mich auf alle Vorzüge und modernen Details hin. Doch ich konnte dem nicht viel abgewinnen, für mich war diese Wohnung vor allem charakterlos. Die Fischerkate war zwar in die Jahre gekommen, doch ihr Verschleiß war Zeugnis unseres Lebens: Die Ecke der Wand zwischen Wohnzimmer und Schlafzimmer war abgenutzt, weil wir über Jahrzehnte hinweg die Kurve zu eng genommen hatten. Die Handläufe der Treppe waren vom vielen Anfassen wie poliert, es waren unsere Hände gewesen, die wieder und wieder über das Holz gestrichen hatten. Die Wand bei der Garderobe war ergraut, weil dort immer unsere Jacken und Mäntel entlanggeschleift waren. Und ging früher etwas kaputt, hatte mein Vater es zwar nicht unbedingt professionell, dafür aber umso liebevoller und mit viel Kreativität repariert. So war die Blende des Kühlschranks seit Ewigkeiten mit einer Schnur an der Tür befestigt gewesen und der Griff der Kommode ein Weinkorken. »Provisorien halten am längsten«, hatte er immer gesagt.

»Hier ist alles neu«, strahlte Vally. »Keine Kompromisse!«

»Papa hätte es gehasst«, sagte ich. Es war lustig gemeint,

ein bisschen provokant vielleicht, sollte aber auf keinen Fall verletzend sein.

Doch sofort war Vallys gute Stimmung verflogen.

»Er ist nicht mehr da«, sagte sie ernst. »Ich bin jetzt eine alleinstehende fast sechzigjährige Frau. Ich will noch was von meinem Leben haben, verreisen, Freunde treffen, mir Zeit für die Dinge nehmen, die mir Spaß machen. Wenn ich das Haus behalten würde, hätte ich für nichts anderes mehr Kraft.«

»Natürlich, entschuldige. Ich weiß nicht, warum ich das gerade gesagt habe.«

»Bitte hab Verständnis für meine Entscheidung.«

»Das habe ich«, sagte ich und fühlte wieder den tennisballgroßen Kloß im Hals. »Und ich bewundere dich für diesen Neuanfang.«

Bevor meine Mutter zu ihrem Auto ging, das sie auf dem zur Wohnung gehörenden Tiefgaragenparkplatz abgestellt hatte, umarmten wir uns draußen vor dem Haus. »Und ich soll dich nicht mitnehmen? Willst du wirklich dahin?« Sie machte eine Kopfbewegung in Richtung des Weihnachtsmarkts und verzog das Gesicht, als wäre ich nicht ganz bei Trost.

»Vielen Dank, aber ich komme später mit dem Fahrrad. Ida wartet bestimmt schon auf mich.«

Ich winkte Vally hinterher, dann stürzte ich mich ins Getümmel aus Menschen, Gerüchen, Lichtern und Melodien. Ich hatte mich mit Ida am Geländer des Hafenbeckens verabredet, auf dem Weg dorthin schlängelte ich mich durch Menschenmengen, jeder Stand spielte ein anderes Weihnachtslied, hier blinkten die Lichter des Riesenrads, da wehte der Geruch von geräuchertem Lachs aus einer Bude, dann roch es wieder nach gebrannten Mandeln. Der Himmel hatte aufgeklart und die Luft war eiskalt. Ich tauchte in den friedlichen Trubel des Weihnachtsmarkts ein wie in ein warmes Bad, und augenblicklich war die beklemmende Stimmung aus Vallys neuer Wohnung vergessen.

Schon von weitem sah ich Ida, die lässig am Geländer lehnte. Sie trug einen hellen Mantel und fellbesetzte Stiefel, ihre blonden Haare lagen in großen Wellen auf den Schultern, Mütze, Schal und Handschuhe waren cremefarben und passten zusammen.

»Ich habe uns schon Glühwein geholt.« Sie hielt mir einen dampfenden Becher entgegen. »Auf uns!«

»Auf uns!«, pflichtete ich ihr bei. »Und auf Husum!« Ich musste rufen, damit sie mich verstand. Die Geräuschkulisse war ohrenbetäubend.

»Wurde auch Zeit, dass wir endlich den ersten Glühwein zusammen trinken«, rief sie zurück.

»Wollen wir ein Stück gehen?«, schlug ich vor. »Da hinten ist weniger los, und wir könnten uns besser unterhalten.«

Sie hakte sich bei mir unter, und wir gingen in Richtung Außenhafen, wo nur noch ein paar Buden standen, die maritime Weihnachtssouvenirs verkauften, und sich weniger Menschen aufhielten.

»Ich wünschte, wir wären schon eher hier gewesen«, sagte Ida seufzend. »Aber ich muss zurzeit fast jeden Tag durcharbeiten. Und wenn ich doch mal frei habe, bin ich völlig fertig.«

»Du Arme. Wie lange geht das schon so?«

»Monate.« Sie zuckte mit den Schultern. »Jahre. Der Beruf hat sich verändert. Und ich weiß nicht, ob ich das noch lange durchhalte. Nein …« Sie nahm einen Schluck Glühwein. »Ob ich das noch will. Es kann doch nicht immer nur die Frage sein, wie viel man aushält. Es muss doch auch einen Job für mich geben, bei dem ich nicht permanent unter Stress stehe.«

»Du willst nicht mehr als Ärztin arbeiten?« Seit ich denken konnte, war es Idas großer Traum gewesen, Medizin zu studieren und als Chirurgin zu arbeiten. Jahrelang war es nur darum gegangen, alle Entscheidungen hatte sie danach getroffen.

»Ich weiß es gerade nicht.«

»Kannst du nicht in einer Praxis arbeiten? Dann hättest du bessere Arbeitszeiten.«

»Aber der Stress bleibt und die ganze Bürokratie auch. Ich würde gerne etwas ganz anderes machen: auswandern, eine Ausbildung zur Yogalehrerin, so was.« Jetzt wirkte sie hellwach. »Erst mal muss ich herausfinden, was ich wirklich will. Diesem ewigen Hamsterrad entkommen. Wir sind fast vierzig, wenn wir uns jetzt nicht neu erfinden, wann dann?«

Wir setzten uns auf eine Bank mit Blick auf das Hafenbecken, und ich stimmte ihr vage zu, obwohl ich anderer Meinung war. Gab es nicht immer Phasen im Leben, in denen es mal nicht so gut lief? Deshalb gleich alles hinzuschmeißen, kam mir übertrieben vor. Vor allem, wenn es dabei um ein wirklich langwieriges und zähes Studium ging wie Medizin.

»Bist du denn glücklich?«, fragte Ida.

»Ja«, antwortete ich reflexartig. »Die Kinder entwickeln sich toll, wir sind alle gesund«, ich klopfte dreimal auf die Holzbank, »und die Zeit hier mit meiner Mutter tut uns auch gut. Wir nähern uns an. In Zukunft sollte ich sie häufiger besuchen, sie wird ja auch nicht jünger.«

»Und was willst *du*?«, fragte mich Ida ernst.

»Na ja.« Ich zuckte mit den Schultern. »Die Frage stellt sich nicht wirklich.«

»Das ist die wichtigste Frage überhaupt, Rike. Du kannst dein Leben nicht nur nach den Bedürfnissen anderer ausrichten. Du musst selbst entscheiden, was du willst.«

»Meine Zeit kommt schon noch«, sagte ich leichthin. Es gefiel mir nicht, welche Richtung unser Gespräch genommen hatte. Ich wollte warme, glühweingetränkte Gedanken, einen ausgewogenen Mix aus Schmalzgebäck und gebrannten Mandeln in meinem Magen und ein schummriges Gefühl vom Riesenradfahren dazu.

»Wann?«, insistierte Ida.

Ich hob die Schultern. »Spätestens, wenn die Kinder aus dem Haus sind.« Ida konnte das nicht verstehen. Sie war nur für sich selbst und ihr eigenes Leben verantwortlich.

»Rike, wir sind nicht mehr in dem Alter, in dem wir Lebensentscheidungen auf die lange Bank schieben können. Es ist kurz vor zwölf, mit Ende dreißig haben wir das letzte Mal die Chance, alles zu entscheiden. Du musst dich fragen: Ist das der Mann, mit dem ich alt werden möchte? Will ich Kinder? In deinem Fall: weitere Kinder? Welche beruflichen Ziele habe ich? Und wie erreiche ich sie? Wie ist es um meine Finanzen bestellt? Sollte ich in eine Immobilie investieren? Jetzt werden die Weichen gestellt, verstehst du, danach wird es immer schwieriger.«

»Das klingt dramatisch«, sagte ich und versuchte, es ironisch klingen zu lassen.

»Das ist es«, antwortete sie ernst. »Weißt du, wie viele Schicksale mir im Krankenhaus begegnen, die von jetzt auf gleich gar nichts mehr entscheiden können? Diese Menschen können sich nicht mehr die Frage stellen, was sie wollen. Es ist ein Privileg, Rike. Nutze es.«

Nutze es. So nachdrücklich kannte ich Ida gar nicht. Und ihre Worte machten mir ein mulmiges Gefühl. Natürlich hatte sie recht. Nur wollte ich mich nicht mit diesen Fragen befassen. Und schon gar nicht jetzt und hier. »Mach ich«, sagte ich. »Versprochen.«

Dann nahm ich ihre Hand, zog sie von der Bank und fragte: »Mehr Glühwein?«

»Mehr Glühwein«, bestätigte sie.

»Und Riesenrad.«

»Und gebrannte Mandeln!« Sie strahlte, und wir stürzten uns ins Getümmel.

18.

Am Donnerstag kam ich erst mittags ins Museum. In der Fischerkate hatten wir nun damit begonnen, die Möbel auseinanderzubauen. Den großen Schrank im Schlafzimmer legten wir sorgfältig auseinander, die Regale im Arbeitszimmer und der alte Schrank in meinem Kinderzimmer würden einen Ab- und wieder Aufbau nicht überstehen, und so landeten sie in Einzelteilen im Container. Brachial brach meine Mutter die Regalböden aus den Dübeln und schien dabei eine Menge Spaß zu haben. Meine Aufgabe war es, die Bretter, Latten und dünnen Schrankrückwände nach unten zu tragen und in den Container zu hieven.

Als ich meine Schicht im Weihnachtshaus begann, fühlten sich meine Arme an wie weich gekochte Spaghetti. Ich hoffte, dass der Tag nicht zu anstrengend werden würde und ich bloß keine Regale über Kopfhöhe einräumen musste.

Ich hatte kaum eine Stunde gearbeitet, da kam Peer mit einem breiten Grinsen zu mir in den historischen Laden.

»Mitarbeiterbesprechung!«, verkündete er und wedelte mit einer Papiertüte. »Ich war in Tönning, in der besten Konditorei weit und breit, und habe die besten Eclairs weit und breit für die besten Mitarbeiterinnen weit und breit besorgt.«

Keine fünf Minuten später erschien auch Svantje im

Museum. »Was gibt es denn so Wichtiges?«, rief sie und klopfte sich Sägemehl von der Latzhose. »Ich stecke bis über beide Ohren in einem Ladenausbau, hab mich vermessen, musste alles noch einmal von vorne machen, dann hat die Kreissäge gestreikt. Großer Mist!«

»Bitte einmal ins Lager kommen«, rief Peer in ernstem Ton und flüsterte in meine Richtung: »Sie liebt die Eclairs aus Tönning.«

Als Svantje die Eclairs entdeckte, fiel sie Peer um den Hals. »Du hast meinen Tag gerettet!«

Unter seinem dichten Bart meinte ich zu sehen, dass Peer leicht errötete.

»Das gönnen wir uns jetzt«, erklärte er feierlich, stellte ein Schild an die Kasse mit der Aufschrift *Bin gleich zurück*, schloss hinter sich die Tür zum Lager und stach dann feierlich die Gabel in die knackende Schokoschicht des Eclairs.

Für einen Moment hörte man nur verschiedene *Mhms*, *Ohs* und *Uhs* im kleinen Lager des Weihnachtshauses. Peer hatte nicht übertrieben, die Eclairs waren wirklich köstlich.

»Und weil du vorhin gefragt hast, was es so Wichtiges gibt, Svantje.« Peer räusperte sich. »Ich wollte euch unbedingt sagen, dass ich wahnsinnig dankbar für eure Arbeit hier bin.«

»Ach Peer.« Svantje wirkte gerührt. »Da nich' für. Du bist schließlich der beste Chef weit und breit.«

Wieder errötete er leicht.

Kaum hatten wir uns die Sahne aus den Mundwinkeln gewischt, musste Svantje auch schon wieder los, die Kreissäge bezwingen, wie sie es nannte. Am nächsten Tag wollte sie wiederkommen, oben im Kinderzimmer sollte ein neues Wandregal angebracht werden, um die Puppen darauf auszustellen.

»Sie ist toll, nicht wahr?«, platzte es aus Peer heraus, kaum hatte Svantje die Tür hinter sich geschlossen.

»Ist sie«, versicherte ich. »Seid ihr eigentlich …?«

Schnell schüttelte er den Kopf. »Wo denkst du hin.« Und kleinlaut fügte er hinzu: »Bestimmt bin ich auch gar nicht ihr Typ.«

»Aber ihr versteht euch doch so gut.«

»Das schon, aber für sie ist es nur Freundschaft. Außerdem arbeitet sie hier, das wäre doch etwas seltsam, nicht wahr?«

Ich wog den Kopf. »Na ja … Ihr seid beide erwachsen. Ungebunden. Und sie hat ihren eigenen Betrieb.«

»Ich weiß nicht«, sagte Peer zerknirscht. »So, wie es ist, ist es gut. Das will ich nicht ruinieren.«

Ich verstand genau, was er meinte. Doch war *gut* manchmal nicht *gut genug,* und man musste etwas riskieren, damit die Dinge noch besser wurden. »Vielleicht solltest du ihr sagen, was du empfindest?«

»Ich weiß nicht …« Er sah aus, als stünde ihm eine Wurzelbehandlung bevor.

»Du musst ihr ja nicht gleich einen Heiratsantrag machen. Es wäre nur eine Beschreibung deiner Gefühle.«

»Aber wenn es ihr nicht so geht? Dann wird es seltsam zwischen uns.«

»Aber du weißt wenigstens, woran du bist, und kannst darüber hinwegkommen.«

»Ich glaube, das traue ich mich nicht.«

»Ach Peer.« Ich klopfte ihm aufmunternd auf die Schulter.

»Das wird schon. Oder du verabredest dich mal privat mit ihr? Weißt du, was sie mag?«

»Oh«, machte Peer und legte los: »Sie mag alte Filmklassiker, *Casablanca* und so was. Überhaupt geht sie gerne ins Kino, auch allein. Sie liebt die mexikanische Küche, vor allem Nachos mit Guacamole. Und Gummibärchen, am liebsten die grünen. Und neulich hat sie erwähnt, dass sie mit einer Freundin Hunde aus dem Tierheim ausgeführt hat. Selbst hat sie aber keinen Hund, weil sie meint, sie könne ihn nicht mitnehmen, wenn sie bei Kunden ist.«

»Wow«, sagte ich anerkennend. Es war, als hätte Peer nur darauf gewartet, sein gesammeltes Svantje-Wissen endlich zum Besten geben zu können.

»Und sie geht gerne schwimmen. Aber nur im Meer. Hallenbäder mag sie nicht.«

»Na, das klingt doch gut. Du könntest für sie mexikanisch kochen, und dann schaut ihr euch gemeinsam einen Film an.«

»Meinst du?«

»Was sollte sie schon dagegen haben?«

»Ach, ich weiß nicht, Henrike.« Die Vorstellung war ihm sichtlich unangenehm. »Ich bin noch nicht so weit, fürchte ich.«

Ich legte verständnisvoll meine Hand auf seinen Arm. »Der richtige Moment wird schon noch kommen, Peer.«

Zerknirscht machte er sich wieder an die Arbeit, und ich sah ihm nachdenklich hinterher. Stimmte es, dass der richtige Moment nur auf einen wartete? Oder konnte man auch zu zögerlich sein und die beste Chance verpassen? Was wäre zum Beispiel passiert, wenn ich damals im Sommer nach dem Abi mehr Mut gehabt und Jasper gesagt hätte, was ich fühlte?

Bei der Recherche der Weihnachtskiste war ich überhaupt nicht weitergekommen. Nun wusste ich zwar, dass die Sammlung aus dem Süden kam. Doch das brachte mich auch nicht weiter. Wieder und wieder hatte ich in den vergangenen Tagen auf die Gegenstände gestarrt, ohne dass sie mir irgendetwas über ihre Herkunft preisgaben. Und schnell hatte sich das Hochgefühl der Entdeckung in Frustration gewandelt. Wie schön wäre es, wenn ich Jasper bei seinem Besuch heute Nachmittag die Lösung um das Geheimnis der Weihnachtskiste präsentieren könnte.

Seit Sonntag hatte ich nichts mehr von ihm gehört. Aber fast täglich an ihn gedacht. Ich versuchte, die Gedanken an ihn abzuschütteln oder wenigstens vernünftige Gründe zu finden, warum ich immer an ihn denken musste:

Bestimmt, weil er so ganz anders war als in meiner Erinnerung. Außerdem war es mir immer noch unangenehm, dass ich mit ihm über meinen Vater gesprochen hatte und so emotional geworden war. Und womöglich auch, weil ich seit langem mal wieder einen beruflichen Erfolg hatte und mein Unterbewusstsein das nun auf Jasper projizierte.

Als er dann am Donnerstagnachmittag vor mir stand, ich noch immer im Zuckerrausch, den mir das Eclair beschert hatte, flatterte mein Herz wie ein aufgeregter Spatz, und ich hatte schwer damit zu kämpfen, ihm möglichst gelassen die neuesten Erkenntnisse über die Weihnachtskiste vorzustellen.

»Was hältst du davon, wenn wir an Heiligabend den jüngsten Gegenstand der Kiste vorstellen? Das wären dann vermutlich die Hippiekugeln.« Ich zeigte sie ihm. »Und in der nächsten Ausgabe den Weihnachtsbrief, was meinst du?«

»Super Idee! Und was für ein Krimi.« Er schob wieder seine

Brille hoch, eine Eigenart, die ich mittlerweile an ihm kannte. »Aber man muss doch irgendwie herausfinden können, woher die Kiste stammt. Der Brief, sagtest du nicht, es gibt einen Absender?«

»Nicht direkt. Da stand mal etwas, aber die Schrift ist fast komplett verblasst. Außerdem können wir keine vollständige Adresse erwarten. Der Sohn hat den Eltern den Brief sicherlich persönlich überreicht und nicht mit der Post geschickt.«

Er nahm den Briefumschlag und hielt ihn gegen das Licht der Deckenlampe. Ganz schwach zeichnete sich dort die Schrift ab.

»Das wird nichts, Jasper. Ich habe schon Stunden draufgestarrt, man erkennt nichts.«

»Gibt es keine Tricks? Irgendein Pulver, das man draufstreuen kann, um die alte Tinte wieder sichtbar zu machen?«

Ich hob die Augenbrauen. »Das klappt nur im Fernsehen.«

»Entschuldige, ich habe keine Ahnung von deiner Arbeit.«

»Eins kann ich allerdings noch versuchen.« Plötzlich hatte ich eine Idee. »Habt ihr einen guten Scanner in der Redaktion?«

Am Freitag um kurz vor zehn kam seine E-Mail. Ich war froh, dass das W-LAN im Weihnachtshaus stärker war als das in der Fischerkate. Dort hätte es ewig gedauert, bis sich die große Datei öffnete.

Die Methode, die ich anwenden wollte, hatte mir eine Papierrestauratorin verraten, mit der ich mal zusammengearbeitet hatte. Mit einem sehr guten Scan und entsprechenden Bildbearbeitungsprogrammen war es manchmal möglich, die

Bildkontraste so zu verändern, dass man verblasste Schriften wieder lesbar machen konnte.

Dafür würde ich Ruhe brauchen, und ich hatte mit Peer vereinbart, dass ich nach Schließung des Weihnachtshauses dortbleiben und weiterarbeiten würde.

Nachdem die letzten Gäste gegangen waren, Peer den täglichen Kassensturz gemacht und sich ebenfalls verabschiedet hatte, war ich allein im Weihnachtshaus. Eine ungewohnte Stille erfüllte das Museum, und für einen Moment blieb ich in der Eingangshalle stehen – fast war es wie bei meinem ersten Besuch hier. Die Weite der Halle, die vielen Lichter über mir, der Geruch nach Tannennadeln und Zimt – etwas Magisches lag in der Luft.

Ich ging ins Lager und setzte mich an den Laptop. Gerade als ich das Programm öffnen wollte, hörte ich mein Handy klingeln. Doch bis ich es aus meiner Tasche geholt hatte, war es zu spät.

Verpasster Anruf: Feline.

Sofort rief ich zurück, doch jetzt ging Feline nicht mehr dran.

Was gibt's denn, mein Schatz?, schrieb ich ihr. *Bin gerade noch bei der Arbeit.*

Ach, doch nicht so wichtig. Ein andermal. Hab dich lieb. Und anschließend Herzen in allen Farben des Regenbogens. Jedes Herz eine eigene Nachricht, ein eigenes *Ping.*

Kurz überlegte ich, ob ich doch noch einmal versuchen sollte, Feline zu erreichen. Aber wenn sie nicht in Redelaune war, würde ich sowieso nichts aus ihr herausbekommen. Und ich wollte endlich mit dem Scan beginnen.

Bis spät in den Abend saß ich über den Laptop gebeugt.

Es dauerte, bis ich das Programm verstanden hatte, wieder und wieder versuchte ich andere Einstellungen, speicherte das Dokument neu ab, überprüfte, ob man jetzt etwas entziffern konnte.

Ein mühsames Unterfangen, mal war ein Buchstabe zu erkennen, dafür der Rest der Schrift wieder völlig unlesbar. Dann ein anderer und dafür die anderen Buchstaben nicht mehr. Doch schließlich gelang es mir in unzähligen Arbeitsschritten, Buchstabe für Buchstabe zusammenzusetzen.

Für meine lieben Eltern

Annegret und Johann – Buchstabe für Buchstabe hob sich der entscheidende Name vom faserigen Papier ab – *Münz*.

Mein Herz setzte für einen Moment aus. Ich starrte auf die vier Buchstaben und versuchte, meine Gedanken zu beruhigen.

Die Heiratsurkunde meiner Eltern: *Valerie Borrmann, geborene Münz.*

Das konnte nicht sein. Springerle, die aus dem Süden kamen. Unwahrscheinlich. Wacholder zur Wintersonnenwende. Es ergab keinen Sinn. Zumal war Münz kein seltener Name. Vielleicht war es auch überhaupt kein Ü sondern ein U, an dieser Stelle hatte der Scan keine Klarheit gebracht, die Schrift war wirklich schwer zu lesen.

»Genug für heute, Henrike«, sagte ich mir und streckte mich. Es tat mir nicht gut, hier stundenlang allein und gebeugt über der alten Weihnachtskiste zu arbeiten. Meine Fantasie ging mit mir durch.

Doch als ich auf dem Fahrrad saß, kräftig in die Pedale trat und mir der eisige Wind um die Ohren zischte, war da ein inneres Zittern, das einfach nicht nachlassen wollte.

19.

Familie – der Begriff war für mich seit jeher trügerisch. Verheißungsvoll und doch vernichtend, wie der klebrige Nektar einer Venusfliegenfalle. Als ich klein gewesen war, träumte ich von einer großen Familie mit Großeltern, Tanten, Onkeln, Cousinen und Cousins, einer ganzen Sippe, und ich Teil davon. Doch unsere Familie hatte immer nur aus Arno, Vally und mir bestanden. Wir waren eine kleine feste Einheit. Und was außerhalb unserer Triade passierte, hatte nichts mit Familie zu tun.

Doch dann lernte ich Moritz kennen und gehörte zum ersten Mal etwas Größerem an. Plötzlich gab es Familientreffen, laute, bunte Zusammenkünfte, jeder brachte etwas fürs Büfett mit, die Kinder tobten um die Tische, die Erwachsenen unterhielten sich bis tief in die Nacht hinein oder spielten Karten. Und als wir eine eigene Familie gründeten, war ich mir sicher, dass unsere die beste aller Familien werden würde. Vier Kinder, ein großes Haus im Grünen und zwei Katzen, das war mein Traum.

Doch mit der Trennung von Moritz verlor ich nicht nur diesen Traum, sondern auch meinen Platz in seiner Familie. Moritz' Eltern meldeten sich nur noch zu den Geburtstagen der Kinder, meinen eigenen ignorierten sie konsequent, sein älterer Bruder hatte sich sofort auf die Seite von Moritz geschlagen, nicht ein einziger Anruf, keine Karte zum Geburtstag, kein Nachfragen, wie es mir ging. Dabei waren wir gemeinsam in den Urlaub gefahren, hatten uns immer mal wieder zum Abendessen getroffen, und als Felix dreißig geworden war, hatten Moritz und ich eine Überraschungsparty für ihn organisiert.

Sie gaben mir das Gefühl, als ob es meine Schuld gewesen wäre. Als hätte ich mich falsch verhalten und würde deshalb ausgestoßen werden.

Von den Kindern wusste ich, dass schon im ersten Jahr nach der Trennung Nicola ganz automatisch meinen Platz eingenommen hatte. Sie saß nun beim traditionellen Adventsfrühstück am bunten Brunchbüfett, spielte mit Moritz' Neffen, suchte ihre Geschenke aus, unterhielt sich mit seiner Mutter. Ich war raus.

Ich war vom Glanz dieser perfekten Familie angelockt worden, und am Ende hatte sie mich fallen lassen. Nie wieder würde ich mich auf so etwas einlassen, hatte ich mir geschworen. Familie, das waren fortan meine Eltern und meine Kinder. Mehr brauchte ich nicht. Ich verbot mir jede Sehnsucht, drückte den Gedanken weg, wie es wäre, Geschwister zu haben, stieß Fragen nach der Vergangenheit meiner Eltern von mir und stemmte mich gegen die Vorstellung von Großeltern.

Doch nun begleiteten mich Fragen auf der Fahrt durch die dunkle Winternacht, die sich einfach nicht abschütteln ließen: Warum gab es eine Kiste mit Weihnachtsschmuck, die offensichtlich wie meine Mutter aus dem Süden kam und auch noch ihren Mädchennamen trug? War das wirklich alles nur ein großer Zufall? Warum hatte meine Mutter keinen Kontakt zu ihrer Familie? Warum durfte ich sie nichts zu ihrer Vergangenheit fragen?

Und als hätte diese Kiste eine Schleuse geöffnet, spürte ich, dass die Fragen sich dieses Mal nicht zurückdrängen ließen. Ich brauchte Antworten. Und ich würde sie mir holen. Nicht heute Abend, ich war viel zu müde und erschöpft, aber bevor ich zurück nach Hamburg fuhr, wollte ich wissen, was hier los war.

Vally saß bestimmt auf der Couch vor dem Fernseher, dann könnte ich mich noch einen Moment zu ihr setzen, um mich aufzuwärmen. Und anschließend würde ich die dicken Wollsocken und den gemütlichen Pyjama anziehen und mich mit einer Wärmflasche im Bett verkriechen. Für komplizierte Gespräche hatten wir am Wochenende noch genügend Zeit.

Mit steifen und eiskalten Fingern kramte ich den Haustürschlüssel aus meiner Tasche, schaute, ob ich Vally durch das Wohnzimmerfenster auf der Couch erkennen konnte – und erstarrte. Was war hier los? Der Küchentisch war ausgezogen und stand quer im Raum, darauf Kerzen, Teller, Gläser, mindestens acht Leute lachten und unterhielten sich, Vally schenkte Wein aus. Eine Party!

Ich stöhnte unwillkürlich auf. Und als ich die Tür öffnete, schlug mir neben der wohligen Wärme auch lautes Gelächter und der unverkennbare Geruch von Raclette-Käse entgegen – alles an sich schön, aber so gar nicht das, wonach ich mich gesehnt hatte.

Ich zog meine Jacke aus, fuhr mir durch die Haare und versuchte ein Lächeln, bevor ich das Wohnzimmer betrat.

»Überraschung«, rief Vally und kam mir mit offenen Armen entgegen. »Wir haben Besuch.« Ihre Wangen waren gerötet und ihr Blick schon ein wenig glasig.

»Das sehe ich«, sagte ich und fügte murmeln hinzu: »Reichlich Besuch.«

»Ich wurde überrascht. Ein Abschiedsabendessen mit den Nachbarn, ist das nicht nett?« Sie hakte mich unter und führte mich zu der lauten, fröhlichen Runde.

Zur Begrüßung klopfte ich auf den Tisch. Neben Ilse-Marie und Manni Krokowski saßen die Van de Pellts von gegenüber und die Prüggers vom Anfang der Straße. Ich wurde herzlich begrüßt, man rückte beiseite, und Vally holte einen Klappstuhl aus der Abstellkammer, auf den ich mich erschöpft sinken ließ.

»Bist du hungrig?«, fragte Ilse-Marie und begann schon, mir ein Pfännchen vorzubereiten. »Ich mach dir meine Lieblingsmischung – mit Baguette, Birne, Gorgonzola und Walnüssen – himmlisch!«

Manni gab mir ein Glas Wein, die Van de Pellts, zwischen die ich platziert worden war, stießen mit mir an.

»Ich habe deinen Artikel in der Zeitung gelesen, Henrike. Sehr interessant«, sagte Ingo Van de Pellt.

»Ja, wie aufregend!«, pflichtete ihm auch Frau Prügger bei, und Benno Prügger erklärte, dass er den Artikel ausgeschnitten und seinem Sohn Ralf geschickt habe, mit dem ich früher zur Schule gegangen war.

Mir war die ganze Aufmerksamkeit höllisch unangenehm, und ich versuchte, meine professionelle Historikerinnenmiene aufzusetzen. »Es ist wirklich eine faszinierende Sammlung«, erklärte ich und nahm einen Schluck vom überraschend guten Rotwein.

»Aber wie kommt diese Kiste denn ins Museum? Wollten die Leute die Sachen nicht mehr haben?«, fragte Ilse-Marie.

»Das ist die große Frage.« Ich seufzte.

Die anderen Gespräche waren versiegt, alle hörten mir jetzt aufmerksam zu.

»Hast du schon etwas Neues über den Besitzer dieser Kiste herausgefunden?«, fragte Ingo.

»Heute ist es mir gelungen, einen Namen zu entziffern, der uns vielleicht weiterbringt. Er stand auf einem hundert Jahre alten Weihnachtsbrief.« Ich wandte mich an Vally: »Münz, stand da. Ein lustiger Zufall, oder?«

»Münz?«, fragte Ilse-Marie. »So wie dein Mädchenname, Valerie?«

Vally machte eine nichtssagende Geste und stand auf. »Mehr Wein? Ich habe zwar keinen Bordeaux für siebzig Euro im Keller, meine Weinvorräte sind ein wenig bescheidener als eure, Ingo, aber irgendwas Schönes finde ich bestimmt noch.« Ohne die Antworten abzuwarten, verschwand sie im Keller.

»Ich habe auch noch so viel alten Baumschmuck auf dem Dachboden, von meinen Großeltern. Die Sachen sind bestimmt schon über hundert Jahre alt«, erzählte Ilse-Marie.

»Wie unser Jutesack«, sagte Hanne Van de Pellt aufgeregt. »Darin habe ich damals schon vom Weihnachtsmann die Geschenke überreicht bekommen. Die Sachen sind von so guter Qualität, die würden noch hundert Jahre halten.«

Das hatte ich schon im Weihnachtshaus beobachtet: Sobald die Rede auf Weihnachtsschmuck kam, hatte jeder etwas beizutragen, und dabei ging es längst nicht mehr nur um die Gegenstände. Wenn Hanne von dem alten Jutesack erzählte, in dem sie heute noch die Geschenke des Weihnachtsmanns an ihre Enkel übergab, sprach sie über ihre eigene Kindheit. Und wenn Ingo vom Schiffsweihnachtsbaum erzählte, einem winzigen Tannenbaum aus Draht und Papier zum Zusammenstecken, gewährte er der Runde seltene Einblicke in die Einsamkeit und Beengtheit an Bord eines Marineschiffes, auf dem er zahlreiche Weihnachtsfeste verbracht hatte.

Ich hatte das Gefühl, dass der lieb gewonnene Weihnachtsschmuck Teil unserer eigenen Geschichte wurde. Und besonders bedeutungsvoll waren dabei Erbstücke. Als gäbe es ein unsichtbares Band zwischen dem Weihnachtsschmuck und seinen Besitzern, hielt er eine Familie über mehrere Generationen zusammen.

Vally verpasste die angeregten Gespräche ihrer Freunde. Sie brauchte ungewöhnlich lange dafür, dass sie nur einmal ins Weinregal greifen musste, und kaum dass sie wieder bei uns war, schenkte sie großzügig und ungefragt Rotwein aus.

»Was sagt ihr zum neuen Einkaufszentrum?«, unterbrach sie dann das Gespräch. Mit dem Bau oder Nichtbau des Einkaufszentrums ein paar Kilometer außerhalb konnte man in Husum todsicher ein polarisierendes Gespräch in Gang setzen.

Ich war froh, nicht mehr im Mittelpunkt der Gesprächsrunde zu stehen, trank reichlich vom Rotwein und wunderte mich über meine Mutter, die heute noch forscher, noch lauter und noch streitlustiger zu sein schien als sonst. Bei jeder Gelegenheit schüttete meine Mutter Öl ins Feuer und heizte die gegensätzlichen Parteien noch weiter auf. Die anderen schienen ihr das nicht übelzunehmen, aber mich verließ der Gedanke nicht, dass hier irgendetwas nicht stimmte.

20.

Obwohl sie alle nicht mehr die Jüngsten waren, hatten die Gäste ein enormes Durchhaltevermögen. Während ich schon ab halb elf mit schweren Lidern kämpfte und versuchte, den ständigen Impuls, zu gähnen, wegzulächeln, waren die Nachbarn nicht zu bremsen. Alte Anekdoten wurden aufgetischt, die die Anwesenden eigentlich schon in- und auswendig kannten, deshalb aber nicht weniger herzlich darüber lachten. Manni stimmte ein Shanty an – *Seemann, lass das Träumen, denk nicht an zu Haus, Seemann, Wind und Wellen rufen dich hinaus* –, und nach und nach fielen die anderen ein. Vally trommelte auf dem Tisch, Ilse-Marie klatschte, die Prüggers schunkelten. Es wurden noch zwei weitere Flaschen Rotwein geöffnet, und im Raclette brutzelten Nachtisch-Pfännchen mit Streuselkuchenteig, Beeren und Schokostückchen – alles ebenfalls von Vallys Freunden mitgebracht.

Erst gegen Mitternacht löste sich die Runde auf. Manni war plötzlich sehr still geworden, und nur Ilse-Maries regelmäßige Knuffe hielten ihn noch wach. Zum Abschied umarmten sie sich und versicherten sich gegenseitig, dass sie so einen Abend bald wiederholen wollten. Spätestens am Umzugswochenende wollten sie alle wieder zusammenkommen und mithelfen.

Benno Prügger würde sich dafür sogar den Pferdetransporter seiner Tochter ausleihen.

»Ihr seid die Besten«, rief meine Mutter ihren Freunden durch die Dunkelheit hinterher. »Die Allerbesten!«

Ihr Lachen und ihre Gute-Nacht-Rufe waren sicher noch drei Straßen weiter zu hören.

Ich schloss die Tür, und die plötzliche Stille in der Fischerkate surrte in meinen Ohren. Dann machten wir uns daran, aufzuräumen, stapelten das Geschirr und brachten die Gläser in die Küche.

»Jetzt bin ich aber auch müde«, gab Vally zu und gähnte herzhaft. »Ich bin erst um halb sieben aus der Praxis gekommen, und dann standen sie hier schon mit ihren tausend kleinen Schälchen, den Getränken und dem Raclette-Gerät. Wie nett, nicht wahr?«

»Ja, unglaublich nett.« Ich legte ein Geschirrspültab in das kleine Fach und schloss die Klappe. »Hoffentlich bleiben dir diese Freundschaften erhalten, wenn du nicht mehr hier wohnst.«

»Wieso denn nicht? Ich bleibe doch in Husum.«

Wir waren beide zu müde und hatten zu viel Wein getrunken für ein so heikles Thema, aber ich wusste aus eigener Erfahrung, welch großen Unterschied es machte, ob man Tür an Tür wohnte oder auch nur eine Straße weiter.

Meine Freundin Maja, die bei mir ein und aus ging, als sie noch zwei Etagen über mir gewohnt hatte, war fast ganz aus meinem Leben verschwunden, kaum war sie drei Straßen weitergezogen. Die Nähe hatte es einfach gemacht, sich zu treffen. Nun mussten die Verabredungen organisiert werden und waren ein weiterer Punkt auf unseren endlosen To-do-Listen.

Während wir den Tisch wieder an seinen Platz stellten und die Stühle zurückschoben, ließen wir den Abend und die Gespräche Revue passieren. Vally war besonders von Mannis Gesangseinlage angetan, ich erklärte, dass ich das Ehepaar Van de Pellt noch nie so gelöst erlebt hätte, sonst wirkten die beiden immer so korrekt und ein wenig steif.

Ich öffnete die Terrassentür, um durchzulüften und den Raclette-Geruch aus dem Haus zu bekommen. Einen Moment stand ich einfach da, blickte hinaus in die nachtschwarze Marsch, atmete die feuchte, eiskalte Luft und fühlte mich gleich wieder etwas wacher.

»Aber, Mama, warum bist du vorhin im Keller verschwunden, als Ilse-Marie nach deinem Mädchennamen gefragt hat?« Ich schloss die Tür und half ihr dabei, die letzten Gläser in die Küche zu tragen.

»Bin ich das?«, fragte sie überrascht.

»Ja, kaum hat sie gefragt, warst du weg.«

»Das bildest du dir ein.«

»Aber es ist nicht deine Kiste, richtig?«, griff ich Ilse-Maries Frage auf und versuchte, es scherzhaft klingen zu lassen.

»Ich bin müde. Es war ein langer Tag.«

Langsam wrang ich den Lappen aus und spürte die Wut in mir wachsen. Warum wich sie mir schon wieder aus? »Es ist *nicht* deine Kiste, richtig?«, wiederholte ich nun in ernsterem Ton und kam mir lächerlich dabei vor, so nachdrücklich werden zu müssen.

»Heute nicht mehr, Henrike. Ich muss ins Bett, ich bin todmüde.« Sie warf mir einen Blick zu, den ich nur zu gut kannte. *Es reicht*, sagte dieser Blick unmissverständlich, und schon machte sie sich auf den Weg zu ihrem Schlafzimmer.

»He, warte mal.« Ich ging ihr nach. »Die Weihnachtskiste, der Name Münz, hat diese Sammlung irgendetwas mit dir zu tun?«

»Herrje, nun lass mich doch in Ruhe«, rief sie unwirsch.

»Kannst du bitte einfach meine Frage beantworten: Kennst du diese Kiste oder nicht?«

Stille. Eine gefühlte Unendlichkeit Stille. Meine Wut, die immer größer wurde. Und meine Mutter, die auf ihre Füße starrte.

»Ja, ich kenne diese Kiste. Aus der Zeitung, du hast mir den Artikel doch selbst gezeigt.«

Alles an Vallys Haltung war verdächtig: die Art, wie sie trotzig an mir vorbeischaute, die Lippen aufeinandergepresst, das Kinn leicht gehoben. Eine Vierjährige hätte besser gelogen.

»Mama?«

»Nun lass mich«, herrschte sie mich an. »Es geht dich einfach nichts an, kannst du das nicht akzeptieren?«

Natürlich ging es mich etwas an!

»Beantworte mir doch bitte diese eine einfache Frage:«, presste ich hervor. »Kanntest du diese Kiste auch schon vor dem Zeitungsartikel?« Ich bebte.

»Herrgott, du gibst aber auch wirklich keine Ruhe. Ja, ich kenne diese Kiste.« Nun schaute sie mir direkt in die Augen. »Und ja, auch schon vor dem Zeitungsartikel. Bist du jetzt zufrieden? Ist das Verhör beendet, darf ich ins Bett?«

Ich fühlte mich, als stürzte ich ins Bodenlose. »Woher?«, war alles, was ich hervorbrachte.

Vally seufzte, dann ratterte sie herunter: »Ich habe sie gefunden, als ich das Haus meiner Eltern aufgelöst habe. Dann stand sie hier eine Weile im Keller rum, und als Hinrichsen dieses Museum eröffnet hat, habe ich sie gespendet. Ich brauche diesen ganzen Krempel ja nicht.«

Mir wurde schwindelig, vom vielen Rotwein oder von den Worten meiner Mutter. »Du wusstest es die ganze Zeit?«, platzte es aus mir heraus, meine Stimme überschlug sich. »Ich beschäftige mich seit zwei Wochen mit dieser Kiste, du weißt davon und sagst kein Wort?«

»Ich weiß erst seit letztem Sonntag davon«, verteidigte sie sich. »Seit dieser Artikel in der Zeitung erschienen ist und ich das Foto gesehen habe.«

»Und dann hast du es nicht für nötig gehalten, mir davon zu erzählen? Ich erforsche die ganze Zeit die Weihnachtskiste meiner *eigenen* Familie?« Meine Stimme überschlug sich.

»Jetzt komm mal wieder runter.«

Ich vibrierte. All die Zeit, all die Mühen, dabei hätte meine Mutter mit nur einem Wort erwähnen müssen, dass es *ihre* verdammte Kiste war? Wie sollte ich das Jasper erklären? Wie Peer? Wie ganz Husum? Wie würde das denn aussehen? Welchen Wert hatten meine historischen Erkenntnisse noch, wenn sich rausstellte, dass ich meinen eigenen Familienbaumschmuck untersucht hatte? Tschüss, Glaubwürdigkeit, tschüss, kleiner beruflicher Erfolg!

Ich zwang mich, einmal tief durchzuatmen. Dann fragte ich beherrscht: »Die Kiste gehörte also deinen Eltern, habe ich das richtig verstanden? Meinen Großeltern?«

Sie zuckte mit den Schultern.

»Wann?«, fragte ich völlig fassungslos.

»Was wann?«

»Wann sind sie gestorben?«

»1992.« Auf einmal klang sie erschöpft.

»Sie haben bis in die Neunziger gelebt? Ich hätte sie noch kennenlernen können?«

»Ich will nicht darüber sprechen. Das musst du akzeptieren, Henrike.«

Ohne meine Reaktion abzuwarten, verschwand Vally im Schlafzimmer, knallte die Tür ins Schloss, und ich hörte, wie der Schlüssel umgedreht wurde.

Das konnte nicht sein.

Vally hatte mir also die ganze Zeit nichts von dieser Kiste gesagt. Und was noch viel ungeheuerlicher war: Auch nichts von ihren Eltern. Meinen Großeltern. Oma und Opa hatte es für mich nie gegeben. Ich war davon ausgegangen, dass sie schon lange vor meiner Geburt verstorben waren. Und dann ließ Vally mich hier einfach stehen. Mitten in der Nacht, allein auf dem Flur. Mit einer Million Fragen, auf die nur sie die Antworten kannte.

21.

Ich starrte auf das Eichenfurnier der Tür, und eine Erinnerung bahnte sich seinen Weg. Vally, die mich bleich und ohne ein Lächeln vom Kindergarten abgeholt hatte, ihre Hand kühl und kraftlos. Wie sie mir zu Hause sagte, sie fühle sich nicht gut und brauche eine Pause. »Lass mich ein bisschen in Ruhe, ja?«, meinte sie dann. »Und mach keine Dummheiten. Papa kommt bald.«

Dann war sie in ihrem Schlafzimmer verschwunden, hatte die Tür hinter sich zugezogen, den Schlüssel im Schloss gedreht und war den ganzen Tag nicht mehr aufgetaucht. Wie oft hatte ich vor genau dieser Tür gestanden, war mit dem Blick den Mustern des Eichenfurniers gefolgt und hatte mich zurückgewiesen gefühlt.

Ich hatte gelernt, das Beste aus diesen Erschöpfungsphasen meiner Mutter zu machen. Ich streunerte durch die Nachbarschaft, kletterte mit Ida auf den damals schon ziemlich hohen Ahorn im Garten oder plünderte die Süßigkeiten-Schublade in der Küche. Nur wenn mein Vater von der Arbeit kam, musste ich zu Hause sein. Sonst würde er sich Sorgen machen.

»Mama ist müde«, erklärte ich ihm, wenn er aus seinen Stiefeln stieg und seinen schweren Mantel auszog, um ihn an den Haken zu hängen.

»Ah ja?«, sagte er dann. »Braucht sie was?«

»Nur Ruhe.«

Er nickte gedankenverloren. »Und was machen wir beiden Schönen mit diesem angebrochenen Abend?«

Dann durfte ich mir wünschen, was ich wollte: mein Lieblingsessen, Fernsehen nach acht, obwohl es unter der Woche war, oder mit ihm Mühle spielen. Und beim Ins-Bett-Bringen las er mir viel länger vor, als Vally es jemals getan hätte.

Wenn meine Mutter ausfiel, hatte ich meinen Vater ganz für mich. Aber jetzt war er nicht da, um den Abend mit mir zu verbringen. Ich war allein.

Ich ging nach oben und legte mich mit hinter dem Kopf verschränkten Armen aufs Bett. *Und was hast du jetzt vor?*, hörte ich in Gedanken die wohlvertraute Stimme meines Vaters. Ich schluckte.

Einfach hinschmeißen, zurück nach Hamburg fahren und mein altes Leben leben, das eigentlich doch ganz in Ordnung war?

Vally einen Brief schreiben und unter dem Türschlitz durchschieben?

Ida anrufen und sie vom wenigen Schlaf abhalten, den sie bekam?

Nein, nichts davon kam in Frage. Ich starrte auf die Holzvertäfelung, dann raffte ich mich auf und tippte eine Nachricht:

Entschuldige die späte Störung.
Es gibt eine große (und für mich sehr verwirrende) Neuigkeit in Sachen Weihnachtskiste: Ich weiß jetzt, woher sie stammt.

Bevor ich lange darüber nachdenken konnte, tippte ich auf den kleinen weißen Papierflieger auf blauem Hintergrund und schickte die Nachricht an Jasper los. Dann ging ich ins Badezimmer, putzte Zähne und wusch mir Gesicht und Hände.

Wenn er sich morgen Vormittag melden sollte, könnten wir uns vielleicht für den Nachmittag verabreden, auf einen Spaziergang, und ich würde ihm alles erzählen. Anschließend könnten wir uns gemeinsam überlegen, wie es mit der Artikelserie weitergehen sollte.

Ich zog mich wieder in mein Zimmer zurück, schlüpfte in meinen Pyjama und nahm das Handy noch einmal in die Hand, um den Schlaf-Modus anzustellen.

Eine Nachricht von Jasper:

Bist du noch wach?

Mein Puls schnellte in die Höhe.

Ja. Zu aufregend das alles.

Keine Sekunde später sah ich seinen Namen auf dem Display. Er rief an.

»Ich dachte, es ist einfacher, kurz zu sprechen«, begrüßte er mich. »Passt es dir?«

»Ja natürlich.« Ein kleines Grinsen stahl sich auf mein Gesicht.

»Also, schieß los! Ich kann es nicht glauben, dass es dir wirklich gelungen ist, den Besitzer der Kiste zu ermitteln. Hat es geklappt mit dem Scan?«

»Ja, das hat geklappt.« Ich erzählte ihm, wie ich Stunden über dem Brief gebrütet und mühsam Buchstabe für Buchstabe entziffert hatte, bis ich den Namen *Münz* lesen konnte. »Und jetzt kommt's. Sitzt du?«, fragte ich.

»Ähm … ich liege.«

»Gut, ich auch. Also: Es ist die Weihnachtskiste meiner Familie. Der Mädchenname meiner Mutter lautet *Münz*. Der Schmuck gehörte meinen Großeltern und Urgroßeltern.«

»Was? Wie? Und warum …?«

Ich erzählte ihm, wie ich in die Fischerkate gekommen war und die Nachbarn mich nach meiner Arbeit gefragt hatten. Wie Vally plötzlich das Thema wechselte und wie angespannt sie danach wirkte. Auch unseren Streit ließ ich nicht aus, und wie Vally dann sehr kurz angebunden zugegeben hatte, dass die Kiste aus ihrer Familie stammte.

»Unglaublich!«, entfuhr es Jasper. »Du hast, ohne es zu wissen, die ganze Zeit den Weihnachtsschmuck deiner eigenen Familie erforscht?«

»Und sie hat es mit keinem Wort erwähnt!«

»Das ist wirklich seltsam. Hatte sie ein schlechtes Verhältnis zu ihren Eltern?«

»Ich weiß es nicht. Bis vor einer Stunde dachte ich ja, sie wären schon lange vor meiner Geburt gestorben. Ich wusste nicht, dass sie noch bis in die Neunziger gelebt haben. Du musst denken, dass wir eine total verrückte Familie sind.«

»Sind nicht alle Familien auf ihre Art total verrückt?«

»Ich weiß nicht.« Ich lachte. »Ich kenne nur meine.«

»Also, meine ist definitiv auch verrückt. Mein Bruder ist ein Workaholic, der seine Kinder kaum kennt. Meine Schwester befindet sich auf einem Selbstfindungstrip und schlittert von einer schrägen Beziehung in die nächste. Meine Eltern reden eigentlich nie miteinander, außer über das Wetter und übers Essen, und ich, na ja, meine Bilanz ist auch nicht die beste.«

»Du wirkst auf mich ganz aufgeräumt.«

»Das täuscht. Aber zurück zu euch: Wirst du mit deiner Mutter darüber reden?«

Ich seufzte. »Ich muss es versuchen, rechne mir aber wenig Chancen aus. Sie kann so unfassbar stur sein.«

»Gibt es jemanden aus deiner Verwandtschaft, den du fragen könntest? Der vielleicht etwas von früher weiß?«

»Da gibt es niemanden.«

»Keine Tanten, Großcousins, Patenonkel? Niemanden?«

»Nein. Meine Eltern haben den Kontakt zu ihren Familien abgebrochen. Von meiner Mutter weiß ich überhaupt nichts. Mein Vater stammt aus der Nähe von Hannover. Als sein Vater noch lebte, sind wir ein paarmal hingefahren, als ich klein war, aber es war jedes Mal schrecklich.«

Ich erzählte ihm, wie wir uns einmal im Jahr in unseren klapprigen Kombi gesetzt hatten und gen Süden gefahren waren, um Opa Werner, Arnos Vater, zu besuchen. Jedes Mal vor der Abfahrt gab es Streit zwischen meinen Eltern, und mindestens bis Hamburg herrschte eisiges Schweigen im Auto. Dabei ging es immer nur um Kleinigkeiten, auf die sie normalerweise keinen Wert legten. Aber an den Opa-Werner-Tagen bot das vollgebröselte Auto plötzlich genauso Anlass zum Streit wie die neu angebrochene Milchpackung, obwohl die alte noch dreiviertelvoll im Kühlschrank stand. Vally und Arno waren gereizt, angespannt, nervös. Diese Stimmung setzte sich fort, wenn wir endlich in Hannover ankamen und zu dritt, dicht nebeneinandergequetscht in Opa Werners durchgesessener Couch versanken.

Immer mit dabei war auch Tante Sylvia, Arnos Schwester, die im Elternhaus in einer Einliegerwohnung wohnte und sich die ganze Zeit darüber beschwerte, dass Arno nie da war und sie sich ganz allein um den Vater kümmern müsse. Für ihn kochen, einkaufen, den Garten machen, alles blieb an ihr hängen. Schon die Mutter habe sie nach dem Schlaganfall bis zum Tode pflegen müssen, sie wolle auch mal Urlaub machen, auch mal ans Meer fahren. Mein sonst so beherrschter und ruhiger Vater verteidigte sich wortreich, dass er beruflich sehr eingespannt sei, dass man Küstenschutz nun mal eben nicht in Hannover praktizieren und Sylvia sich ja auch Hilfe holen könne, Geld müsste ja genug da sein, davon hätte er wiederum nie etwas gesehen.

Die abgestandene Luft im dunklen Wohnzimmer mit der mächtigen Eichenschrankwand war voll von Vorwürfen und Groll. Opa Werner saß teilnahmslos in seinem Sessel, als ging es bei den Streitereien nicht um ihn, manchmal zwinkerte er mir zu und schenkte mir Erdbeer-Sahne-Bonbons. Meine Mutter saß ebenso still und schweigsam neben mir, hielt sich aus allem raus, nickte nur manchmal bestätigend, wenn mein Vater etwas von unserem Leben in Husum erzählte.

Erst wenn wir wieder im Auto saßen und zurückfuhren, wurden mein Vater und meine Mutter wieder zu den Menschen, die ich als meine Eltern kannte.

»Wieso fahren wir dahin?«, fragte ich einmal meinen Vater, als wir auf dem Rückweg waren.

»Weil man das so macht.«

»Aber ihr mögt euch nicht.«

»Es ist Familie.« Damit war für die nächsten fünfzig Kilometer alles gesagt. Und ich wuchs mit der Idee auf, dass Familie etwas war, das man wie einen Zahnarztbesuch einmal im Jahr über sich ergehen ließ.

Die wirklich wichtige Familie, das waren einzig und allein wir – Arno, Vally und Henrike.

»Und in den folgenden Jahren kamen Ilse-Marie und Manni dazu«, erklärte ich Jasper. »Ida war wie eine Schwester für mich, und ihre großen Brüder verwuschelten mir die Haare, wenn sie mich auf der Straße trafen, oder verteidigten mich vor den fiesen Jungs auf dem Schulweg.«

»Bei mir ist es das genaue Gegenteil. Ich bin quasi mit halb Husum verwandt.«

»Und trotzdem kannst du geradeaus gucken, hast nur zwei Arme und genau zwei Beine.«

»Ja, Glück gehabt!«, sagte er lachend. »Die eigentlichen Schäden sind nicht sofort offensichtlich.«

»Warte kurz«, sagte ich. Ich musste mein Handy an die Ladung stöpseln, weil der Akku Warnsignale sendete. Mein Ohr war heiß und rot, und ich wechselte die Handyposition, um weiter mit ihm sprechen zu können.

Von unseren Familien kamen wir auf alte Lehrer und Mitschüler zu sprechen, auf Reisen, die wir unternommen hatten und noch unternehmen wollten, und dass Husum gar nicht so schlecht war, wie wir als Zwanzigjährige geglaubt hatten.

»Rike? Bist du noch da?«

Ich riss die Augen auf. »O Gott, entschuldige!«

»Bist du eingeschlafen?«, fragte er mit gespielter Empörung.

»Entschuldigung!«

»So ein interessanter Gesprächspartner bin ich also?«

»So ist es nicht.« Ich kicherte. »Ich bin nur einfach hundemüde.«

»Es ist zwei Uhr nachts, ich wäre überrascht, wenn es nicht so wäre.«

»So lange sprechen wir schon?«

»Scheint so.«

»Musst du morgen nicht in die Redaktion?« Ich unterdrückte ein Gähnen.

»Es ist Samstag, ich habe frei. Nur abends muss ich zu einer Theaterpremiere.« Er erzählte, dass er es liebte, Theaterbesprechungen zu schreiben. Dass die Schauspielerei ihn schon immer faszinierte. Wie er während seiner Zeit in New York einmal eine berühmte Schauspielerin des Broadway-Theatre in ihrem Hotelzimmer interviewt hatte und die Diva während des Gesprächs begann, sich umzuziehen. Vor ihm. Ich lachte Tränen bei seiner Schilderung des Versuchs, sich irgendwie aus dieser Situation zu manövrieren, ohne unhöflich zu sein, vor allem aber, um nicht in eine verfängliche Situation zu geraten. »So exzentrisch wird es dieses Mal bestimmt nicht. Es ist die Premiere des Scheunentheaters in Niebüll. Die Weihnachtsgeschichte auf Plattdeutsch. Ich bin schon sehr gespannt.«

»Scrooooge op Platt?!«, ahmte ich den plattdeutschen Dialekt der Gegend nach. »Das würde ich zu gern sehen: die bekannteste Weihnachtsgeschichte der Weltliteratur in einer plattdeutschen Interpretation, und das in einer Scheune in Niebüll.«

»Das ist gelebte Tradition, Frau Borrmann. Nicht so hochnäsig, bitte.«

»Natürlich, sorry, es wird bestimmt ganz großartig.«

»Willst du dich selbst davon überzeugen? Dann bist du hiermit herzlich eingeladen.«

»Ich weiß nicht.«

»Keine Widerrede. Ich hole dich ab, um kurz nach vier?«

»Ähm …«

»Abgemacht, das wird toll!«

»Wenn du meinst …?«

»Ich freue mich.«

»Ich mich auch. Sehr.«

»Bis dann.«

»Bis dann.«

»Schlaf gut.«

»Du auch.«

Stille.

»Ach, Jasper?«

»Ja?«

»Wie ist der Dresscode?«

»Ähm … scheunentauglich, würde ich sagen.«

22.

Ich schlief unruhig in dieser Nacht, träumte von meinen Eltern, die auf dem Deich entlangliefen. Ich versuchte, die Treppe zu ihnen hochzulaufen, wollte ihnen etwas Wichtiges sagen, etwas Entscheidendes, etwas, das keinen Aufschub duldete. Doch die Treppe war endlos. Ich stieg und stieg und stieg die Stufen hinauf und kam doch niemals oben an. Meine Eltern entfernten sich immer weiter, waren nur noch stecknadelgroße Punkte in der Ferne zwischen dem Grau des Himmels und dem Grün des Deiches.

Keuchend schreckte ich auf und sah mich orientierungslos um. Es war die Art Albtraum, die einen augenblicklich aus dem Bett zog, unmöglich, sich einfach umzudrehen und weiterzuschlafen. Ich ging durch das noch dunkle, stille Haus und holte mir ein Glas Wasser. Es war kurz nach fünf, ich hatte erst wenige Stunden geschlafen. Und als ich dann endlich wieder zur Ruhe kam, fiel ich in einen tiefen, bleiernen Schlaf, der mich wie in einer festen Umarmung hielt.

Blinzelnd öffnete ich am nächsten Morgen die Augen. Es war beunruhigend hell draußen, und schon schossen mir die Erinnerungen an den vergangenen Abend kometenartig durch den Kopf – die Runde der Nachbarn, meine Mutter, die zugegeben hatte, dass die Kiste von ihr kam, Großeltern, von denen nie die Rede gewesen war, das eine Glas Rotwein zu viel und nicht zuletzt Jasper, mit dem ich bis tief in die Nacht telefoniert hatte – ich zog mir die Decke über den Kopf und stöhnte. Was für ein Abend!

Auf meinem Handy erwartete mich eine Sprachnachricht von Feline.

»Hey, Mama! Guten Morgen!«, flötete sie. »Wie geht's dir? Was machen Oma Vally und der Umzug? Ich war gestern mit Luna und Ayla im Kino, das war schön, und jetzt gehen wir gleich zum Adventsbrunch zu Oma und Opa Martens.«

Mein Eifersuchtspegel schnellte in den roten Bereich. Der Adventsbrunch bei Oma und Opa Martens, zu dem ich nicht mehr eingeladen wurde und stattdessen *Nicci*.

Ich räusperte mich, der Rotwein hatte sich offenbar nicht nur in meinen Kopf, sondern auch auf meine Stimme gelegt, und schickte Feline eine Sprachnachricht zurück, in der ich ihr viel Spaß beim Brunch wünschte, fragte, welchen Film sie gesehen hatte und vom Überraschungsdinner der Nachbarn erzählte. Die Geschichte der Weihnachtskiste behielt ich vorerst für mich. Das würde Feline nur verwirren. Ich verstand es ja selbst noch nicht richtig.

Du klingst komisch, schrieb Line mir augenblicklich zurück.

Ich räusperte mich erneut und fühlte mir ertappt.

Hab mir wohl eine Erkältung eingefangen, tippte ich.

Feline: *Gute Besserung! Wir sind jetzt bei Oma und Opa angekommen.*

Ich: *Lass es dir schmecken und grüß Lenny von mir.*

Ich hätte ihn gerne gesprochen und ein paar Worte mit ihm gewechselt. Aber wahrscheinlich bogen sie gerade in die

Einfahrt zum großen Haus von Moritz' Eltern ein, parkten hinter den Autos der anderen Gäste und würden gleich mit großem Hallo empfangen werden. Ich war nicht dabei, gehörte da nicht hin, passte da nicht rein. Also störte ich besser nicht.

Ich legte das Handy weg und versuchte, die Wetterlage draußen vor dem Fenster abzuschätzen. Die ganze Nacht schon war ein kräftiger Wind über das Dach gezogen, und hinter den gestern nur nachlässig zugezogenen Gardinen sah ich jetzt die Wipfel der großen Tannen, die sich verdächtig bogen.

Und dann fiel mir wieder ein, dass Jasper mich ins Scheunentheater eingeladen hatte. Ich zog mir das Kissen über das Gesicht und stöhnte erneut. Was hatte ich mir nur dabei gedacht? Und hatte Jasper die Einladung überhaupt ernst gemeint? Würde er mich tatsächlich wie angekündigt um kurz nach vier abholen?

Jetzt war mein Körper von Nervosität geflutet, die es unmöglich machte, noch länger liegen zu bleiben. Ich zog mir sofort meine dicke Strickjacke über, schlüpfte in die Wollpuschen und tappte die Treppe hinunter. Unten war es zum Glück wärmer, Vally hatte schon eingeheizt, das Radio lief, und meine Mutter, ebenfalls in Pyjama und Stickjacke, war dabei, die Bilder von der Wand zu nehmen, sie in Zeitungspapier einzuschlagen und in einen Umzugskarton zu legen.

»Guten Morgen, Henrike«, begrüßte sie mich. Das *Henrike* gefiel mir überhaupt nicht. Bei *Rike* oder *Rike-Kind* wäre alles in Ordnung. *Henrike* hingegen bedeutete eine ernste, schlecht gelaunte Vally.

Kaum hatte ich mich auf der Eckbank niedergelassen, zog sie mit dem Karton ins Wohnzimmer weiter.

Ich beobachtete ihre Arbeit. Dort, wo sie die Bilder von den Wänden nahm, blieben dunkle Abdrücke an den Wänden, die den Raum noch ungemütlicher machten.

»Tut mir leid wegen gestern«, sagte ich. »Es ist schade, dass so ein schöner Abend mit einem Streit enden musste.«

»Wir waren müde.« Vally stieg aufs Sofa, um auch den alten Turner-Kunstdruck von der Wand zu nehmen.

»Alles okay?«, fragte ich vorsichtig. Ich wollte mir nicht schon wieder eine Abfuhr abholen, andererseits war es offensichtlich, dass es ihr nicht gut ging. Ihre zusammengebundenen Haare legten ihr müdes Gesicht frei, die fahle Haut, den matten Blick. Auch wenn sie es niemals zugeben würde, dieser Umzug belastete sie. Und sicherlich auch die Weihnachtskiste. Ich musste mehr Rücksicht auf sie nehmen. Schließlich war sie auch nicht mehr die Jüngste.

»Nur ein bisschen Halsschmerzen. Wahrscheinlich eine Erkältung.« Wie zur Demonstration hüstelte meine Mutter ein wenig.

Halsschmerzen, dachte ich und musste schmunzeln. Diese Art von Halsschmerzen kannte ich.

Den restlichen Vormittag verbrachte ich in meinem Zimmer. In Hamburg wäre es undenkbar gewesen, an einem Samstag bis zur Mittagszeit im Schlafanzug rumzulümmeln. Selbst wenn ich wirklich erkältet war, konnte ich mir solche Auszeiten nicht erlauben. Ich nahm eine Schmerztablette und machte weiter, Mütter durften schließlich nicht ausfallen, alleinerziehende schon gar nicht. Nun mehrere Stunden nichts zu tun zu haben, war purer Luxus.

So ganz genießen konnte ich es jedoch nicht. Ich war nicht

nach Husum gekommen, um den ganzen Tag, im Bett liegend, Netflix-Serien auf meinem Handy zu streamen. Zweimal war ich nach unten gegangen, um zu schauen, was Vally trieb und ob ich ihr helfen konnte. Doch meine Mutter blieb wortkarg, und der Streit von gestern stand zwischen uns wie der sprichwörtliche Elefant im Raum.

Einzige Unterbrechung meines ereignislosen Vormittags war eine Nachricht von Jasper, die mir sofortiges Herzrasen bescherte.

Guten Morgen. Gut geschlafen? Bleibt es bei 15.30 Uhr?

Fast eine halbe Stunde lange beschäftigte ich mich mit diesen neun Wörtern. Sollte ich auf das *Gut geschlafen*? antworten? Warum gab es keinen Abschiedsgruß? Überhaupt klang die Nachricht ziemlich kurz angebunden. Bereute er sein Angebot der letzten Nacht? Sollte ich eine Ausrede erfinden, um uns beiden einen unangenehmen Abend zu ersparen?

Schließlich war ich so genervt von meinem Gedankenwirrwarr, dass ich die knappste aller Antworten wählte: Ich kommentierte seine Nachricht mit einem Daumen-hoch-Emoji.

Gegen zwei ging ich nach unten, um zu sehen, was Vally machte. Statt zwischen Umzugskartons fand ich meine Mutter mit einem Buch auf der Couch. Sie trug ihre »Hyggebux«, eine gemütliche weite Hose, mit der sie niemals das Haus verlassen würde, und hatte ihre weißen Locken hochgesteckt. Draußen peitschte der Wind ums Haus, im Ofen knisterte ein Feuer, auf dem Couchtisch brannte eine Kerze, ein Becher Tee dampfte verheißungsvoll, und ein paar Cantuccini warteten in einem Schälchen auf ihren Einsatz. In all dem Umzugschaos war Vally eine Insel der Behaglichkeit, und am liebsten hätte ich mich sofort zu ihr gesetzt. Schon immer war meine Mutter richtig gut darin gewesen, ihre Auszeiten zu zelebrieren.

»Ich bin heute Abend verabredet, ist das okay?«

»Warum sollte es nicht okay sein, Henrike?«, fragte sie, ohne von ihrem Buch aufzusehen.

»Weiß nicht, vielleicht brauchst du meine Hilfe bei irgendwas oder hattest gedacht, wir verbringen den Abend zusammen …«

»Keine Sorge, ich komme hervorragend allein zurecht. Mit wem triffst du dich? Ida?« Nun sah sie von ihrem Buch auf.

»Nein, mit Jasper. Jenssen.«

»Was machen seine Ohren?«

»Ausgeheilt, vermute ich.«

»Geht ihr essen?«

»Nein, wir fahren nach Niebüll.«

»Für euer … Dings?«

»Unsere gemeinsame Arbeit an der …« Nein, ich würde es nicht aussprechen. Ich würde dem Elefanten keinen Namen geben. »Wir gehen ins Scheunentheater.«

Vally hob die Augenbrauen. »Scheint ein Kavalier zu sein, großartige Idee für ein Date. Bei den Temperaturen … zieh dich warm an.«

23.

Jasper fuhr einen alten grauen Volvo, der schon einige Schrammen und eine beachtliche Delle am Kotflügel aufwies. Kennzeichen Nordfriesland, also vermutlich das Auto seiner Eltern. Sein eigenes Auto müsste ein Berliner Kennzeichen haben. Er ließ das Fernlicht zweimal aufleuchten und winkte mir entgegen.

Ich hatte vor der Tür gewartet, um Jasper die Peinlichkeit zu ersparen, mit Vally über Kinderkrankheiten sprechen zu müssen, und mein Herz machte einen kleinen Hüpfer, so schön war es, ihn zu sehen. Er trug wieder seinen grauen Mantel, und seine dichten dunklen Haare waren zerzaust.

Er hielt direkt vor mir und öffnete von innen die Autotür. »Hallo, Henrike!«, rief er. »Komm schnell rein!«

Ich begrüßte ihn, schwang mich, so gut es ging, auf den Beifahrersitz und griff nach dem Gurt. Ich trug zwei Thermostrumpfhosen übereinander, dazu ein Wollkleid, eine dicke Strickjacke, eine Stola, Mütze, Schal und Handschuhe. Ich wollte nicht in meiner Funktionsjacke losziehen, doch die Angst vor Kälte hatte bei der Wahl des Outfits letztlich gesiegt. Nun fühlte ich mich so beweglich wie ein Michelin-Männchen. Und ähnlich attraktiv.

»Bist du bereit für die Weihnachtsgeschichte op Platt?«,

fragte Jasper mit einer Begeisterung im Blick, die meine Zweifel, er könnte vielleicht nur aus Pflichtbewusstsein an seinem Versprechen vom letzten Tag festhalten, sofort wegwischte.

»Und ob ik dat bün«, erwiderte ich. Tatsächlich hatte ich noch ein wenig im plattdeutschen Wörterbuch geblättert, das ich in einer der Bücherkisten entdeckte hatte.

»Hervorragend, dann kann ja nichts schiefgehen!« Er zwinkerte mir zu und fuhr los. »Die Geister der Weihnacht sind übrigens Doppelbesetzungen, wurde mir zugetragen. Während es zahlreiche weibliche Mitglieder in der Laientheatergruppe Niebüll gibt, musste man sich bei den männlichen Darstellern zwischen drei knapp Achtzigjährigen entscheiden. Und natürlich wollten alle Scrooge sein. Schließlich wurde ein externer Schauspieler von der Niederdeutschen Bühne aus Flensburg engagiert, und im Stück werden zahlreiche männliche Rollen von Frauen besetzt.«

»Du bist ja bestens informiert.«

»Ein Journalist ist nur so gut wie seine Quellen«, schmunzelte er.

Kiek mol wedder in, verabschiedete uns ein Schild am Husumer Stadtrand. Zum ungemütlichen Wind war nun auch noch ein feiner Nieselregen dazugekommen. Jasper schaltete den Scheibenwischer an und fragte nach meiner Mutter: »Hat sie heute noch mal was zur Weihnachtskiste gesagt?«

»Nein, kein Wort. Aber sie war ziemlich angefasst. Es belastet sie, denke ich.«

»Ich verstehe das nicht, will sie den Baumschmuck nicht zurückhaben? Er würde sich an eurem Baum doch besser machen als im Museum?«

»Welchem Baum?« Ich seufzte. »Wir feiern kein Weihnachten.«

»Nicht? Warum? Seid ihr …?«

»Es gibt keine religiösen Gründe, wenn du das meinst. Und auch sonst keine, die man irgendwie nachvollziehen könnte. Es war einfach schon immer so: Vally hasst Weihnachten, und deshalb wird es nicht gefeiert.«

»Auch nicht, als du klein warst?«

»Auch dann nicht. Wir sind im Dezember oft verreist. Fernreisen nach Asien oder Afrika. Bei uns gab es Palmen statt Tannen.«

Er wiegte den Kopf. »Klingt auch nicht so schlecht.«

»Wie feiert ihr Weihnachten?«

»Ach.« Er seufzte. »Erinnere mich bloß nicht daran. Es ist ein riesiges Event, die ganze Verwandtschaft trifft sich.« Er erzählte, dass sein Bruder mit Frau und Kindern kommen würde, seine Schwester extra aus Indonesien anreiste, wo sie gerade als Tauchlehrerin arbeitete, und seine Mutter darauf bestand, dass sie während der Feiertage alle zu Hause wohnten. Jasper würde sich sein Zimmer mit seinen drei- und fünfjährigen Neffen teilen müssen.

»Fährst du zu Weihnachten nach Hamburg zurück?«

»Nein, die Kinder kommen her. Es gibt trotzdem ein schönes Essen, und sie werden auch Geschenke bekommen. Wir dürfen es nur nicht Weihnachten nennen, sonst schmeißt Vally uns raus.«

»Und dann? Fahrt ihr zurück nach Hamburg?«

»Ja, am ersten oder zweiten Feiertag, denke ich.«

»Und wann kommst du mal wieder her? Also nach Husum?«

»Spätestens am ersten Januarwochenende zu Vallys Umzug. Und dann sicherlich ab und zu mal am Wochenende.«

Eine Weile schwiegen wir, und ich ließ meinen Blick über das platte Land vor uns schweifen. Felder, Weiden und Wiesen, so weit das Auge reichte, in der Ferne ein paar Windräder, nicht größer als Schirmchen auf einem Eisbecher, hier und da ein niedriges Gehöft aus Backstein, das sich unter dem wolkenverhangenen Himmel duckte.

Dieser Himmel. Immer wenn ich zurück in meine alte Heimat kam, war es dieser Himmel, der mich daran erinnerte, was mir in Hamburg fehlte. Dort gab es schmale Streifen Himmel, die man aus Häuserschluchten sehen konnte. Mehr Himmel, wenn man auf einen Aussichtspunkt stieg, auf den Michel zum Beispiel. Oder ein fenstergroßes Stück Himmel, wenn ich von einem bestimmten Punkt aus in meinem Wohnzimmer nach oben sah.

Aber hier in Nordfriesland – es war nicht nur das platte Land, es war vor allem das Land des unendlichen Himmels, eine riesige Leinwand für Wolkenbilder. Heute lagen sie in mehreren Schichten – hellgrau, dunkelgrau, schwarzgrau –, schoben sich übereinander und türmten sich.

»Schau«, sagte ich zu Jasper und lenkte seinen Blick auf einen Riss in den Wolken, durch den trotz des Regens ein letzter Sonnenstrahl fiel. Er lächelte, als er es sah.

»Ich finde es schade, dass du wieder gehst«, sagte er und sah kurz zu mir herüber. Da war etwas Neues in seinem Blick und seiner Miene. Eine Sanftheit, die mir den Atem raubte.

Als wir auf der matschigen Wiese ankamen, die als Parkplatz diente, wurden wir von einem Jugendlichen in neonorangefarbener Warnweste eingewiesen. Überrascht stellte ich fest, dass die Kennzeichen der parkenden Autos von Hamburg bis Dänemark reichten.

»Meine Güte«, sagte ich. »Dieses Scheunentheater muss ja wirklich der Renner sein.«

Jasper stellte den Motor ab, stieg aus und umrundete den Wagen, um die Beifahrertür zu öffnen. »Darf ich bitten?«, forderte er mich auf und reichte mir die Hand. »Ich hoffe, deine Stiefel sind wasserdicht.«

»Das hoffe ich auch. Ich hätte mich wohl doch für das gelbe Modell aus Gummi entscheiden sollen.«

Schon beim ersten Schritt versank ich mit meinen Wildlederstiefeln bis zum Knöchel, und es schmatzte saftig, als ich weiterging.

»Ein wunderschöner Abend«, rief ich gegen den peitschenden Wind an.

»Bezaubernd«, pflichtete er mir bei und wischte sich den Regen von den Brillengläsern. Der Wind wehte sein Lachen fort.

Wir folgten dem Besucherstrom zum angrenzenden Hof, auf dem sich schon unzählige Menschen tummelten. Das Publikum war bunt gemischt: Ich sah ältere Damen in eleganten Mänteln mit Handtaschen und Perlenohrringen – erfahrene Theaterbesucherinnen, mutmaßte ich –, jüngere Paare in bunten Skijacken, Männer in Arbeitshosen und schweren Stiefeln, Kinder in pummeligen Schneeanzügen und einen sehr alten Mann im Rollstuhl, dem eine dicke Wolldecke über die Beine gelegt worden war.

Im Hof stand ein riesiger, mit goldenen Kugeln geschmückter Weihnachtsbaum, an dessen Zweigen kleine Windlichter mit echten Teelichtern darin hingen. Der Giebel der Scheune war mit Lichterketten geschmückt, die nun im Wind zitterten, und eine große Plane war als Regenschutz über den Hof gespannt worden. Darunter, vor Wind und Regen geschützt, tummelten sich die Zuschauer. An einem rustikalen Tresen wurde Glühwein verkauft, an einem anderen Stand gab es frische Waffeln. Trotz des Schietwetters war die Stimmung ausgelassen, niemand schien sich daran zu stören.

»Glühwein?«, fragte Jasper. »Einen Moment haben wir noch, bis es losgeht.«

»Gerne.«

Während er anstand, warf ich schon mal einen Blick in die Scheune. Klappstühle und Bierbänke waren in Reihen vor der improvisierten Bühne aus Paletten aufgebaut. Im Hintergrund erkannte ich einen staubigen Mähdrescher, ordentlich gestapelte Heuballen und einen Traktor. Das Scheunentheater war kein Einfall eines nostalgischen Eventmanagers, das hier war eine echte Scheune. Der Arbeitsplatz eines Landwirts. Irgendwie überraschte mich diese Erkenntnis.

»Da bist du!« Jasper kam mit zwei dampfenden Bechern auf mich zu. »Ich dachte schon, du wärst abgehauen.«

»Keine Chance.« Ich nahm den Becher, den er mir reichte. »Auf den letzten zehn Kilometern habe ich keine einzige Bushaltestelle gesehen.«

Statt eines Gongs hupte der Bauer dreimal mit seinem Traktor, offensichtlich ein bekanntes Zeichen, denn die Menschen strömten nun in die Scheune und nahmen auf den Stühlen und Bänken Platz.

»Wir sitzen ganz vorne.« Jasper ging in die erste Reihe, wo jemand handschriftlich *Für Politiker und Presse* auf einen Zettel geschrieben hatte. Immerhin, unsere Premiumplätze hatten Klappstühle statt Bierbänke und sogar ein Sitzkissen. Ich nahm ganz außen Platz, neben Jasper saß die Bürgermeisterin von Niebüll, dann kam der Landrat, aus Kiel war sogar die Kulturministerin angereist. Jasper schien sie alle zu kennen, man begrüßte sich und schüttelte Hände. Als ich mich umdrehte, sah ich, dass die Scheune bis auf den letzten Platz besetzt war.

Der Regisseur, der gleichzeitig die Rolle des Geists der zukünftigen Weihnacht übernahm, stellte sich vor und wurde mit tosendem Applaus empfangen. Er trug ein altes weißes Leinenhemd, seine Augen waren dunkel geschminkt.

»Sehr geehrte Damen und Herren, ich begrüße Sie herzlich zu unserem diesjährigen Scheunentheater. Wie immer ist die Premiere auch die Dernière, es gibt keine Pause, Foto-, Film-, Video- und Tonaufnahmen sind ausdrücklich erwünscht.«

Der Saal lachte, und auch ich war hingerissen von so viel Bodenständigkeit.

»Im letzten Jahr habt ihr mit eurem Applaus die Balken dieser alten Scheune zum Wackeln gebracht. Das ist der Maßstab, Leute! Und damit: Vorhang auf für die Weihnachtsgeschichte op Platt!«

Dann ging es los.

»Marley is doot. Dat weer kloor«, ertönte eine helle Erzählstimme. Erst jetzt sah ich die großen Lautsprecher, die links und rechts von der Bühne standen. Anfänglich verstand ich so gut wie überhaupt nichts. Bei uns zu Hause wurde kein Plattdeutsch gesprochen, ich kannte es nur aus dem Ort und von Krokowskis. Wenn Manni und Ilse-Marie stritten, fielen sie immer wieder in den niederdeutschen Dialekt, was mich schon als Kind fasziniert hatte.

Doch je länger ich dem Stück zusah und in die Geschichte eintauchte, desto einfacher fiel es mir, und als Scrooge sagte: »Ik will nu in de fröhere Tiet, in de Tiet upstunns und in de tokamen Tiet leven«, war ich schon ganz in die Geschichte eingetaucht und hatte das Gefühl, der alte Scrooge sprach zu mir.

Es war verrückt, obwohl die Schauspieler Laien waren, die Betonung oft nicht passte, ihre Versprecher von nachsichtigem Lachen des Publikums quittiert wurden, war ich völlig gebannt. Ich fühlte Scrooges Einsamkeit und seine Verbitterung, litt mit ihm, als er seine verstorbene Verlobte Belle wiedersah.

In ruhigen Szenen hörte man den Regen auf das Scheunendach fallen, und obwohl so viele Kinder im Publikum saßen, war es ruhig. Als Scrooge dann aber geläutert war und den Spendensammlern großzügig Geld zusteckte, johlte das Publikum begeistert.

Mich berührte die Wahrhaftigkeit der Darbietung. Die Schauspieler liebten, was sie taten. Auch wenn es nicht perfekt war, auch wenn es nur eine Scheune irgendwo in Nordfriesland war, das Publikum auf wackeligen Bierbänken fror und die Vorführung einmalig bleiben würde. Ich beneidete sie um ihren Mut, sich auf diese Bühne zu stellen und das zu tun, wofür sie brannten.

Ein paarmal sah ich zu Jasper hinüber, der das Geschehen auf der Bühne aufmerksam verfolgte und sich Notizen machte. Wenn er schrieb, fiel ihm sein dunkles Haar in die Stirn, und manchmal bewegte er die Lippen, wenn sein Stift über die Seiten sauste. Auch er tat, was er liebte. Er saß hier nicht seine Zeit ab, erfüllte keine Pflicht, er war nicht auf dem Sprung – Jasper wirkte angekommen.

Er drehte sich zu mir. »Ich kann mich nicht konzentrieren,

wenn du mich die ganze Zeit anstarrst, Henrike«, flüsterte er mir ins Ohr, und jedes einzelne Wort schickte kleine Stromschläge durch meinen Körper.

»Ich starre dich nicht an«, flüsterte ich zurück und war ihm so nah, dass ich den holzig-frischen Duft seines Haars riechen konnte. »Ich schaue nur, ob du deine Arbeit anständig machst.«

»Und zu welchem Ergebnis bist du gekommen?« Seine Lippen berührten nun mein Ohr, was mich vollends elektrisierte. Ich schloss die Augen und genoss den Schauer, der mir über den ganzen Körper lief. Dann drehte ich mein Gesicht zu ihm. Nun waren es nur noch Millimeter zwischen uns, ich konnte seinen Atem auf meinen Lippen fühlen. Ich verlor mich in seinem dunklen Blick. In diesem Moment gab es nur noch uns. Und die winzige Distanz wischen uns, die mich erschaudern ließ. Sekunden verharrten wir so. Alles in mir pulsierte. Und als ich schon glaubte, es nicht länger ertragen zu können, überwand er den winzigen Abstand zwischen unseren Lippen und küsste mich. Es fühlte sich an wie eine Erlösung.

Bis im nächsten Moment um uns herum der Applaus ausbrach und die Scheune wie eine donnernde, tosende Welle flutete. Jasper und ich fuhren erschrocken auseinander, und unser Lachen wurde vom Lärm um uns herum verschluckt: Wir hatten das Ende des Stücks verpasst!

24.

Die Schauspieler verbeugten sich unter dem Jubel des Publikums, Verwandte und Freunde stürmten auf die Bühne, verteilten Küsse und Rosen, und schnell vermischten sich Zuschauer und Schauspieler. Es wurde laut geredet und viel gelacht.

»Ich brauche noch ein paar Statements von den Darstellern«, rief Jasper mir zu. »Kommst du mit, Scrooge suchen?«

Ich nickte. Und dann griff er einfach nach meiner Hand und führte mich durch die Menge. Seine Finger waren warm, sein Griff fest, und er ließ mich erst los, als wir Scrooge gefunden hatten, der gerade mit ein paar Freunden Schnäpse trank. Jasper begrüßte ihn, stellte Fragen und machte sich weitere Notizen. Ich hielt mich im Hintergrund, konnte meinen Blick jedoch nicht von Jasper wenden. Wie er den Interviewten mit kleinen Gesten aufforderte weiterzusprechen, ihn bestätigte und so das Gespräch lenkte. Jasper war jemand, der gut mit anderen Menschen konnte, und es wunderte mich nicht, dass er von fast allen mit Handschlag oder Umarmung verabschiedet wurde. Man musste ihn einfach mögen.

Wir waren schon fast am Ausgang angekommen, die Scheune hatte sich deutlich geleert, da hörte ich auf einmal ein vertrautes Lachen und sah mich suchend um. Konnte das sein? Da war es wieder, dieses tiefe, gackernde Lachen hätte ich unter tausenden erkannt. Schließlich sah ich sie in einer Gruppe, die neben dem Ausgang im Hof stand.

»Svantje!«, sagte ich überrascht.

Jasper folgte meinem Blick. Und ließ augenblicklich meine Hand los.

»Aus dem Weihnachtshaus, weißt du?«

Er nickte kurz.

Svantje hatte uns nun ebenfalls entdeckt und kam uns entgegen. »Was macht ihr denn hier?«, fragte sie und klang aufgekratzt. Sie umarmte mich fest und klopfte Jasper auf die Schulter.

»Beruflich«, sagte Jasper. »Ich schreibe einen Artikel über die Aufführung.«

»Er hat mich ausgeführt«, erklärte ich lachend.

»Das ist toll.« Svantje sah von Jasper zu mir. »Das ist großartig.« Und von mir zu Jasper. »Ihr beiden zusammen. Das ist ja ein Ding.«

Ich musste immer noch grinsen wie ein Honigkuchenpferd, doch Jasper sah auf einmal selbst aus wie der Geist der vergangenen Weihnacht, er war bleich und seine Miene ausdruckslos. »Wir müssen dann mal«, sagte er.

»Tschüss, ihr beiden. Habt noch einen schönen Abend«, flötete sie, schüttelte ungläubig den Kopf und lachte wieder.

»Ist dir nicht gut?«, fragte ich Jasper, als wir über die matschige Wiese zurück zu seinem Auto gingen.

»Alles okay«, rief er gegen den Wind an und lächelte. Er öffnete mir die Autotür, und als wir losfuhren, drehte er die Heizung wieder voll auf.

»Das hat Spaß gemacht.« Ich lächelte ihn an. »Vielen Dank für die Einladung.«

»Ich musste ja sowieso herkommen.« Er hob die Schultern. »Es war also keine richtige Verabredung.« Er räusperte sich und sah konzentriert auf die stockdunkle Straße, die jetzt vor uns lag. Hier gab es keine Straßenlaternen oder Ortschaften, die den Weg erhellten. Nur das, was im Lichtkegel des Scheinwerfers erschien, war kurz sichtbar, alles andere wurde von einer dichten Schwärze verschluckt.

Was meinte er damit, dass es keine Verabredung war? Weil er sich nicht mit mir verabreden wollte oder weil das Scheunentheater nicht als Verabredung taugte?

»Wie auch immer«, versuchte ich, die seltsame Stimmung zwischen uns aufzulockern. »Ich fand Scrooge sehr überzeugend. Und der Kinderchor hat mich fast zum Weinen gebracht, diese klaren, hellen Stimmchen, das war herzergreifend.«

Er stimmte mir zu, mehr aber nicht.

Ein paarmal versuchte ich noch, das Gespräch in Gang zu bekommen. Jedes Mal antwortete er freundlich, blieb insgesamt jedoch sehr schweigsam. Irgendetwas beschäftigte ihn, das war offensichtlich.

»Willst du mir nicht sagen, was los ist?«, fragte ich ihn irgendwann direkt.

»Entschuldige, Rike.« Er sah zu mir rüber. »Ich bin in Gedanken. Und eine schreckliche Gesellschaft.« Ein kleines schwermütiges Lächeln umspielte seine Lippen. »Es tut mir leid.«

Den Rest der Fahrt verbrachten wir schweigend. Und meine Gedanken flirrten. Jasper hatte sich innerhalb weniger Minuten vollkommen verändert. Er war in sich gekehrt, wortkarg und gab mir das Gefühl, dass er mich am liebsten am Straßenrand abgesetzt hätte und schnell weggefahren wäre. Ich verstand nicht, was passiert war. Hatte ich irgendetwas gesagt, das ihn verstimmte?

»Ich bringe dich nach Hause, ja?«, sagte er, als wir das Husumer Ortsschild erreichten.

Und weil ich nicht wusste, ob es eine Frage war oder eine Aussage, nickte ich nur.

Er hielt vor unserem Haus, das dunkel und verlassen dalag. Offensichtlich hatte Vally die Vorhänge abgenommen, nun sahen die Fenster aus wie schwarze Spiegel.

»Vielen Dank für den schönen Abend«, sagte er viel zu höflich dafür, dass er mich vor nicht mal einer Stunde geküsst und meine Hand gehalten hatte und die Energie zwischen uns die ganze Scheune um einige Grad aufgeheizt hatte. Das konnte ich mir doch nicht nur eingebildet haben?

»Und morgen einen schönen dritten Advent«, fügte er hinzu.

Ich nickte und knipste ein Lächeln an. Was auch immer ihn beschäftigte, er wollte es offensichtlich nicht mit mir teilen. »Dir auch. Und danke fürs Mitnehmen.« Damit stieg ich aus. Ich achtete auf eine aufrechte Haltung, als ich, ohne mich noch einmal umzudrehen, der Haustür entgegenging.

Es ist besser so, sagte ich mir, als ich wenig später im Bett lag und auf die Holzverkleidung der Dachschräge starrte. Es war schön mit ihm gewesen. Ich mochte es, wie er mich ansah, wie er lächelte, wie er nachdenklich die Stirn in Falten legte, wie er roch, wie er sich anfühlte, wie er meinen Namen sagte. Und hätten wir uns unter anderen Umständen getroffen, zu einer anderen Zeit, an einem anderen Ort … vielleicht hätte es dann eine Chance für uns gegeben. Aber wenn ich der Realität ins

Auge sah, und das musste ich, war in meinem Leben kein Platz für einen Mann, geschweige denn für eine Fernbeziehung.

Nach Moritz hatte es niemanden mehr gegeben. Nicht weil ich ihm noch hinterhertrauerte, sondern schlicht und einfach deshalb, weil mir die Zeit dafür fehlte. Beziehungen passieren nicht einfach so. Man musste Zeit und Vertrauen investieren, beides hatte ich nicht.

Natürlich wäre es schön, wenn es jemanden an meiner Seite gäbe. Ich vermisste einen Menschen, mit dem ich abends ganz ungezwungen ein paar Dinge besprechen konnte. Und zwar nicht nur die Sorgen und Probleme. Gerade dass ich die schönen Momente mit niemandem teilen konnte, fehlte mir. Wenn Feline stolz ihr Referat vortrug oder wenn Lenny mit seiner Fußballmannschaft ein gutes Spiel gehabt hatte.

Doch Jasper würde ganz sicher nicht dieser Mensch sein. Er verbarg etwas vor mir und hatte sich aus Gründen, die ich nicht kannte, für ein Leben in Husum entschieden. In nur zehn Tagen würde sich meins wieder in Hamburg abspielen. Wo sollte das hinführen? *Es ist besser so*, noch mehr Chaos brauchte ich wirklich gerade nicht in meinem Leben.

25.

Als mich am nächsten Morgen ein blaufahles Licht, das durch die Vorhänge fiel, weckte, hatte ich sofort eine Ahnung, was das zu bedeuten hatte. Ungläubig ging ich zum Fenster – tatsächlich, es hatte geschneit. Es war der dritte Advent, und der Fischermannskoog lag unter einer dichten Schneedecke, die jetzt in der Morgendämmerung bläulich schimmerte. Mir blieb fast die Luft weg, so schön war es. Der Schnee hatte der Welt alle Spitzen und Kanten genommen, weich und geschmeidig lag sie da, wie verzaubert. Es war eine andere als noch am Abend zuvor.

Ich zog mir meine Strickjacke über und schlich nach unten. Über Nacht war die Fischerkate ausgekühlt, ich legte meine Hand auf den Kamin und spürte nur noch eine leichte Wärme. Also feuerte ich den Ofen an, mittlerweile hatte ich den Dreh raus, und kochte Kaffee.

Mit dem dampfenden Becher zwischen den Händen setzte ich mich auf die Bank und sah aus dem Fenster. Langsam wurde es hell, aus dem Blau wurde Weiß, und jauchzende Kinderstimmen und das Kratzen von Schneeschiebern auf Asphalt durchbrachen die Stille.

Guten Morgen, meine Süßen, schrieb ich in den Familienchat. *Hat es bei euch auch geschneit?*

Erinnerungen an Schlittenfahrten auf Hamburgs höchstem Berg (eine Erhebung von berauschenden vierzig Metern) schossen mir durch den Kopf. Schnee war in Hamburg eine echte Rarität. Normalerweise schmolzen die weißen Flocken sofort, sobald sie den Boden erreichten. Was den guten alten Schneematsch zur Folge hatte. Doch wenn es dann einmal wirklich kalt genug war und der Schnee liegen blieb, gab es kein Halten mehr: Moritz und ich hatten uns am Wochenende den Wecker auf halb sieben gestellt, noch im Dunklen die Schlitten aus dem Keller geholt, Brote belegt und die Thermoskanne mit Kakao gefüllt. Dann hatten wir die Kinder aus ihren warmen Betten geholt, sie in dicke Schneeanzüge gepackt, ihre Gesichter mit Wetterschutzsalbe eingecremt, bis sie glänzten, sie auf ihre Schlitten gesetzt und, noch bevor der Räumdienst kam, durch die schlafenden Straßen Hamburgs gezogen. Diese Schneemorgen gehörten zu den schönsten Erinnerungen unserer Familienzeit.

Ein vertrautes Klappern an der Haustür riss mich aus meinen Gedanken, und kurz darauf sah ich den Zeitungsausträger, der mit vorsichtigen, tastenden Schritten den Fischermannskoog entlanglief.

Ich fischte die eiskalte Zeitung aus dem Briefkasten. »Die vergessene Tradition der Weihnachtsbriefe«, hatte Jasper getitelt. Und dann Pauls Weihnachtsbrief vorgestellt.

Paul. War er mein Urgroßvater gewesen? Oder mein Ururgroßvater?

Ich bezweifelte, dass meine Mutter heute in Plauderlaune war, was ihre Vergangenheit und die Geschichte der Weihnachtskiste anging. Aber ich ließ den Artikel offen auf dem Tisch liegen. Dass in der Zeitung weiter über die Kiste berichtet wurde, sollte sie ruhig wissen.

Kein Schnee in Hamburg, schrieb Feline mir zurück, gefolgt von einem kleinen Video einer schluchzenden Katze. *Lennard schläft noch. Wollen wir um 11 videotelefonieren?*, fragte sie.

Ich schickte einen Daumen-hoch und ein Kuss-Emoji, dann öffnete ich den Chat mit Jasper.

Danke für den schönen Abend, schrieb ich ihm.

Und den Artikel.

Ich wartete, ob er auf meine Nachricht antworten würde, aber der zweite kleine Haken, der anzeigte, dass ihm die Nachricht zugestellt worden war, blieb aus. Wahrscheinlich schlief er noch.

Draußen war mittlerweile die Sonne über dem Haus von Prüggers aufgegangen. Ein goldener Ball auf strahlend blauem Himmel, der den Schnee auf den Dächern zum Glitzern brachte. Aus den Schloten stieg weißer Rauch senkrecht in den Himmel auf, es war absolut windstill.

Ich sah auf die Uhr. Es war noch Zeit bis zum Videotelefonat mit Line und Lenny – und ich wusste, was ich so lange tun würde.

Eingemummelt in Jacke, Mütze und Schal, trat ich vor die Tür und bog in den Fischermannskoog ein. Mein Atem bildete kleine Wolken, und die kalte, trockene Luft erfrischte mich. Die hohen Gräser im Vorgarten waren wie erstarrt unter einer dünnen Frostschicht, kleine Eisblumen zierten ihre Stängel.

In der Ferne hörte ich Kinder lachen, und dann sah ich Ilse-Marie, die gerade damit fertig geworden war, ihre Auffahrt zu schippen. Sie trug nur eine Strickjacke und Gartenbotten.

»Moin, Rike!«, rief sie und rieb sich die Arme. »Machst du einen Spaziergang bei dem herrlichen Wetter?«

»Ja, ich wollte gleich raus, bevor wieder alles weg ist.«

»Und Vally schläft noch?«

Ich nickte.

»Hast du vielleicht Lust auf Gesellschaft?« Sie stellte den Schneeschieber an die Hauswand.

»Sehr gerne!«, rief ich und ging ihr entgegen.

»Ich sag nur Manni kurz Bescheid, dass wir eine Runde drehen, und ziehe mir was Wärmeres an.«

Als sie zur Straße kam, trug sie einen knielangen, dicken Mantel, eine Sonnenbrille, ein geringeltes Stirnband, sicherlich selbst gestrickt, dazu passende Wollfäustlinge und einen Schal. »Darf ich mich unterhaken?«, fragte sie.

»Na klar.« Es war schön, ihr so nah zu sein. Früher hatte sich Ilse-Marie selbst oft meine »Ersatzmama« genannt, wenn ich zu Krokowskis rüberging, weil Vally wieder mal im Krankenhaus aufgehalten worden war. Dann hatte Ilse-Marie mir den Milchbart aus dem Gesicht gewischt, meine Hausaufgaben kontrolliert, ich half ihr, den Geschirrspüler auszuräumen oder die Kartoffeln zu schälen. Ob Ida da war oder nicht, spielte keine Rolle. Wenn ich heute an die Zeit mit Ilse-Marie dachte, war es immer ein bisschen so, wie unter das warme Gefieder einer Glucke zu schlüpfen.

»Wir haben dich mit unserem Besuch am Freitag kalt erwischt, oder?«, fragte sie jetzt.

»Nein«, wiegelte ich ab. »Ich habe mich gefreut, vor allem für Vally. Sie hat den Abend sehr genossen.«

»Das ist gut.« Ilse-Marie nickte. »Wir wollten sie ein bisschen aufmuntern, der Umzug nimmt sie sehr mit, nicht wahr?«

»Ja?«, fragte ich überrascht. »Mir gegenüber tut sie immer so, als wäre das alles kein Problem.«

»Das ist leider typisch für deine Mutter«, seufzte Ilse-Marie.

Die Sonne stand jetzt etwas höher am Himmel, und der Schnee glitzerte wie Diamanten auf den weiten Flächen der Marsch. Wir nahmen den Fußweg in Richtung Innenstadt und kamen an der »Klönschnackbank« vorbei, die mein Vater und Manni hier vor ein paar Jahren aufgestellt hatten. Eine einfache Holzbank mit Blick aufs Marschland, die zum Verweilen einlud und die Nachbarn zusammenkommen ließ.

Ich atmete tief ein, füllte meine Lunge mit der klaren Winterluft. »Wir haben uns am Freitagabend noch schlimm gestritten«, erzählte ich.

»O nein, warum das denn?«

»Wegen der Weihnachtskiste. Wie es aussieht, gehörte sie tatsächlich Vally. Beziehungsweise ihren Eltern, die bis in die Neunziger gelebt haben. Kannst du dir das vorstellen? Ich habe immer gedacht, sie wären schon lange tot. Aber ich hätte sie noch kennenlernen können.«

»Ach Schätzchen.« Ilse-Marie blieb stehen, schob ihre Sonnenbrille in die Haare und sah mich an. »Das tut mir sehr leid.«

»Ich kann einfach nicht verstehen, wie sie so egoistisch sein kann. Warum hat sie mir nie etwas davon erzählt?«

»Du darfst nicht so streng mit ihr sein. Sie hatte es nicht leicht.«

»Ist das so?« Ich schnaubte ärgerlich, und wir gingen weiter. »Sie erzählt mir ja nichts über ihre Vergangenheit.«

»Ich weiß nur, dass es ihr wichtig war, alle Brücken hinter sich abzureißen. Sie wird ihre Gründe dafür haben, Henrike.«

Ich ließ meinen Blick über die schneebedeckte Marsch gleiten. Hier und da lugten dunkle Stoppeln und Gräser durch die weiße Fläche. Ein paar Schafe grasten unbeeindruckt und drückten ihre rosa Schnauzen in den Schnee. »Ja«, seufzte ich. »Wahrscheinlich hast du recht.«

»Ein bisschen witzig ist es aber schon.« Ilse-Maries Lippen kräuselten sich. »Da forschst du an dieser Weihnachtskiste, und es stellt sich heraus, dass sie deiner eigenen Familie gehört.«

»Das ist gar nicht witzig«, stellte ich entrüstet klar. »Sondern ziemlich unangenehm.«

»Weiß Hinrichsen es schon?«

Ich schüttelte den Kopf. »Er hat sich so über die Werbung für sein Museum gefreut. Wie sieht das denn jetzt aus?«

Sie hob leichtfertig die Schultern. »Na ja, er muss es ja nicht erfahren.«

Als wir wieder im Fischermannskoog ankamen, war es schon kurz vor elf. Wir hatten eine große Runde fast bis zum Hafen gedreht. Ilse-Marie hatte mich mit einer festen Umarmung verabschiedet und mir das Versprechen abgenommen, dass ich jederzeit vorbeikommen würde, wenn ich Kummer hätte.

»Danke für alles!«, rief ich ihr hinterher und winkte.

Dann stampfte ich den Schnee von meinen Stiefeln, öffnete schwungvoll die Haustür und stieß fast mit meiner Mutter zusammen, die mir in Mütze, Mantel und Schal ebenso schwungvoll entgegenkam.

»Guten Morgen! Wohin gehst du?«, fragte ich überrascht.

»Ich bin zum Spazieren verabredet, mit Gesa.«

»Gesa?«

»Eine neue Kollegin aus der Praxis. Eine sehr interessante Frau, und unterhaltsam. Sie ist viermal geschieden, stell dir das vor!«

Ich wollte mir das lieber nicht vorstellen. Einmal geschieden reichte mir vollkommen.

»Und? Geht ihr danach auf den Weihnachtsmarkt?«, fragte ich, obwohl ich wusste, dass Vally den Weihnachtsmarkt mied wie der Teufel das Weihwasser.

»Du spinnst wohl!«, rief sie da auch schon empört. »Wir setzen uns wie vernünftige Menschen in ein Café.«

Ich rieb mir die kalten Hände. »Viel Spaß euch!«

»Den werden wir haben, vielen Dank. Dir auch einen schönen Tag und bis später.«

Ich zog meine Jacke und die Stiefel aus, dann stellte ich mich vor den Kaminofen, um meine Hände und Füße aufzuwärmen. Hier unten hatte sich seit gestern Abend nichts verändert. Die Kartons stapelten sich immer noch an der Wand, das Regal lag in Trümmern, die Abdrücke der fehlenden Bilder an den Wänden deprimierten mich. Es sah nicht so aus, als hätte meine Mutter den Vormittag genutzt, um voranzukommen.

Ich würde später hier unten klar Schiff machen, beschloss ich. Irgendwie musste es ja weitergehen. Aber jetzt würde ich erst mal die Kinder sehen. Ich setzte mich auf die Couch, positionierte das Handy auf der Lehne und drückte die Anruf-Taste.

»Hallo, Mama«, strahlte mich nur Sekunden später Feline an. Sie lag bäuchlings auf ihrem Bett und kaute etwas, das aussah wie eine Gummischlange.

»Wie geht es dir, mein Schatz?«

»Gut. Warte, ich rufe Lenny.«

Ich wusste, was jetzt kommen würde und hielt das Handy ein wenig weg. »Leeeennnnnyyyy«, brüllte sie da auch schon. Und dann an mich gerichtet: »Er zockt mit Papa.«

Ich fragte sie nach ihren Plänen für den Sonntag und erfuhr, dass sie bei Anouk auf dem Geburtstag eingeladen war. Sie würden in die Kletterhalle fahren, worauf sich Feline freute.

Von Lennard noch immer keine Spur.

»Warte mal, ich hol ihn.« Feline wühlte sich aus dem Bett. Ihr Handy nahm sie mit, und ich bekam eine unfreiwillige Besichtigungstour der Wohnung meines Ex-Mannes. Ich sah die geschmackvollen gerahmten Kunstdrucke im Flur, das weitläufige Wohnzimmer, das ganz in Weiß- und Beigetönen gehalten war, eine monumentale Bücherwand und einen Fernseher, der ungefähr so groß war wie mein Kleiderschrank.

Moritz und Lennard saßen auf der riesigen Eckcouch, die Füße auf dem Couchtisch, in den Händen die Spielkonsolen. Beide trugen sie Jogginghosen und starrten konzentriert in Richtung Fernseher. Ihre Ähnlichkeit raubte mir kurz den Atem.

»Mann, Lenny!«, schimpfte Feline. »Mama ist am Telefon, wir hatten elf Uhr gesagt.«

Erschrocken sahen die beiden auf. Lenny schuldbewusst, Moritz verlegen.

»Oh, hi!«, sagte er und grüßte in die Kamera.

Ich hoffte, dass Feline die Frontkamera anhatte, sodass mich Moritz nicht sah. Vorsichtshalber grüßte ich trotzdem zurück. »Hallo, ihr beiden, das sieht ja gemütlich aus!«, sagte ich heiter.

Ich sah noch, wie Lenny aufstand, er kam mir mindestens

einen halben Kopf größer vor als noch vor zwei Wochen, dann nur Altbaudecke, Stuckfragmente, ein Türrahmen und Teile von Felines Kinn von unten. Offensichtlich trug sie mich in ihr Zimmer.

Das Bild beruhigte sich wieder, und die Gesichter beider Kinder erschienen auf dem Bildschirm.

»Hallo, meine Süßen!«, begrüßte ich sie noch einmal. »Es ist so schön, euch zu sehen.«

Ich erzählte, dass es in Husum geschneit hatte, und zeigte ihnen, wie der Fischermannskoog gerade aussah. In Hamburg war es grau, erzählten sie, nicht eine Flocke bisher. So richtig in Fahrt kam unser Gespräch allerdings nicht, sie wirkten verhalten.

»Du, Mama, wegen Weihnachten«, setzte Lennard dann irgendwann an.

»Was ist damit?«

»Wäre es sehr schlimm, wenn wir erst am Fünfundzwanzigsten oder Sechsundzwanzigsten nach Husum kommen würden?«

Ich erstarrte. Wovon redete er da?

»Mama, bist du noch da?«

»Ja, bin ich. Aber wieso denn nicht zum Ferienbeginn? Wir hatten das doch so schön geplant – mit Raclette und Punsch und vorher eislaufen auf der Bahn am Schloss.«

»Ja schon, aber wir haben gestern mit Papa und Nicci einen Baum gekauft und ihn geschmückt, das hat so viel Spaß gemacht, und sie haben gefragt, ob wir nicht mit ihnen feiern wollen. Es soll eine ganze Gans geben.«

Ich fühlte mich, als säße jemand auf meinem Brustkorb. Die Kinder wollten in Hamburg Weihnachten feiern? Und nicht mit mir in Husum? Das war doch der Plan gewesen, niemals wäre ich überhaupt hierhergekommen, wenn ich nicht ganz sicher gewesen wäre, dass wir uns am Zweiundzwanzigsten wiedersehen würden. Weihnachten ohne die Kinder war undenkbar. Noch dazu hier in Husum und nur mit Vally, die ja sowieso nicht feierte.

Also, *ja*, es wäre sehr schlimm, wenn sie nicht kämen.

Ja, es wäre sehr schlimm, wenn ich hier allein mit Vally sitzen würde.

Und verdammt *ja*, es wäre sehr schlimm, wenn sich die Kinder stattdessen für *Nicci und Mo* entschieden.

»Bist du böse?«, fragte Lenny und sah auf einmal wieder sehr jung aus.

Ich räusperte mich. Und drückte meine Enttäuschung mit aller Kraft nach unten.

»Mama?« Feline sah besorgt aus.

Am liebsten hätte ich durchs Handy gegriffen, um die Kinder an mich zu drücken.

»Nein, mein Schatz. Alles in Ordnung. Hauptsache, ihr habt ein tolles Fest. Dann kommt einfach ein paar Tage später. Wir können ja ein zweites Mal Weihnachten feiern, wenn ihr hier seid.« Und weil ich sichergehen wollte, dass sie kein schlechtes Gewissen bekamen, erzählte ich noch ein bisschen von meiner Arbeit im Weihnachtshaus und dass wir in der Fischerkate beim Aufräumen eine Kiste mit altem Weihnachtsschmuck gefunden hatten, der schon Vallys Urgroßeltern gehört hatte und so wertvoll war, dass er im Museum ausgestellt werden würde. Das war nicht die ganze Wahrheit, wahrscheinlich auch nicht mal die halbe, aber immerhin hatte es einen wahren Kern.

Nachdem wir aufgelegt hatten, ließ ich das Handy sinken und sah hinaus auf die Straße. Der Schnee war an einigen Stellen schon wieder geschmolzen. Braun und Grau mischten sich ins strahlende Weiß. Schuhabdrücke und Reifenspuren hatten die schöne Schneedecke durchbrochen. Vorbei der Zauber.

26.

Ich schwitzte. Ich keuchte. Meine Muskeln waren bis aufs Äußerste gespannt. Nur noch wenige Sekunden, länger würde ich es nicht aushalten. Und da, endlich, kam die Erlösung. Ich stöhnte auf.

»Großartig, Leute, ihr habt es geschafft für heute!«, rief die Trainerin. »Klasse mitgemacht!« Sie applaudierte und ließ ihr Zahnpastalächeln aufblitzen.

Ich wischte mir den Schweiß von der Stirn und wand den Blick von der durchtrainierten jungen Frau, die ich in den letzten fünfundvierzig Minuten mehrfach verflucht hatte.

Einige der anderen Frauen, die zusammen mit Ida und mir in diesem viel zu kleinen, viel zu wenig durchlüfteten Raum auf den Spinningrädern gestrampelt hatten, jauchzten, andere klatschten. Als hätten wir als Gruppe etwas Großes bewältigt.

»Du hast gut mitgehalten«, schnaufte Ida anerkennend. »Dafür, dass du nie trainierst.«

Ich lächelte nur schwach, für eine Antwort war ich zu erschöpft. Meine Lunge brannte, meine Beine fühlten sich an, als gehörten sie nicht zu meinem Körper, und ich fragte mich, wie um alles in der Welt man diese Tortur regelmäßig und freiwillig über sich ergehen lassen konnte. Schlimm genug, dass ich mich am dritten Advent hier abstrampelte, mit Besinnung und Einkehr hatte das nichts zu tun. Und wenn ich gewusst hätte, was mich erwartete, wäre ich Idas Einladung niemals so leichtgläubig gefolgt.

»Lust auf ein bisschen Bewegung?«, hatte sie geschrieben, und ich hatte gedacht, *warum nicht?* Nachdem dieser Tag eine so katastrophale Richtung eingeschlagen hatte, wäre es gut, den Kopf freizubekommen. Aber eigentlich hätte ich mir ja denken können, dass ein *bisschen Bewegung* bei Ida kein Spaziergang am Deich war, sondern mindestens eine Extremsituation mit Nahtoderfahrung.

Wir hatten uns in der Innenstadt getroffen. Schon Idas Outfit hätte mich misstrauisch werden lassen müssen. Sie trug eine kurze gefütterte Jacke, Leggins und Ugg-Boots.

»Hallo, Schöne«, begrüßte sie mich und drückte mir ein komplettes Set Sportklamotten samt Turnschuhen in die Hand. Dann marschierte sie ohne Erklärung in das Fitnessstudio, vor dem wir standen. Keine zehn Minuten später hatte ich mich auf dem Folterstuhl alias Spinningbike wiedergefunden.

Die schlimme Nachricht vom Mittag war schon nach wenigen Minuten vergessen. Bei einer Herzfrequenz jenseits der 165 ließ es sich nur sehr schwer über seine treulosen Kinder, seinen hinterhältigen Ex-Mann und seine verschwiegene Mutter aufregen.

»Hier.« Ida reichte mir eine Trinkflasche, und wir gingen zurück zu den Umkleiden.

»Wie oft machst du das?« Langsam normalisierte sich mein Puls.

»Zwei-, dreimal pro Woche. Je nach Dienstplan.«

»Himmel! Wenn ich mal eine Stunde für mich habe, wäre das hier das Letzte, was ich will.«

»Aber der wichtigste Teil des Trainings kommt ja erst noch«, erklärte sie bedeutungsvoll.

»Wir sind noch nicht fertig?« Ich verspürte einen Anflug von Panik.

»Nein, wir sind noch nicht fertig. Hier geht's lang.« Ida führte mich zu ihrem Spint. »Ausziehen«, befahl sie.

»Was?«

»Wir gehen ins Dampfbad. Da kannst du nicht in deinen verschwitzten Sportklamotten sitzen. Oder besser: in meinen verschwitzten Sportklamotten.«

»Das hier sind die besten Plätze«, erklärte Ida flüsternd und führte mich zu einem Liegebereich, den wir ganz für uns allein hatten. Sie spritzte ihn mit einem Wasserschlauch ab, dann legten wir uns hin.

Ich schloss die Augen: Der angenehme Geruch nach Eukalyptus, die Wärme, die meinen Körper augenblicklich entspannte, die dichte, feuchte Luft, die meinen nackten Körper wie in Watte hüllte. Es war göttlich!

»Anspannung, Entspannung«, seufzte Ida neben mir genüsslich. »Nur so geht es. Das ist das Leben – einatmen, ausatmen. Bewegung und Ruhe. Tag und Nacht. Es braucht immer beides.«

»Ich wünschte, ich hätte mehr Momente der Ruhe in meinem Leben.« Meine Stimme klang dumpf im dichten Dampf.

»Die passieren selten zufällig, Rike. Man entscheidet sich dafür, plant sie und setzt sie um. Wenn ich nur darauf warten würde, dass mir zufällig Entspannung passiert, wäre ich schon längst ein Wrack.«

Eine Weile schwiegen wir.

»Die Kinder haben mich vorhin angerufen«, setzte ich dann an. »Sie wollen Weihnachten nicht mit mir feiern, sondern in Hamburg mit Moritz und seiner neuen Frau.«

»Was? Wieso das denn?«

Ich erzählte ihr vom Videotelefonat.

»Und du hast nichts gesagt?«, fragte Ida. »Oder Moritz angerufen und ihn zur Rede gestellt. Was denkt er sich dabei?«

Ich zuckte mit den Schultern. »Es geht bei Weihnachten doch vor allem um die Kinder. Und mit Moritz und Nicola haben sie wahrscheinlich das bessere Fest. Es soll sogar eine Gans geben. Wenn sie hier in Husum wären, könnten wir nur ein Weihnachten auf Sparflamme feiern, wegen meiner Mutter.«

»Na ja, ich weiß nicht«, erwiderte Ida skeptisch. »Geht es bei Weihnachten nicht darum, mit der Familie zusammen zu sein? Und bist nicht *du* ihre Familie?«

Darauf wusste ich keine Antwort, bei der ich nicht in Tränen ausgebrochen wäre. Ich nickte nur stumm und lehnte mich mit geschlossenen Augen zurück.

»Und was ist mit Jasper?«, fragte Ida dann.

Ich seufzte. »Nächstes Thema, bitte.«

»Wieso? Ist was passiert?«

»Nicht direkt. Aber wir hatten gestern eine Verabredung, und das war sehr schön. Wir haben uns geküsst.«

»Waaas?«, rief Ida. »Und das erfahre ich erst jetzt? Erzähl mir alles. Haargenau!«

»Meinetwegen, aber so spektakulär ist es nun auch wieder nicht.«

»Du datest Jasper Jenssen, und ob das spektakulär ist!«

»Es war kein Date. Also kein richtiges. Vielleicht doch. Ach, ich weiß auch nicht.«

Ich erzählte ihr, wie nah er mir gewesen war und dass er sich dann plötzlich zurückgezogen hatte. »Die Nachricht, die ich ihm heute Morgen geschrieben habe, hat er immer noch nicht abgerufen. Langsam frage ich mich schon, ob ich mir Sorgen machen muss.«

Ida wiegte den Kopf. »Also, wenn ich in den letzten zwanzig Jahren eins über Kerle gelernt habe, dann, dass es meistens Gründe gibt, wenn sie sich nicht melden. Und an einer Alien-Entführung liegt es selten.«

»Du meinst, er will mich nicht mehr sehen?«

»Keine Ahnung. Aber du solltest nicht so viele Gedanken an ihn verschwenden. Er ist ein Idiot, wenn er dich zappeln lässt.«

Als ich mich eine Stunde später draußen von Ida verabschiedete, fühlte ich mich zutiefst erschöpft. Und auf eine angenehme Weise geerdet.

»Danke für den, na ja, entspannten Nachmittag kann man ja wohl nicht sagen. Also danke für den Nachmittag. Es hat gutgetan, den ganzen Frust rauszulassen.«

Ida umarmte mich. »Es tut mir leid, Rike. Du kannst natürlich mit uns feiern, das weißt du?«

Ich schmunzelte. »Ist es noch so wie früher?«

»Alles ist exakt so wie früher: Vor allem laut. Es wird ununterbrochen gegessen, viel getrunken, irgendwann fangen meine Brüder an, sich zu streiten, nur um sich eine Stunde später in den Armen zu liegen, im Hintergrund läuft der Fernseher, weil meine Mutter unbedingt *Drei Haselnüsse für Aschenbrödel* schauen will, während mein Vater unbeirrt und schrecklich schief Weihnachtslieder singt. Es ist jedes Jahr das

Gleiche. Nur dass noch mehr Menschen dazugekommen sind, also ist es noch lauter, und es gibt noch mehr Geschenke. Die reinste Hölle.« Sie lachte. »Überleg es dir. Alle würden sich freuen, wenn du dabei wärst.«

Idas Hölle klang himmlisch. Es war exakt das Weihnachten, nach dem ich mich schon ein Leben lang sehnte. Aber Krokowskis waren nicht meine Familie. Ich wäre nur zu Besuch.

»Danke«, sagte ich. »Ich überlege es mir.«

27.

Als ich am Montagmorgen in die Küche kam, war Vally offensichtlich schon zur Arbeit gegangen. Seit der Nacht nach der Party hatten wir nun nicht mehr richtig miteinander gesprochen. Und ich hatte ihr auch noch nicht erzählt, dass Feline und Lennard den Heiligabend in Hamburg feiern würden. Zum einen, weil es ihr sowieso egal gewesen wäre. Zum anderen, weil ich selbst noch nicht wusste, was das für mich bedeutete. Sollte ich in Husum bleiben? Idas Angebot annehmen? Oder zurück nach Hamburg fahren? Dass meine Mutter mir zuliebe auch nur ein einziges Mal auf ihr exzentrisches Weihnachtsverhalten verzichten würde, brauchte ich nicht zu hoffen.

Es hing auch davon ab, wie gut wir in den nächsten Tagen mit den Umzugsvorbereitungen vorankamen. Morgen in einer Woche war schon Heiligabend und in sechzehn Tagen der Jahreswechsel. Wenn wir uns nicht ranhielten, würde Ferien-Peters zum Umzugswochenende hier eine große Überraschung erleben.

Da fiel mir ein: Was war eigentlich mit der Verpflegung der Umzugshelfer? Hatte Vally sich darum schon gekümmert?

Ich goss mir einen Kaffee ein, immerhin den fand ich als kleinen Morgengruß von Vally in der Thermoskanne, dann ging ich von Raum zu Raum, um mir einen Überblick zu verschaffen. Ich linste in die verbleibenden Kommodenschubladen, öffnete Schranktüren und sichtete Regale. Das Wohnzimmer war weitestgehend ausgeräumt und abgebaut, die Küche würde in der Kate bleiben. Im Badezimmer gab es nicht viel, das konnte auch kurzfristig eingepackt werden. Und oben in meinem Zimmer und Arnos Arbeitszimmer waren wir ebenfalls fast fertig. Einen Dachboden hatte die Fischerkate glücklicherweise nicht, in den Zimmern im ersten Obergeschoss gab es nur zwei kleine Abseiten, die wir bereits leer geräumt hatten. Und den Keller hatte meine Mutter ja als Allererstes entrümpelt.

Als Kind hatte ich mich vor den dunklen, engen Räumen gegruselt. Nur wenn mein Vater mich schickte, Kartoffeln zu holen, war ich manchmal mit klopfendem Herzen die unebenen Stufen hinabgestiegen. Die beiden Kellerräume waren so niedrig, dass man den Kopf einziehen musste, es gab keinen Strom und damit auch kein Licht dort unten. Der Keller war noch genauso, wie er vor fast hundert Jahren vom Fischer, der diese Kate einst bewohnt hatte, erbaut worden war.

Nun wollte ich mir aber einen Überblick über die Fortschritte meiner Mutter verschaffen. Ich öffnete die Tür, und der vertraute Kellergeruch schlug mir entgegen – erdig, ein bisschen muffig, kühl. Ich knipste die Taschenlampe an meinem Handy an, die die Treppe jedoch nur spärlich mit Licht versorgte. Es dauerte, bis sich meine Augen an die Dunkelheit gewöhnt hatten und ich hinabsteigen konnte. Bald erkannte ich die ersten Umrisse – und das Ausmaß der Katastrophe.

Dass Vally neulich so lange gebraucht hatte, um eine Flasche Wein aus dem Keller zu holen, machte auf einmal doch

Sinn. Es war überhaupt nicht möglich, in den hinteren Kellerraum zu kommen, weil sich im engen Flur davor bereits Kisten und Tüten türmten. Ich erkannte Bastelprojekte aus meiner Grundschulzeit, die zerzauste Mähne meines alten Barbie-Pferdes, die achtlos aus einem Schuhkarton heraushing. Ich schritt weiter hinab und sah Gläser mit Eingewecktem auf den Regalbrettern, Kisten und Kartons mit Werkzeug und Gerümpel.

Dies hier war das Epizentrum, und wir hatten noch nicht einmal damit begonnen, die Sachen zu sichten. Wieso hatte meine Mutter gesagt, sie sei schon fertig mit dem Keller? Sicherlich könnte fast alles in den Container vor der Tür geschmissen werden, aber es musste eben durchgesehen werden. Hier unten war es außerdem viel zu kalt und dunkel, und es gab überhaupt keinen Platz, um die Sachen zu sortieren. Wir müssten sie also alle erst noch nach oben tragen.

Als ich die Treppe wieder hochging, brannten meine Beine, und ich verfluchte den spontanen Ausflug ins Fitnesscenter. Ich brauchte meine Kraft für echte Arbeit.

Wenn wir nicht sofort damit begannen, diesen Keller auszuräumen, würden wir nie rechtzeitig fertig werden. Ich wählte Vallys Nummer, wurde aber sofort zu ihrer Mailbox weitergeleitet. Also legte ich auf und schrieb ihr eine Nachricht:

Guten Morgen, ich hoffe, du bist gut in den Tag gestartet. Was ist eigentlich mit dem Keller? Soll ich weitermachen?

»Weitermachen« war natürlich ein Euphemismus. Es sah nicht so aus, als hätte Vally hier schon irgendetwas getan. Aber ich musste behutsam vorgehen. Es durfte nicht zu angespannt oder gestresst klingen, sonst würde Vally sofort mauern.

Ich starrte auf mein Handy, doch sie meldete sich nicht.

Von Jasper hatte ich seit unserem Ausflug zum Scheunentheater auch nichts mehr gehört. Immer wieder sah ich nach, ob er geschrieben hatte. Doch nichts. Meine Nachricht hatte ihn immer noch nicht erreicht. Auch die Kinder meldeten sich nicht. Einzig eine automatische Nachricht meines Zahnarztes, die mich daran erinnerte, dass ich morgen einen Termin für eine Zahnreinigung hatte, erschien auf meinem Handy. Ich rief an und sagte ab, mit der Entschuldigung, dass ich stark erkältet sei.

Ich sah mich um. Die Fischerkate war zu einem wirklich trostlosen und ungemütlichen Ort geworden. Und ich war es leid, zu warten und nicht zu wissen, was ich tun sollte. Es war die Woche vor Weihnachten. Ich wollte Glitzer, Wärme, rot-grün karierte Fröhlichkeit. Ich wollte aufgeregte Geschäftigkeit und Geheimniskrämerei. Stattdessen saß ich hier fest.

Wobei …?, dachte ich, plötzlich deutlich besser gelaunt. Besaß ich nicht den Schlüssel zu einem Ort, an dem es genau das, wonach ich mich so sehnte, im Überfluss gab?

28.

Als Peer um halb zehn ins Museum kam, hatte ich schon die Playlist mit den amerikanischen Weihnachtssongs angestellt, den Diffusor mit dem Orangen-Zimt-Aroma befüllt und im ganzen Haus die funkelnden Lichterketten, Leuchter und Lampen angeschaltet. Obwohl meine Schicht erst um elf Uhr angefangen hätte, hatte ich mich aufs Fahrrad gesetzt und war durch Husum geflitzt. Wild entschlossen, nicht länger herumzusitzen und meinen trüben Gedanken hinterherzuhängen. Solange ich Zugang zum Weihnachtshaus hatte, wollte ich jede Sekunde nutzen, und kaum hatte ich die Eingangshalle betreten, weitete sich mein Herz.

»Du bist ein Goldschatz, Henrike. Großartig, dass du schon alles für die Gäste vorbereitet hast.« Peer sah sich in seinem eigenen Museum um, als wäre er heute zum ersten Mal hier. »Ist es nicht einfach wunderschön?«

»Das ist es.« Ich hob ebenfalls den Blick in den funkelnden Sternenhimmel der Eingangshalle.

»Du wirst mir so fehlen.« Er nahm meine Hand. »Du gehörst doch jetzt zu uns.«

Wir hatten vereinbart, dass ich noch bis zum Dreiundzwanzigsten bleiben würde. Dann war meine Zeit im Weihnachtshaus vorbei.

»Du weißt, dass hier jederzeit ein Job auf dich wartet, ja?«

»Das ist lieb, Peer, und ich weiß es wirklich zu schätzen. Es war eine großartige Erfahrung, und ich danke dir, dass du mich gefragt hast. Anfangs dachte ich, irgendwann hätte ich vielleicht genug von dem ganzen Weihnachtskram. Dass ich es irgendwann nicht mehr sehen könnte. Aber genau das Gegenteil ist eingetreten, ich liebe es jeden Tag ein bisschen mehr.«

»Dann bleib doch«, sagte er hoffnungsvoll.

»Das geht nicht. Die Kinder sind in Hamburg, ihr Vater ist dort, ihre Freunde, ihre Schule.«

»Es ist wirklich jammerschade.«

»Vielleicht später.«

»Jederzeit, Henrike. Du bist hier immer herzlich willkommen.« Zur Untermalung seiner Worte umarmte er mich kurz, und ich fühlte eine Wehmut, die mich selbst überraschte.

Am Vormittag führte Peer eine Schulklasse aus Büsum durch das Museum. Ich drehte zunächst meine mittlerweile schon vertraute Runde durch den Laden, füllte Waren auf und kümmerte mich dann um die Tagesgäste. Wann immer es möglich war, schaute ich noch mal in das Regal mit Peers vergessenen Schätzchen und befreite eine alte, dunkel angelaufene Baumspitze aus mehreren Lagen Zeitungspapier. Im Werkzeugschrank fand ich eine Messingpolitur und einen alten Lappen und vertiefte mich die nächste Stunde in die Reinigung, bis die wunderschönen Ornamente und Prägungen wieder zum Vorschein kamen und die Baumspitze funkelte und glänzte, als sei sie nicht schon fast achtzig Jahre alt, sondern brandneu.

Gegen elf Uhr kam Svantje ins Museum. Sie hatte eine gut

zwei Meter lange Holzleiste dabei, die sie umständlich durch die Eingangstür balancierte, außerdem ihren Werkzeugkoffer und eine Leiter.

»Ah, sehr gut, dass du hier bist, Henrike. Kannst du mir kurz helfen?«

»Klar.« Ich legte die Baumspitze beiseite. »Was soll ich tun?«

»Wenn du die halten könntest«, sie zeigte auf die Leiste, »während ich sie festschraube, das wäre klasse. Die soll hier ins Zimmer mit den Glaskugeln. Später bringe ich noch kleine Haken an und wir hängen die Kugeln der Größe nach auf, das wird bestimmt hübsch.«

Wir holten eine zweite Leiter aus dem Lager, und Svantje positionierte die Leiste über drei Bohrungen, die sie am Freitag schon gesetzt hatte.

Dann stieg ich auf die Leiter und hielt die Leiste, so wie sie es mir gezeigt hatte.

»Hat dir das Scheunentheater gefallen?«, fragte sie, während sie die erste Schraube versenkte.

»Sehr.« Bei der Erinnerung an die in Bettlaken gehüllten Schauspieler musste ich sofort wieder grinsen. »Es war das erste Theaterstück dieser Art für mich.«

»Die Stimmung ist immer bombastisch, ein bisschen höher bitte.«

Ich korrigierte die Position der Leiste, dann fuhr sie fort: »Und du und Jasper, ihr seid …?«

»Wir sind …?«

Sie rutschte mit ihrer Leiter in meine Richtung und setzte die zweite Schraube an. »… ein Paar?«

»Gott, nein! Kollegen. Freunde vielleicht, keine Ahnung. Alte Schulkameraden vor allem.«

»Ah ohe«, nuschelte sie mit der dritten Schraube im Mund. »Ich gachte nur, weil ihr cho vertraut auchaht.«

»Nein, nein«, schüttelte ich schnell den Kopf. »Ich bin ja auch nur noch ein paar Tage in Husum.«

»Was wirklich schade ist. Du passt perfekt zu uns, finde ich.« Sie versenkte die letzte Schraube. »Fertig! Vielen Dank, allein wäre es schwierig geworden.«

In diesem Moment kam die Gruppe Achtklässler, denen Peer gerade die alten Spielsachen im Dachgeschoss gezeigt hatte, polternd und lachend die Treppe nach unten. Peer unterhielt sich angeregt mit ihrer Lehrerin und verabschiedete jeden Einzelnen mit Handschlag. Die Kinder strahlten.

Svantje packte ihr Werkzeug zusammen, und ich verzog mich wieder ins Lager, um der Baumspitze den letzten Schliff zu geben.

»Hast du es ihr schon gesagt?«, hörte ich Svantjes gedämpfte Stimme in der Stille, die nach den lärmenden Jugendlichen nun wieder eingekehrt war.

Ich lehnte mich auf meinem Stuhl ein wenig nach vorne, sodass ich die beiden sehen konnte. Svantje stand sehr nah bei Peer in der Eingangshalle und wirkte irgendwie aufgeregt.

»Noch nicht«, erwiderte er leise. »Ich warte auf den richtigen Moment.«

»Du musst es ihr sagen, und zwar bald.«

»Warum sagst du es ihr nicht? So von Frau zu Frau.«

»Du kennst sie schon länger. Wenn ich es ihr sage, versteht sie es vielleicht falsch.«

Ich runzelte die Stirn. Sprachen sie von mir? Und war Peer etwa meinem Rat gefolgt und hatte ihr seine Gefühle gestanden? Ich zog mich zurück, um den beiden ein bisschen Privatsphäre zu lassen, und biss mir auf die Lippe, um nur keinen Laut von mir zu geben. Peer und Svantje – das wäre ein echtes Weihnachtswunder.

Gegen zwei Uhr kam der Postbote und balancierte ein großes Paket ins Museum.

»Meine Gurken!«, rief Peer entzückt und nahm das Paket entgegen. »Wärst du so gut und räumst sie gleich ein? In einer halben Stunde kommt eine Gruppe Amerikaner, die lieben ihre traditionellen Christmas Pickles und werden sicherlich nach verschiedenen Modellen fragen.«

»Gurken?«

»Weihnachtsgurken.«

Ich sah ihn ratlos an.

»Aus Glas. Baumschmuck. Weißt du, was es mit der Gurke auf sich hat?«

Ich schüttelte den Kopf.

»Eine ganz entzückende Geschichte und tatsächlich – du ahnst es schon – ebenfalls eine deutsche Tradition.«

»Wirklich? Aber du hast doch gerade gesagt, dass es ein amerikanischer Brauch ist?«

»Das stimmt, aber deutsche Auswanderer haben ihn dorthin gebracht. In Deutschland war die Gurke vergessen und ist jetzt quasi reimportiert worden«, erklärte er. »Und es gibt dieses Spiel: Wer am Weihnachtsmorgen als Erstes die Gurke im Baum erspäht, bekommt ein zusätzliches Geschenk.«

»Aber wieso eine Gurke?«

»Das geht auf eine alte Geschichte zurück: Angeblich soll ein deutscher Auswanderer im amerikanischen Bürgerkrieg in Gefangenschaft geraten sein. Dort wurde schrecklich mit den Menschen umgegangen, und kurz vor Heiligabend stand der Gefangene vor dem Hungertod. Er überlebte nur, weil ein Wärter ihm aus Barmherzigkeit eine Gewürzgurke schenkte. Nach Kriegsende kehrte der Mann zurück zu seiner Familie und schmückte fortan in Gedenken an seine Rettung seinen Weihnachtsbaum mit einer Gewürzgurke.«

»Eine echte Gewürzgurke?«

»So die Legende.«

Wie von Peer vorhergesagt, kauften mir die Amerikaner fast den ganzen Souvenirshop leer. Alles war *so cute*, *so amazing*, und *so unbelievable*, dass mir noch der Kopf schwirrte, nachdem die Gruppe das Museum verlassen hatte.

»Ich helfe dir«, sagte Peer und holte die Waren aus dem Lager. Wir arbeiteten konzentriert weiter. Beide froh über die Ruhe, die nun wieder ins Museum eingekehrt war.

»Kommt Jasper heute wieder?«, fragte er irgendwann. »Zwei Artikel sollen noch erscheinen, oder?«

»Ja, genau. Am vierten Advent und an Heiligabend. Ich dachte, wir nehmen auf jeden Fall noch die Hippiekugeln mit rein.«

»Gute Idee. Dann haben wir eine kleine Zeitreise vom späten 19. Jahrhundert bis in die Siebziger. Das habt ihr euch gut ausgedacht.«

»Danke. Es hat auch wirklich Spaß gemacht, mit ihm zusammenzuarbeiten.«

»Ihr versteht euch gut?«

»Ja, er ist nett.«

»Rike, es gibt da etwas, das ich dir sagen wollte. Auch wenn es mich eigentlich überhaupt nichts angeht.« Er klang ungewöhnlich ernst. »Wollen wir uns mal einen Moment setzen?«

»Was ist los?«, fragte ich alarmiert.

Er biss sich auf die Unterlippe. »Du weißt, dass ich dir von Herzen alles Glück dieser Welt wünsche, richtig?«

»Peer, was ist denn? Du machst mir Angst.«

Er atmete schwer. »Es ist wegen Jasper.«

»Was ist mit ihm?« War ihm etwas passiert, schoss es mir augenblicklich durch den Kopf. Hatte er sich deshalb seit Samstagnacht nicht mehr gemeldet?

»Es ist wohl nicht ganz so, wie du annimmst. Und ich will einfach nicht, dass du enttäuscht bist.«

»Worüber enttäuscht?«

»Ich habe kürzlich erfahren, dass er … verheiratet ist.«

»Was? Nein. Er lebt bei seinen Eltern.«

»Er ist verheiratet. Seine Frau lebt in Berlin.«

»Woher weißt du das?«

»Svantje hat es mir erzählt.«

»Svantje? Und woher weiß sie es?«

War das wieder so ein Husum-Ding? Jeder wusste alles über jeden, und Gerüchte verbreiteten sich schneller als der Wind.

»Sie ist seine Cousine.«

Nun fiel ich wirklich aus allen Wolken. »Jasper und Svantje sind verwandt?« Und plötzlich machte sein seltsames Verhalten am Samstagabend Sinn. Es war ihm unangenehm gewesen, seine Cousine zu treffen. Die wissen musste, dass er verheiratet war und ihn auf einem Date mit einer anderen Frau traf.

Und jetzt verstand ich auch, worüber Peer und Svantje vorhin geredet hatten. Wie naiv war ich eigentlich? Und wie dämlich, mich in jemanden zu verlieben, ohne ihn richtig zu kennen?

»Ich dachte nur, es ist besser, du weißt es«, fügte Peer leise hinzu.

Ich nickte schnell, setzte mein Rike-Lächeln auf und sagte in unbekümmertem Ton: »Und wenn schon. Meine Tage hier in Husum sind gezählt. Noch eine Woche bis Weihnachten, dann bin ich sowieso weg.«

Die Stunden bis zu meinem Feierabend zogen sich, und es fiel mir schwer, so zu tun, als wäre nichts. Ich hatte eine spontane Generalreinigung des Ladens angesetzt, holte alle Waren aus den Schütten und Auslagen, wischte sie aus und sortierte sie ordentlich wieder ein. Wenn Peer vorbeischaute, war ich beschäftigt. Auf keinen Fall wollte ich auch nur ein weiteres Wort über Jasper mit ihm wechseln.

Ich kam mir so blöd vor. Dass ich ihn mochte, stand mir offensichtlich ins Gesicht geschrieben. Und jetzt war mir auch klar, warum Jasper immer so ein Geheimnis um seine Vergangenheit machte. Und sein selbstabwertendes Gerede ergab auf einmal auch Sinn. Wie hatte ich nur so blind sein können?

Ich war wütend, traurig und fühlte mich gedemütigt. Und vor allem wollte ich weg aus dem Weihnachtshaus, wo Peer und Svantje mir nur noch mitleidige Blicke zuwerfen würden. Dass Jasper mir das genommen hatte, diesen zauberhaften Ort, an dem ich mich so wohl gefühlt hatte, war das Schlimmste.

Ich fuhr in die Stadt, um für die Kinder Weihnachtsgeschenke zu besorgen. Es war Zeit, mich aus meiner Schockstarre zu lösen. Wenn ich nicht wollte, dass sie ohne mein Geschenk unter dem Weihnachtsbaum saßen, musste ich das Paket in Richtung Hamburg bald auf den Weg bringen.

Feline wünschte sich Zeichenstifte, neue Inliner und einen Chemiebaukasten, Lennard ein elektronisches Schlagzeug. Eigentlich hatte ich es ihm nicht schenken wollen – zu laut, zu groß für sein kleines Zimmer, und der Schlagzeugunterricht musste zukünftig ja auch noch bezahlt werden. Doch jetzt stellte ich mir vor, wie Lennard am Heiligabend in *Nicci und Mos* Wohnung auf die Drums eindrosch, und fand Gefallen daran.

Das Schlagzeug und die Inliner bestellte ich online und ließ sie direkt an Moritz' Adresse liefern. Dann besorgte ich für jedes Kind noch einen Kino-Gutschein und ihre Lieblingssüßigkeiten. Die kuschelige Flanellbettwäsche hatte ich ja auch noch für sie.

Als ich alles zusammenhatte, setzte ich mich in ein Café, bestellte mir einen Cappuccino und ein riesiges Stück Apfelkuchen mit Sahne und schrieb jedem Kind eine Karte. Inspiriert von den Weihnachtsbriefen, ließ ich sie wissen, wie stolz ich auf sie war, wie sehr ich sie liebte und dass ich ihnen von ganzem Herzen ein fröhliches Fest wünschte.

Als die Bedienung an meinen Tisch kam, um abzukassieren, wischte ich mir schnell ein paar Tränen von den Wangen.

29.

Meine letzten Tage in Husum verbrachte ich wie in einem dunklen Tunnel. Der Besucheransturm hatte nachgelassen, die Menschen waren offensichtlich damit beschäftigt, die letzten Besorgungen zu machen, Geschenke einzupacken, vielleicht schon das ein oder andere Gericht für Heiligabend vorzukochen.

Peers und Svantjes Mitleid zu ertragen, war wie befürchtet schrecklich. Sie waren noch netter als sonst und verhielten sich, als müsste man mich in Watte packen. Ich konzentrierte mich auf den Ausstellungstext zur Weihnachtskiste. Wieder und wieder überarbeitete ich die kleinen Beschreibungstexte zu den einzelnen Stücken, polierte die Sätze, bis sie glänzten. Man sollte sich hier aufgrund meiner guten Arbeit an mich erinnern, nicht aufgrund der persönlichen Niederlage, die alle mitbekommen hatten.

In der Fischerkate wurde es immer ungemütlicher. Und umso näher die Zeit an Heiligabend rückte, umso gereizter und wortkarger wurde meine Mutter. Wir lebten wie in einer schlechten WG zusammen. Gingen uns aus dem Weg, wo es nur ging. Aßen auf unseren Zimmern, informierten die andere nicht, wenn wir das Haus verließen. Dieses Verhalten war mir nicht unbekannt, doch in diesem Jahr machte es mir besonders viel aus. Weil ich so nah dran war. Weil ich mich einsam und verwundbar fühlte.

»Was ist mit den Sachen im Keller?«, hatte ich sie am Montagabend noch einmal in aller Deutlichkeit gefragt, nachdem sie mir den ganzen Tag nicht auf meine Nachricht geantwortet hatte.

»Kann alles weg«, hatte sie geantwortet und nicht von ihrem Buch aufgesehen, mit dem sie es sich auf der Couch gemütlich gemacht hatte.

»Alles? Wollen wir nicht noch einmal durch die Kisten schauen, ob da was dabei ist, was wir behalten möchten?«

»Nein.«

»Nein?«

»Nein, Henrike.« Sie sah mich über den Rand ihrer Lesebrille an. »Ich habe mir schon einen Überblick verschafft. Alles, was noch gemacht werden muss, ist, den ganzen Krempel in den Container vor dem Haus zu werfen, deshalb steht er ja da.«

»Okay«, sagte ich und versuchte, vernünftig zu klingen. »Dann fange ich damit an.«

»Kannst du machen. Kannst du aber auch lassen. Es haben sich fast zwanzig Helfer für den Umzugstag gemeldet, wenn jeder zwei-, dreimal läuft, haben wir die beiden Räume in Nullkommanichts leer.«

»Verstanden«, hatte ich geantwortet und war nach oben in mein Zimmer gegangen. Es war nicht die Art, wie ich die Dinge anpackte. Ich hätte die Zeit jetzt in Ruhe genutzt, statt im letzten Moment in einer großen Hauruckaktion alles fertig bekommen zu müssen. Aber ich hatte es satt, immer zu mahnen, zu schieben und zu drängen. Und am Ende dann noch die Verantwortung zu tragen. Meine Mutter war eine erwachsene Frau, dies war ihr Haus, und es waren einzig und allein ihre Umzugspläne. Ich hatte wirklich die Nase voll.

Von den Kindern hörte ich so gut wie gar nichts mehr. Jetzt, da ich ihnen nicht mehr täglich schrieb, meldeten sie sich auch nicht.

Und Jasper? Meine Nachricht vom Sonntag war immer noch ungelesen. Nicht weil er entführt worden war oder einen Unfall gehabt hätte. Sondern schlicht und ergreifend deshalb, weil sein kleines doppeltes Spiel aufgeflogen und er zu feige war, um mit mir darüber zu reden.

Was für eine glorreiche Bilanz dieser Adventszeit.

Wie hatte das alles hier so schieflaufen können?

Am Mittwoch nach meiner Arbeit im Weihnachtshaus wollte ich noch nicht zurück in die Fischerkate. Stattdessen schob ich mein Rad in Richtung Innenstadt, schloss es am Marktplatz an und tauchte ein in die Straßen voller Menschen, die sich mit geröteten Wangen, glänzenden Augen und Einkaufstüten voller Geschenke in der Fußgängerzone tummelten.

Ich fühlte mich wie eine Außerirdische. Als gehörte ich nicht zu dieser Spezies, die fröhlich den Festtagen entgegenfieberte. In der festlich geschmückten Krämerstraße blieb mein Blick am Schaufenster einer Buchhandlung hängen, und ich beschloss, mich umzusehen. Noch im Eingangsbereich stehend, atmete ich diesen ganz besonderen Duft unzähliger druckfrischer Seiten ein. Und kurz schloss ich die Augen, um dem friedlichen Gemurmel im Laden zu lauschen. Wie immer, wenn ich in Buchhandlungen kam, fühlte ich mich auf eine tröstliche Art willkommen.

Ich trat ein, begutachtete die Bücher auf den Tischen, ging an den Regalen entlang und ließ meinen Blick über die Buchrücken streifen. Im Vorbeigehen hörte ich den Gesprächen zwischen Buchhändlerinnen und ihren Kunden zu, wie sie leidenschaftlich Geschichten zusammenfassten, Bücher empfahlen und auf Neuerscheinungen hinwiesen.

Früher war ich eine echte Büchernärrin gewesen und wöchentlich zur Bücherei gegangen, um mir neuen Lesestoff zu besorgen. Frau Nuyi, die Bibliothekarin, hatte mich ihren *Lieblingsbücherwurm* genannt.

Mit dem neuen Roman einer schwedischen Autorin, deren Debüt ich vor Jahren förmlich verschlungen hatte, machte ich es mir auf einem der beiden großen kieferngrünen Ohrensessel gemütlich, die im hinteren Teil des Buchladens standen. Eine große Standlampe spendete mir Licht, ich öffnete meine Jacke, stellte meine Tasche ab und lehnte mich zurück. Eigentlich wollte ich nur einmal durch die Seiten blättern, hier und da ein paar Sätze lesen. Doch bald schon versank ich zwischen den Zeilen und vergaß alles um mich herum.

In Hamburg hatte ich keine Zeit für solche Ausflüchte. Oder nahm sie mir nicht, wie Ida sagen würde. Wenn ich an das Leben dachte, das ich bald schon wieder führen würde, wurde es mir ganz eng in der Brust. Alles war durchgetaktet und durchorganisiert, mein Alltag eine einzige lange To-do-Liste, die niemals abgearbeitet sein würde. Nur die Prioritäten verschoben sich. Die wichtigen Dinge der letzten Woche wurden zu den dringenden dieser Woche und würden in der Woche darauf überfällig sein. Jetzt, wo ich es so klar vor mir sah, kam es mir unmöglich vor, einfach da weiterzumachen, wo ich vor drei Wochen aufgehört hatte.

Wenn dieser Advent schon so ganz anders verlaufen war, als ich es mir erhofft hatte, sollte ich wenigstens diese Erkenntnis mitnehmen und mir in Zukunft mehr Zeit für mich nehmen – zum Durchatmen, für Dinge, die mir Freude machten, und um meinen Gedanken nachzuhängen.

Wie oft hatte ich in den letzten Jahren *Ja* gesagt, obwohl ich eigentlich ein klares *Nein* gefühlt hatte? Wie oft hatte ich zugestimmt, obwohl ich anderer Meinung war? Wie oft hatte ich meine eigenen Bedürfnisse hintenangestellt, nur um es den anderen einfach zu machen? Das würde ich ändern.

Der Signalton meines Handys ließ mich aufschrecken. Es war eine Nachricht von Jasper, und augenblicklich schnellte mein Puls in die Höhe.

Moin, Rike, wie geht's dir? Sehen wir uns morgen?

Wie bitte, dachte ich wütend. Seit vier Tagen hatte er sich nicht gemeldet und jetzt das? *Sehen wir uns morgen?* Als gäbe es nichts zu erklären, nichts zu besprechen. Als wäre alles in schönster Ordnung.

Am liebsten hätte ich seine Nummer gewählt und ihn zur Rede gestellt. Und mich dann nie wieder bei ihm gemeldet. Ihn ausradiert aus meiner Erinnerung.

Doch ich schuldete Peer noch den dritten und vierten Artikel über die Weihnachtskiste.

Ja, morgen um 15 Uhr im Weihnachtshaus, antwortete ich. Kein Zeichen mehr. Dann schaltete ich mein Handy aus, um nicht Gefahr zu laufen, ihn doch noch anzurufen oder mehr zu schreiben.

Ich nahm das Buch mit zur Kasse.

»Soll es als Geschenk verpackt werden?«, fragte die nette Buchhändlerin.

»Nein, es ist nur für mi …«, setzte ich schon an, doch unterbrach mich dann. In diesem Moment war die Entscheidung gefallen. Ich würde zurückfahren. Gleich am Vierundzwanzigsten morgens, dann könnte ich wenigstens den ersten Feiertag mit den Kindern verbringen. Ich würde mir einen teuren Rotwein kaufen, das Buch weiterlesen, Tapas vom Spanier holen. Ich hatte doch bei meiner Mutter gesehen, wie es ging, wie man das Alleinsein zelebrierte. Und in ein paar Jahren würden die Kinder sowieso nicht mehr mit mir feiern wollen, da konnte ich genauso gut schon jetzt damit anfangen, mir zu überlegen, wie ich als Single-Frau in den Vierzigern die Feiertage bestreiten wollte. Ich war mir selbst genug. Lieber ohne Gesellschaft als in schlechter.

»Wissen Sie was«, antwortete ich der Buchhändlerin. »Es wäre schön, wenn Sie es verpacken könnten.«

Ich würde es mir an Heiligabend selbst schenken.

30.

Mein Groll gegen Jasper wuchs sich in den nächsten vierundzwanzig Stunden zu einer waschechten Wut aus. Vielleicht war es unfair, schließlich war er nicht für all meine Probleme verantwortlich. Aber als er am Donnerstag ins Weihnachtshaus kam, fröhlich »Hallo-o« durch die Eingangshalle rief und so klang, als sei er nur auf einen kleinen Plausch vorbeigekommen, fiel es mir schwer, ruhig zu bleiben.

»Jemand da?«, rief er.

»Im Lager.« Ich nahm Haltung an, wappnete mich innerlich.

»Hallo, Rike.« Beim Reinkommen nahm er seine Brille ab, die vom Nieselregen beschlagen war. Es hatte etwas ungewohnt Intimes, ihn so zu sehen. Ohne das dunkle, kantige Gestell wirkte sein Gesicht weicher. »Was für ein Wetter«, sagte er lachend und fuhr sich durch die feuchten Haare. »Weiter entfernt von weißer Weihnacht könnten wir nicht sein. Wollen wir heute vielleicht lieber einen Tee trinken, statt spazieren zu gehen?«

»Weder noch. Ich habe keine Zeit«, sagte ich und reagierte nicht auf seine offensichtliche Enttäuschung. »Ich muss die Vitrine oben bei den Pyramiden umstellen, es ist eine schöne dazugekommen. Und dann muss ich packen, ich fahre nach

Hamburg.« Es waren zwar noch ein paar Tage bis dahin, aber das ging Jasper nichts an.

»Du reist ab? Ich dachte, du bleibst noch über Weihnachten und deine Kinder kommen her.«

»Planänderung.« Ich zuckte mit den Schultern. »Lass uns über die letzten beiden Artikel sprechen. Willst du die Blumenkugeln vorstellen? Sie stammen aus einer Glasbläserei in Lauscha, Thüringen, wo der meiste deutsche Glasschmuck produziert wird. Du könntest die Geschichte der deutschen Weihnachtsschmuckproduktion in deinem Artikel vorstellen.«

»Ja, okay. Gute Idee.«

»Und die Produktionsstätte zu Zeiten der DDR ist bestimmt auch interessant. Das Lauschaer Glas war ein beliebtes Exportgut, die damaligen Glasbläser hatten ein gutes Leben, sie konnten den Baumschmuck gegen fast alles eintauschen, was sie gerade benötigten. Die DDR-Bürger hatten nämlich kaum etwas von der schönen Glasbläserkunst.« Ich holte Luft. »Und in deinem letzten Artikel könntest du über die Bedeutung von Weihnachtskisten in Familien schreiben. Über die Traditionen, die darin bewahrt werden. Die Familiengeschichte.«

»Rike?«

»Ja?«

»Es tut mir leid, dass ich mich nicht gemeldet habe.«

Ich hob die Schultern. »Das braucht es nicht.«

»Doch, das war …« Er machte eine kurze Pause und atmete tief durch. »Mir ging es nicht gut in den letzten Tagen. Ich musste mir über ein paar Sachen klar werden. Ich bin in ein kleines Ferienhaus nach Dänemark gefahren und habe mein Handy ausgeschaltet. Manchmal brauche ich die Abgeschiedenheit, um wieder klar denken zu können. Ich habe im letzten Jahr gelernt, dass es wichtig ist, ab und zu ganz für mich allein zu sein.«

»Du schuldest mir keine Erklärung.«

»Doch, das tue ich.« Seine Mundwinkel waren angespannt, und zwischen seinen Augen zeigte sich eine steile Falte. »Ich wollte nach dem Abend im Scheunentheater nicht einfach abtauchen. Ich würde dir gerne alles erklären. Es ist kompliziert. Können wir später in Ruhe reden?«

»Wie gesagt, es passt heute nicht. Und du musst mir nichts erklären.«

»Rike, bitte.« Er sah verzweifelt aus.

»Eins noch, Jasper: Was ich dir über die Weihnachtskiste und meine Mutter erzählte habe – ich möchte nicht, dass das öffentlich wird. Das ist eine Familienangelegenheit.«

»Natürlich. Ich schreibe nichts, was du nicht willst.«

»Gut. Dann bis irgendwann mal. Husum ist klein, man sieht sich bestimmt.« Ich nickte freundlich, aber bestimmt, in etwa so, wie man sich von einem guten Bekannten verabschiedet. Dann nahm ich den Vitrinenschlüssel, ging an ihm vorbei, stieg die Treppe hoch und ließ ihn einfach stehen. Doch mein wild pochendes Herz beruhigte sich erst, als ich hörte, wie die Eingangstür ins Schloss fiel.

Am vierten Advent machte ich mich in aller Frühe auf den Weg nach Nordstrand, der Halbinsel westlich von Husum. Ich zog mich warm an und packte mir einen Rucksack mit einer Thermoskanne mit Tee, Käsebroten und Lebkuchen. Die Zeitung mit Jaspers Artikel, in dem er die Kugeln vorstellte, überflog ich nur, um sicherzugehen, dass er sich an sein Versprechen hielt und nichts über meine Familie schrieb. Dann hinterließ ich meiner Mutter eine kurze Notiz, dass ich am Nachmittag zurück sein würde, setzte ich mich ins Auto und fuhr los.

Eine halbe Stunde Fahrt, raus aus der Stadt, vorbei an weiten Marschflächen, auf denen noch ein paar Schafe grasten. Es war ein grauer, trüber Tag, die feuchte Kälte hing tief über dem Horizont.

Ich parkte mein Auto am Fähranleger, löste ein Ticket am Automaten und stieg die Treppe über den Deich. Ich würde den Tag auf Pellworm verbringen, der südlichsten der nordfriesischen Inseln. Auch wenn schon einige erholungshungrige Touristen den Weg hierher gefunden hatten, die die Feiertage auf der Insel im Wattenmeer verbringen wollten, war der Fähranleger so früh am Sonntagmorgen noch wie ausgestorben. Der Decksmann scannte wortlos mein Ticket ein, nickte zum Gruß, und ich bedankte mich. Dann ging ich in den menschenleeren Passagierraum. Hier war es warm und trocken. Ich zog meine Jacke aus, schenkte mir Tee in den Thermobecher und sah aus dem salzgesprenkelten Fenster. Die Fähre schob sich durch das grauschwarze Wasser, es gab kaum Wellengang, und die Fahrt war ruhig. Hier und da zierten Schaumkronen das Wasser, alle paar Meter zog eine Boje vorbei. Auf einer Sandbank sah ich Möwen sitzen. Das monotone Dröhnen der Motoren unter mir war beruhigend. In der Ferne verschmolz das Grau des Meeres mit dem Grau des Himmels, durchbrochen von einem einzigen Lichtstreif rosa, gelb und hellblau.

Als die Fähre in Pellworm angelegt hatte, ging ich nicht zum alten Hafen, der den Ortskern der kleinen Insel bildete, sondern schlug die entgegengesetzte Richtung ein. Der alte

Inselpostbus kam mir entgegen, die junge Postbotin sah müde aus. Während ich an der Uferstraße entlangspazierte, streifte mein Blick die alten, mächtigen Gehöfte, die schon seit Generationen auf den Warften thronten, das weite Land, den unendlichen Himmel. Pellworm war echt.

Mit jedem Schritt fühlte ich mich freier und leichter. Und als ich schließlich den Leuchtturm erreichte, der an der südöstlichsten Landspitze in die Höhe ragte, wusste ich, dass es die richtige Entscheidung gewesen war, herzukommen.

Früher waren mein Vater und ich oft hier gewesen, nur wir zwei, um die riesigen Vogelschwärme zu beobachten, die auf ihrer Reise zwischen ihren Brutgebieten in Skandinavien zu den Überwinterungsgebieten in Afrika eine Rast im Wattenmeer einlegten. Nur hier fanden sie genug Nahrung, um so weit reisen zu können, hatte er mir erklärt.

»Hör mal, Henrike«, hatte mein Vater immer gesagt, wenn wir von der Fähre gekommen waren.

Ich spitzte die Ohren und konzentrierte mich.

»Hörst du das?«

»Was?«

»Na da.«

»Was denn?«

»Nichts.« Er knuffte mich und grinste. »Keine Autos, keine Menschen, nichts. Ruhe. Nur der Wind. Nur das Meer. Und die Vögel. Sonst nichts.« Jedes Mal wieder war ich darauf reingefallen. Er lachte herzlich, dann hatte er meine Hand genommen, und wir hatten in großen Märschen die Insel erkundet.

Ich drehte mich zum Meer und ließ mir den kühlen Wind über das Gesicht streichen. Das ist neu, dachte ich. Dass ich an ihn denken kann und lächle, statt zu weinen. Kein Kloß in meinem Hals, keine Enge im Brustkorb. Mein Herzschlag ruhig und regelmäßig.

So oft hatte ich in den letzten Wochen an ihn gedacht, Dinge berührt, die ihm gehört hatten, Erinnerungen an ihn wachgerufen. Und nun hatte ich zum ersten Mal das Gefühl, dass ich an meinen Vater denken konnte, ohne dass mich die Trauer sofort überwältigte.

Die Trauer war immer noch da. Aber sie hatte etwas von ihrem Schrecken verloren. Sie war jetzt ein Teil von mir. Und als ich am Nachmittag die letzte Fähre vor dem Niedrigwasser zurück nach Nordstrand nahm, fühlte ich mich stärker und klarer. Er war nicht mehr bei mir, aber die Erinnerungen an ihn konnte mir niemand nehmen.

31.

Und dann war mein letzter Tag im Weihnachtshaus gekommen. Es war der Tag vor Heiligabend, und draußen war es klirrend kalt. Die Straßen waren von einer dünnen Frostschicht bedeckt, an den Zweigen der Büsche wuchsen winzige, wunderschön geformte Schneespitzen.

Ich hatte wieder das Rad genommen, und mein Atmen bildete dichte weiße Wolken in der klaren Luft. Als ich im Weihnachtshaus ankam, war der Himmel bereits aufgeklart und spannte sich wolkenlos über Husum.

Die Tür des Museums war noch verschlossen. Ich zog den großen Messingschlüssel aus meiner Jackentasche und ließ ihn ins Schloss gleiten. Heute, ein letztes Mal, schoss es mir durch den Kopf. Drinnen schaltete ich die Lichter ein, setzte die Pyramiden auf ihren Drehtellern in Bewegung und machte die Musik an. Ich entschied mich für eine Playlist mit deutschen Weihnachtsliedern, gesungen von einem Kinderchor.

Überraschenderweise war das Museum noch einmal gut besucht. Wahrscheinlich hatten die Menschen bereits Urlaub und stimmten sich mit einem Besuch von Peers beeindruckender Sammlung auf die kommenden Festtage ein. Geschenke wurden heute nicht mehr gekauft, nur ein paar Baumfiguren rechnete ich noch ab, die als Geschenkdekoration dienen würden.

Wenn es die Situation erlaubte, versuchte ich, das Lager noch ein wenig aufzuräumen, stellte die Politur zurück, mit der ich die Baumspitze gewienert hatte, wusch die Pinsel aus, mit denen Svantje den Engel verschönert hatte, und räumte meine Nachschlagewerke zurück.

Die Gegenstände der Weihnachtskiste lagen noch immer ausgebreitet auf der Werkbank. Ich räumte alles wieder ein, dann würde ich diese Kiste der Pandora ein für alle Male schließen. Peer konnte sie unten bei der Abteilung »Weihnacht im Wandel« ausstellen. Vally und ihre ewige Geheimniskrämerei konnten mir gestohlen bleiben, Jasper ebenso. Diese Kiste hatte mir kein Glück gebracht.

Obwohl ich die Gegenstände in den letzten Wochen unzählige Male in den Händen gehalten hatte und mittlerweile sehr gut kannte, war es diesmal anders: Die Baumspitze hatte schon den Christbaum meiner Urgroßeltern geschmückt, die Hippiesterne hatte vielleicht die kleine Vally an die ausladenden Zweige einer üppigen Tanne gehängt, und die Papiersterne …? Ich betrachtete sie noch einmal: Zwei Mädchen – eins mit wilden gelben Kringelhaaren, eins mit halblangen braun gezeichneten Haaren und Pony. Konnte das Lockenkind Vally sein? War es ein Selbstporträt meiner Mutter? Doch wer war das andere Kind? Eine Freundin?

Ich hatte eine Idee: Für die Ausstellung würden diese Sterne keine Rolle spielen. Sie waren nicht historisch und nicht wertvoll. Also legte ich sie vorsichtig in eine der Pappschachteln, in der wir sonst die filigranen Baumkugeln verpackten. Ich würde sie Vally schenken. Ein kleiner Gruß aus ihrer Vergangenheit, der ihr vielleicht Freude machen würde.

Einen Moment zögerte ich, bevor ich die kleine Pappschachtel in meine Tasche gleiten ließ. Meine Mutter hatte unmissverständlich klargemacht, dass sie nichts mit der Weihnachtskiste zu tun haben wollte. Und so kurz vor meiner Abreise wollte ich auf keinen Fall einen neuen Streit provozieren. Andererseits, was sollte sie schon gegen alte Kinderzeichnungen haben? Die Sterne waren harmlos, eine kleine Erinnerung, mehr nicht.

Am Abend, nachdem alle Besucher gegangen waren, drehte ich eine letzte Runde durch die Räume des Weihnachtshauses. Mein Blick schweifte über die Vitrinen mit den Engeln, Kugeln und Krippen. Ich strich über die weichen Nadeln der Tannengirlande und klopfte dem großen Rentier in der Halle auf die Flanke. Wie vertraut mir alles war, wie sehr ich die Ausstellungsstücke lieb gewonnen hatte.

»Zeit, Abschied zu nehmen«, hörte ich Peers Stimme und drehte mich zu ihm um. Er trug einen rot-weiß gemusterten Norwegerpulli, seine Haare waren ein bisschen zerzaust, seine Wangen gerötet. Er sah aus, wie ich mir den Weihnachtsmann nach einem anstrengenden Arbeitstag am Kaminfeuer mit einer schönen Tasse heißer Schokolade vorstellte.

»Ich danke dir für alles.« Ich musste mich räuspern, weil mir plötzlich die Stimme wegblieb. »Grüß Svantje von mir, ja? Schade, dass ich sie nicht mehr getroffen habe. Aber ich schaue auf jeden Fall bei ihr vorbei, wenn ich zum Umzug meiner Mutter nach Husum komme.«

»Da wird sie sich freuen. Sicherlich bedauert sie es, dich heute nicht mehr gesehen zu haben. Aber sie hat alle Hände voll zu tun mit den Vorbereitungen für Weihnachten, sie hat ihre ganze Verwandtschaft zu Besuch.«

Svantjes Verwandtschaft, die auch Jaspers Verwandtschaft war. Alle zusammen würden sie ein rauschendes Fest feiern, lachen, tanzen, singen. Dass ich nicht eher darauf gekommen war, dass sie das gleiche Fest beschrieben.

Dabei fiel mir etwas ein. »Peer, wo feierst du eigentlich Weihnachten?«

»Hier.«

»Hier?«

Er strahlte. »Am Heiligabend habe ich das Weihnachtshaus ganz für mich allein.«

»Aber fühlst du dich dann nicht einsam?«

»Überhaupt nicht. Es könnte nicht besser sein. Nach all dem Trubel der Adventszeit genieße ich die Ruhe und Besinnlichkeit. Für mich ist es der schönste Tag des Jahres.«

Ob ich das auch irgendwann von meinem Weihnachten sagen könnte, das ich in Zukunft allein verbringen würde?

»Hier, dein Schlüssel.« Ich hielt ihm den großen Messingschlüssel des Weihnachtshauses entgegen.

»Behalte ihn.«

»Aber ich bin doch nicht mehr hier, was soll ich damit?«

»Das ist mein Geschenk für dich: Du sollst wissen, dass es für dich immer einen Ort gibt, der voller Zauber und Magie ist, Henrike. Egal wohin dich dein Weg führt, hier bist du immer willkommen.« Damit zog er mich in eine warme Umarmung. Ich schloss für einen Moment die Augen, roch Zimt und Nelken, war unendlich traurig, aber auch sehr dankbar.

Ich radelte den Fischermannskoog entlang. Auch das heute zum letzten Mal. Morgen früh würde ich das Auto nehmen, und dann gehörten Fahrradfahrten entlang dieser Straße ein für alle Mal der Vergangenheit an.

Alles fühlte sich auf einmal bedeutsam an: ein letztes Mal das Fahrrad an die Hauswand lehnen. Ein letztes Mal den Schlüssel ins Schloss stecken. Ein letztes Mal die Haustür der Fischerkate öffnen. Zu diesem Ort, der für lange Zeit mein Zuhause gewesen war. Doch anders als die Tür des Weihnachtshauses würde diese Tür bald für immer verschlossen bleiben. Es war vorbei. Ich konnte nicht mehr zurückkommen. Nie wieder.

Meine Mutter war noch nicht zu Hause. Es war der letzte Tag vor der Weihnachtspause der Praxis, und sicherlich mussten alle bis zuletzt mit anpacken.

Ich nutzte die Zeit, um meine Sachen zusammenzusammeln und in den Koffer zu werfen. Einen so unweihnachtlichen Vorweihnachtstag hatte ich nicht mehr erlebt, seit ich hier ausgezogen war. In Hamburg würde ich jetzt den Baum vom Balkon holen, den ich mit den Kindern schon Tage zuvor gekauft hätte. Ihn aus seinem Netz befreien und in den Baumständer hieven. Die hübsche Sternendecke unter ihm ausbreiten und dann dabei zusehen, wie sich seine Zweige anmutig senkten und er Minute für Minute zu seiner vollen Pracht zurückfand.

Außerdem würde ich heute normalerweise den Hefeteig für die Zimtschnecken vorbereiten, die die Kinder und ich traditionell am Weihnachtsmorgen frühstückten. Was es bei Moritz und Nicola wohl gab? Und ob Line und Lenny heute Abend trotzdem mit ihren Weihnachtsschlafanzügen ins Bett gehen würden? Oder waren ihnen unsere kleinen Rituale mittlerweile egal? Ich hatte unsere drei rot-weiß-grün karierten

Familienpyjamas schon Anfang November gekauft. Und normalerweise würden die Kinder am Vierundzwanzigsten in aller Frühe in mein Bett gekrochen kommen, wir würden kuscheln und noch eine Weile dösen, eine rot-weiß-grün karierte Einheit, die vom kommenden Tag träumte.

Ich würde meinen Pyjama trotzdem anziehen, überlegte ich trotzig. Und ich würde jetzt auch den Hefeteig zubereiten, gegen Zimtschnecken konnte meine Mutter ja wohl kaum etwas einwenden.

Großzügig wog ich Butter, Zucker, Milch und Mehl ab, gab reichlich Zimt und Kardamom hinzu, bröselte einen Würfel Hefe in den Teig und knetete stärker, als es nötig gewesen wäre. Dann formte ich den Teig zu einer großen Kugel, die über Nacht im Kühlschrank weitergehen würde. Morgen früh würde ich die Zucker-Butter-Zimt-Mischung aufpinseln und die Schnecken rollen. Damit der Weihnachtsmorgen wenigstens so roch, wie ein Weihnachtsmorgen riechen sollte: zimtig, buttrig, verheißungsvoll.

Als meine Mutter nach Hause kam, war ich gerade dabei, die Küche aufzuräumen und die Teigreste von der Arbeitsfläche zu kratzen.

»Hallo, Rike-Kind!«, rief sie mir entgegen. Allein an der Begrüßung erkannte ich, dass sie in deutlich besserer Stimmung war als die letzten Tage. Sie klang aufgeräumt und freundlich. Vielleicht war das ihr Angebot eines Weihnachtsfriedens.

»Hallo, Mama«, rief ich zurück und gab mir ebenfalls Mühe, freundlich zu klingen.

»Endlich Urlaub.« Sie lehnte sich seufzend in die Zarge der Küchentür. »Ab jetzt werde ich neun Tage lang überhaupt nichts machen. Nur vom Bett auf die Couch. Und von der Couch ins Bett. Ab und zu vielleicht noch in die Badewanne. Mehr nicht.«

»Klingt nach einem guten Plan.«

»Was machst du Leckeres?«

»Den Teig für die Zimtschnecken morgen. Dann können wir noch gemeinsam frühstücken, bevor ich abreise.«

»Deine Kochkünste werde ich vermissen.«

»Ist es wirklich in Ordnung, dass ich gehe? Zum Umzug bin ich wieder da.«

»Natürlich.« Sie nickte. »Den Rest schaffe ich allein.«

»Und dass ich morgen nicht hier bin, stört dich wirklich nicht?«

»Kein bisschen. Ich freue mich auf die Ruhe. Heute war wieder wahnsinnig viel los. Vor den Feiertagen wollen alle Eltern die eigentlich harmlosen Symptome ihrer Kinder noch schnell abklären lassen. Um dann nicht am ersten Weihnachtsfeiertag in die Anlaufpraxis des Krankenhauses zu müssen.«

»Verständlich.«

»Ja, aber sehr anstrengend. Ich nehme ein Bad, okay? Oder wolltest du noch ins Badezimmer?«

»Nein, aber warte noch mal kurz, ich habe etwas für dich.« Ich wischte mir die Hände am Küchenhandtuch ab und legte zwei Päckchen vor sie auf die Arbeitsplatte. In dem einen befand sich die schöne Wollstola, die ich ihr ganz am Anfang meiner Zeit in Husum gekauft hatte, das andere war die kleine Pappschachtel mit den Sternen. »Das hier«, ich schob ihr die Pappschachtel entgegen, »ist rein technisch gesehen gar kein Geschenk, weil es dir sowieso schon gehört.«

Meine Mutter nahm die Sterne behutsam in die Hand und betrachtete sie lange. »Ja«, sagte sie mit brüchiger Stimme.

»Die sind von mir. Der eine, um genau zu sein.« Sie wendete die Papiersterne in ihren Händen, und ein wehmütiges Lächeln umspielte ihre Lippen. »Lange her.«

»Wie alt warst du, als du das gemalt hast?«

»Zehn.«

»Und bist das du? Hast du dich selbst gemalt?«

»Scheint so, oder? Diese Haare, das bin unverkennbar ich.«

»Und der andere Stern? Hast du den auch gemalt?«

Vally schüttelte stumm den Kopf.

»Wer dann?«

Sie atmete schwer, fuhr sich durch die Haare, dann legte sie die Sterne zurück in die Pappschachtel und schloss den Deckel. »Bring sie wieder zurück, ja? Zu den anderen Sachen. Oder schmeiß sie weg, sie sind kein passendes Ausstellungsstück für ein Museum. Ich wusste nicht, dass die Sterne noch in der Kiste waren. Sonst hätte ich sie damals schon weggeschmissen, als ich die Sachen gespendet habe.«

Ich war völlig überrumpelt. »Was hast du denn auf einmal?«

»Nichts, ich bin müde, das ist alles.«

»Hat es was mit dem zweiten Stern zu tun?«, fragte ich.

»Nein.«

»Wer hat ihn gezeichnet?«

»Niemand.«

»Natürlich hat den jemand gezeichnet, Mama. Und offensichtlich nicht du, der Stil ist ein ganz anderer, viel sorgfältiger«, setzte ich nach. Ich hatte es so satt, dass sie mich ständig abwimmelte.

»Hör auf! Es geht dich nichts an.« Wütend stand sie auf.

»Doch, es geht mich was an. Schließlich ist es auch meine Familie.«

Vally schnaubte ärgerlich.

»Warum kannst du nicht einfach erzählen, was früher war? Warum ist alles so ein Geheimnis? Und ein Drama dazu?« Ich wusste, dass ich unsensibel war, aber mit einem Mal fühlte ich eine Wut, die sich jahrelang in mir aufgestaut und nun ihr Ventil gefunden hatte. Ich hatte es so satt, immer zurückzustecken, mich zurückzunehmen, nur nicht zu viel zu wollen, immer rücksichtsvoll zu sein.

»Kümmere dich um dein eigenes Leben«, herrschte meine Mutter mich an. »Statt dich ständig in das Leben anderer einzumischen.« Damit verschwand sie in ihrem Schlafzimmer und knallte die Tür hinter sich ins Schloss.

32.

Wieder einmal hatte sich diese Tür vor meiner Nase geschlossen, und meine Mutter war weg. Doch anstatt wie sonst traurig zu werden, mich klein und durchsichtig zu fühlen, wurde ich dieses Mal wütend. So wütend, dass ich unmöglich in der Fischerkate bleiben konnte. Ich musste hier raus, ich musste mich bewegen.

Ich schnappte mir meine Jacke, schlüpfte in meine Stiefel, und schon eilte ich den Fischermannskoog entlang. Ich lief so schnell, dass ich fast rannte. Wohin, wusste ich nicht, nur weg. Zum Glück traf ich keinen der Nachbarn. Ein freundliches »Na, Henrike, wo geiht di dat?« würde mich endgültig zum Platzen bringen. Wie sollte es mir schon gehen? Ich war abgeschrieben – von meinen Kindern, von meiner Mutter, von dem ersten Mann, den ich seit Jahren interessant gefunden hatte.

Hinter den hell erleuchteten Fenstern sah ich Familien am Esstisch sitzen, Weihnachtsbäume funkeln, Kinder durchs Wohnzimmer toben. Es war der Abend vor Weihnachten, ich sollte dort sein, auf der anderen Seite. Doch stattdessen rannte ich durch die Kälte, meine Lunge brannte, und Tränen liefen mir über die Wangen. Wut und Enttäuschung waren mein Motor, der mich immer weitertrieb. Und ich blieb erst stehen, als ich nicht mehr konnte. Ich hatte Seitenstechen aus der Hölle und das Gefühl, keine Luft mehr zu bekommen. Keuchend stützte ich mich auf den Knien ab und sah mich um. Ich hatte es bis zum Schlosspark geschafft, war einfach immer weitergelaufen, wie blind.

Und hier stand ich nun, der Park lag gespenstisch in der Dunkelheit, es war eiskalt, ich fühlte mich hundeelend und so einsam wie selten zuvor.

Ohne lange nachzudenken, zog ich mein Handy aus der Tasche.

Ich brauche dich, schrieb ich. Mehr nicht. Und setzte mich auf eine Parkbank. Im Frühling blühten im Park über vier Millionen zartlila Krokusse, ein traumhaft schönes Naturschauspiel, das Touristen aus dem ganzen Land anlockte.

Doch heute war alles dunkel.

Nur Sekunden später ertönte das Nachrichtensignal meines Handys.

Wo bist du?

Vor dem Schloss.

Bleib da. Bin in 10 min bei dir.

Ida war letztendlich in sieben Minuten da, und ihre Umarmung fühlte sich an wie ein Nachhausekommen.

»Was ist passiert?«, fragte sie, und ich weinte hemmungslos in den Kragen ihres cremefarbenen Mantels. Als ich die Augen blinzelnd öffnete, sah ich, dass sie darunter einen gestreiften Pyjama trug.

»Nichts Schlimmes.« Ich schniefte. »Es tut mir leid, du wolltest bestimmt schlafen.«

»Schlaf?« Sie machte eine wegwerfende Handbewegung. »Überbewertet. Was ist passiert?«

Ich suchte nach den richtigen Worten, die Tränen wollten nicht aufhören zu fließen, und schließlich sagte ich nur: »Es ist wirklich nicht schlimm. Ich weiß nur einfach nicht mehr weiter.«

»Ach mein Herz.« Sie zog mich fester zu sich heran. »Das ist schlimm. Sogar richtig schlimm. Erzähl mir alles.«

Und so erzählte ich ihr von der Weihnachtskiste und den Sternen, davon, dass Vally mich schon ein Leben lang zurückwies. Dass ich nicht wusste, wie es mit meinem Leben weitergehen sollte. Dass ich keine Ahnung hatte, was ich eigentlich wollte. Irgendwann konnte ich nicht mehr sprechen, weil ich vor Kälte und Erschöpfung zitterte.

»Komm, wir gehen zu mir«, sagte Ida und hielt mich den ganzen Weg umarmt, als müsste sie mich stützen.

Es war das erste Mal, dass ich Idas Loft-Wohnung betrat. Sie befand sich auf zwei Etagen in einem ehemaligen Speicher. Backsteinwände und schwere Eisenträger zeugten von einer Zeit, in der hier Waren umgeschlagen worden waren.

Auf Instagram hatte ich Bilder ihrer Wohnung gesehen und gedacht, dass die hohen Räume ungemütlich und kühl sein würden. Doch als ich nun mit einer Tasse dampfenden Apfel-Zimt-Tees auf Idas großem Sofa saß, eingewickelt in ihre dickste Wolldecke, und zwei Wärmflaschen meine Füße auftauten, änderte ich meine Meinung. Dabei war es nicht der Raum, der mir Trost und Nähe spendete, sondern meine beste Freundin.

Nachdem sie mich versorgt hatte, kuschelte Ida sich zu mir auf die Couch und steckte ihre Füße unter die Decke zu meinen. »Weißt du«, setzte sie vorsichtig an. »Vielleicht ist es auch eine Chance: Die Kinder sind älter und brauchen dich nicht mehr rund um die Uhr. Mehr Zeit für dich und deine Ziele.«

Ich stierte in meinen Teebecher. »Welche Ziele?«, murmelte ich resigniert.

»Welche Ziele?« Ida setzte sich auf. »Du hattest doch immer deinen großen Traum vom Museum.«

»Hatte ich?«, fragte ich matt.

»Rike, ich habe doch nicht umsonst unzählige Sonntagnachmittage in diesem staubigen, zugigen Schuppen verbracht, wo du mir mit leuchtenden Augen wieder irgendwelches neues Strandgut präsentiert hast.«

Ich lächelte schwach. »Das war früher.«

»Und heute?«

Ich hob die Schultern und versenkte meinen Blick wieder im Teebecher.

»Henrike Borrmann, muss ich dich wirklich daran erinnern, wie viel Freude dir die Arbeit in diesem Weihnachtsmuseum macht?«

»Gemacht hat«, korrigierte ich sie. »Vergangenheit. Ich hatte heute meinen letzten Tag. Peer hat mir zwar einen Job angeboten, aber wie soll das gehen? Ich lebe in Hamburg, nicht in Husum.«

»Es muss ja nicht dieses sein. Soweit ich gehört habe, hat Hamburg auch das eine oder andere Museum. Es geht doch erst mal darum, dass du dir eingestehst, was du willst. Was deine Ziele sind. Um die Umsetzung kannst du dich dann im nächsten Schritt kümmern.«

»Ich weiß nicht …«

»Aber ich weiß es. Glaub mir. Seit Monaten setze ich mich mit dieser Frage auseinander.«

»Aber du hast alle Möglichkeiten.«

Sie zuckte mit den Schultern. »Das bedeutet aber nicht, dass ich auch mutig genug bin, sie zu nutzen. Und vielleicht wirst du auch Abstriche und Kompromisse machen müssen, aber das ist egal, so ist das Leben. Trotzdem wird es dich so viel glücklicher machen, als weiterhin über Ampelschaltungen zu schreiben.« Sie nahm meine Hand. »Es ist nie zu spät, das zu tun, wofür man brennt.«

»Danke.« Ich umarmte sie. »Du bist toll.«

»Dafür hat man doch Freundinnen, oder?« Sie strich mir über die Hand. »Aber jetzt, Rike, nimm es mir nicht übel, muss ich leider wirklich schlafen. Sonst sitze ich morgen schnarchend unterm Weihnachtsbaum, was meine Mutter sicherlich nicht erfreuen wird. Du kannst gerne hierbleiben, ich habe alle möglichen Streamingdienste abonniert, du kannst dir was zu essen bestellen oder meinen Weinvorrat plündern. Fühl dich wie zu Hause.«

Ich umarmte sie fest. »Danke, Ida, dass du so eine gute Freundin bist.«

»Da nich för, min Deern«, sagte sie und küsste mich auf die Wange. »Und wenn du morgen Abend doch noch hier bist, melde dich. Im Krokowski'schen Wohnzimmer ist immer ein Platz für dich reserviert.«

Obwohl die Aussicht, in Idas schöner Wohnung zu bleiben, verheißungsvoll war, machte ich mich auf den Weg zurück in die Fischerkate. Ida hatte recht, es war an das Zeit, dass ich mein Leben wieder in die Hand nahm. Ich könnte in einem Hamburger Museum anfangen, vielleicht erst halbtags, vielleicht erst als Aushilfe, und übergangsweise weiter Artikel schreiben, um Geld zu verdienen. Es würde nicht die Stelle sein, von der ich immer geträumt hatte, aber doch so viel besser, als weiterhin gähnend langweilige Texte zu schreiben. Auf einmal sah ich überall Möglichkeiten, die sich auftaten wie schimmernde Seifenblasen. Ich fühlte mich leicht und warm. Sogar ein wenig aufgekratzt.

Und auch meine Mutter hatte irgendwie recht gehabt, als sie mir vorwarf, ich würde mich nur um das Leben anderer kümmern. Im positiven Sinn. Es war an der Zeit, dass ich mich mehr darauf konzentrierte, was ich selbst wollte. Und weniger darauf, wie es den anderen ging.

Ich würde ihr sagen, dass es mir leidtat. Ich hatte es mit der Weihnachtskiste zu weit getrieben. Es ging mich nichts an. Wenn sie nicht darüber reden wollte, konnte ich es nicht erzwingen.

Ich würde mir einen Wecker stellen, morgen früh aufstehen, ein schönes Frühstück zubereiten und noch einmal mit ihr reden. Dann würde ich mich ins Auto setzen und nach Hamburg fahren. Dort war meine Heimat. Dieses Haus war es schon lange nicht mehr. Schon vor zwanzig Jahren hatte ich all das hinter mir gelassen und Abschied genommen. War aus freien Stücken gegangen. Die Fischerkate war das Museum meiner Kindheit, hier war konserviert, was einmal für mich wichtig gewesen war. Doch das war vorbei. Ich konnte von Vally nicht verlangen, nur meinetwegen daran festzuhalten. Es war an der Zeit, loszulassen.

Leise betrat ich das Haus, um meine Mutter nicht zu wecken. Meine Schuhe waren durchgeweicht und meine Zehen eiskalt. Ich schlich in die Küche, um Wasser für die Wärmflasche aufzusetzen, und fuhr zusammen: Meine Mutter saß am Küchentisch, im Dunkeln war sie kaum zu erkennen. Sie saß genau da, wo sie vor zwei Stunden gesessen hatte, und ich konnte sehen, dass ihre Schultern bebten.

»Mama«, sagte ich besorgt und kniete mich vor sie. »Was hast du denn?«

Sie weinte lautlose Tränen, und ihr Gesicht war vom Schmerz verzerrt. Es war das erste Mal, dass ich sie so sah.

»Es tut mir so leid«, sagte ich sanft und nahm ihre Hände. »Ich wollte keinen Streit. Diese Sterne, diese bescheuerte Weihnachtskiste, ich war so verbohrt. Ich hätte dich nicht bedrängen dürfen, es tut mir wirklich leid. Auch dass ich deine Umzugspläne kritisiert habe. Du hast recht, Mama, was wir brauchen, ist ein Neuanfang. Das Alte müssen wir loslassen, das habe ich jetzt verstanden.«

»Ach Kind«, sie strich mir über die Wange und sah unfassbar traurig aus. »Du musst dich nicht entschuldigen. *Mir* tut es leid. So unendlich leid.« Ihre Stimme brach, und wieder schluchzte sie. »Jahr für Jahr ruiniere ich dir Weihnachten, weil ich einfach nicht in der Lage bin, darüber hinwegzukommen.«

Ich löste mich aus meiner knienden Position, zog einen Stuhl zu ihr heran und nahm wieder ihre Hände. »Was meinst du damit? Worüber willst du hinweggekommen?«

Meine Mutter wurde ganz still. Und ich hielt die Luft an. Was auch immer sie jetzt sagte, ich fühlte, es würde mein Leben verändern.

»Der Stern.« Sie räusperte sich und nahm den kleinen Papierstern mit der Kinderzeichnung. »Er ist von meiner Schwester.«

»Deiner Schwester? Du hast eine Schwester?«

»Isabell.« Sie nickte schwach. »Meine Zwillingsschwester. Wir waren unzertrennlich. Beste Freundinnen, Schwestern, ein bisschen so wie Ida und du früher.«

Ich musterte ihr Gesicht im Dunkeln. Eigentlich hatte ich geglaubt, es in- und auswendig zu kennen, aber plötzlich erschien es mir fremd und rätselhaft.

»Wo ist sie heute?«, fragte ich und drückte Vallys raue, warme Hand. »Wieso habe ich sie nie kennengelernt?«

Meine Mutter antwortete nicht. Minuten vergingen, sie starrte in die Dunkelheit und schien in Gedanken weit weg zu sein. Es war spürbar, dass sie die Erinnerung an ihre Schwester bewegte, aber ich fragte nicht weiter nach. Wenn sie es mir erzählen wollte, würde sie es irgendwann tun. Ich hatte schon mehr erfahren, als ich jemals zu träumen gewagt hätte. Vally hatte eine Schwester. Ich hatte eine Tante. Eine Wendung, mit der ich niemals gerechnet hatte.

Da sagte meine Mutter etwas, so leise, dass ich mir nicht sicher war, sie richtig verstanden zu haben.

»Was sagst du?«, fragte ich behutsam.

Sie räusperte sich. »Sie ist gestorben.« Ihre Stimme zitterte. »Mit zehn Jahren. Kurz nachdem wir diese Sterne gebastelt haben.« Ein Schluchzen entfuhr ihr, und wieder vergrub sie ihr Gesicht in den Händen. »Es war der 24. Dezember. Sie ist an Weihnachten gestorben.« Ihre Stimme verhallte im Dunklen des Raumes. Und mir lief es eiskalt den Rücken hinunter.

»Sie hatte Leukämie. Es ging sehr schnell. Im Herbst war sie müde und schlapp. Eine Grippe, dachten unsere Eltern. Sie blieb zu Hause, musste das Bett hüten, und ich erzählte ihr mittags, was in der Schule los gewesen war. Aber sie war zu erschöpft, lächelte nur schwach, als ich erzählte, dass ich dem Zapfner-Jakob ein Bein gestellt hatte und dass die Lisl beim Gedichtaufsagen rot wie eine Tomate geworden war. Weil es mit ihr nicht besser wurde, haben meine Eltern sie dann doch zum Arzt gebracht, und sie wurde sofort ins Krankenhaus eingeliefert. Ich erinnere mich noch, wie meine Mutter mit versteinerter Miene zurückkam und mein Vater beim Abendessen einfach aufstand und das Haus verließ. Mir hat niemand etwas erklärt. Abends lag ich in unserem Kinderzimmer und sah rüber zu Issis leerem Bett, das an der Wand gegenüberstand, und fühlte mich schrecklich einsam.

Kurz vor Weihnachten durfte sie das Krankenhaus verlassen. Ich weiß noch, wie sehr ich mich freute. Endlich war sie zurück, und wir würden dem Christkind hinterherspionieren, unseren Eltern Streiche spielen und ganz laut ›O du fröhliche‹ singen, so wie immer. Aber Issi war ganz schwach. Wie ein kleiner Geist lag sie auf dem Sofa, ihre Haut fast durchscheinend, dunkle Schatten unter den Augen, und ihre Nase war ganz spitz geworden. Ich dachte, die Ärzte müssen sich getäuscht haben, sie war noch nicht gesund.

Heute weiß ich, dass sie sie zum Sterben entlassen haben. Sie ist einfach irgendwann eingeschlafen, auf dem Sofa im Wohnzimmer, neben dem geschmückten Weihnachtsbaum.«

Meine Mutter weinte heftig und krümmte sich wie unter Schmerzen. Ich nahm sie in den Arm und hielt sie fest, meine eigenen Tränen fielen auf ihr Haar.

Irgendwann löste sich Vally, räusperte sich und erzählte weiter: »Meine Eltern haben Issis Tod nie überwunden. Meine Mutter hörte einfach nicht auf zu weinen, mein Vater fing an zu trinken. Seine Schlosserei ging pleite, wir rutschten immer weiter ab. Sobald ich alt genug war, bin ich ausgezogen, habe während meiner Ausbildung im Schwesternwohnheim gewohnt, und als ich deinen Vater kennengelernt habe, war ich froh, auf die andere Seite Deutschlands ziehen zu können. Aber ich konnte es nie hinter mir lassen, Weihnachten ist für mich kein Fest der Freude.«

»Aber warum hast du mir das denn nie erzählt? Wenn ich gewusst hätte, was es für dich bedeutet, dann hätte ich doch …«

»Ich wollte dich damit nicht belasten. Für dich sollte Weihnachten nicht so schmerzhaft sein, wie es für mich seitdem ist.«

»Und Papa? Wusste er es?«

Meine Mutter nickte. »Dein Vater war das Beste, was mir im Leben passiert ist. Weißt du noch, als wir das eine Jahr nach Namibia geflogen sind und Straußenei-Omelett zum Frühstück hatten? Oder als wir diese mehrtägige Wanderung in Neuseeland gemacht haben?«

»Als wir in der Hütte waren und nachts diesen atemberaubenden Sternschnuppen-Regen sehen konnten?«

Sie nickte und lächelte schwach. »Das waren alles seine Ideen. Er hat das organisiert, damit wir an Weihnachten schöne Dinge erleben, an die wir uns noch lange erinnern würden.«

»Und Issi?«, fragte ich. »Wie war sie?«

»Du hättest sie geliebt«, sagte meine Mutter voller Überzeugung und begann, mir von ihrer kleinen Schwester zu erzählen.

Mit jedem Satz wurde sie lebendiger vor meinem inneren Auge. Isabell Münz war witzig und clever, nur dem Anschein nach ein braves Mädchen, denn eigentlich hatte sie es faustdick hinter den Ohren. Sie wollte Forscherin werden, stundenlang streifte sie durch den Wald, der an ihren großen Garten grenzte, suchte seltene Insekten und beobachtete sie tagelang. Obwohl sie auf andere zurückhaltend wirkte, war sie mutig und entschlossen. Hatte sie sich etwas in den Kopf gesetzt, hielt sie daran fest, bis sie es erreicht hatte.

»Du hast viele ihrer Eigenschaften«, sagte meine Mutter und versuchte ein Lächeln. »Ihr hättet euch gut verstanden.«

33.

In einem Film wären wir am nächsten Morgen aufgewacht, es hätte in der Nacht geschneit, und die Welt wäre wie verzaubert gewesen. Die Vergangenheit unter strahlendem Weiß begraben, der Weihnachtsmorgen ein funkelnder Neuanfang.

Doch so war es nicht. Ich wurde von einem stechenden Schmerz wach, der mir durch den Nacken fuhr. Benommen öffnete ich die Augen und versuchte, mich zu orientieren. Wir hatten bis spät in die Nacht hinein geredet und waren auf der Couch eingeschlafen. Ich halb sitzend, den Kopf zur Seite auf die Lehne geneigt, meine Mutter am anderen Ende, zusammengerollt wie ein Embryo. Langsam stand ich auf und schlich in die Küche. Ich fühlte mich völlig gerädert. Wie lang hatte ich geschlafen? Es konnten nicht mehr als ein paar Stunden gewesen sein. Vorsichtig ließ ich meinen Kopf kreisen und dehnte ihn zur Seite, um den Schmerz im Nacken in den Griff zu bekommen.

Was für ein Tag. Was für ein Abend. Was für eine Nacht.

Und heute war nicht nur Weihnachten, sondern auch der Todestag von Vallys Zwillingsschwester. Meiner Tante. Isabell.

Lange starrte ich aus dem Küchenfenster in die Dämmerung des Weihnachtsmorgens. Sah, wie sich die Konturen der Häuser aus dem Grau abhoben, der Morgen immer heller, der Himmel klarer wurde.

Dann fiel mir ein, dass heute auch der letzte Artikel meiner Serie erschien. Ich setzte einen Kaffee auf, dann schlich ich zum Briefkasten und fischte die eiskalte Zeitung heraus.

Bevor ich wieder ins Haus ging, verharrte ich einen Moment in der Kälte. Es war vollkommen still. Kein Hund bellte, keine Möwe rief, keine Autos, keine Stimmen. Die Welt schlief oder drehte sich gerade im Bett noch einmal um, in Vorfreude auf das Fest am Abend.

Ich konnte heute nicht nach Hamburg fahren. Nicht nach all dem, was meine Mutter mir gestern erzählt hatte. Ich würde hier bei ihr bleiben, Feline und Lennard würde ich schon bald wieder bei mir haben. Jetzt musste ich für meine Mutter da sein.

Ich schlich zurück in die warme Küche und schenkte mir einen Kaffee ein. Dann öffnete ich die Zeitung und blätterte zum Kulturteil. Da war der Artikel, wieder eine ganze Seite. »Eine Weihnachtskiste voller Tradition«, war der Artikel betitelt. Von Jasper Jenssen. Ich stellte mir vor, wie er konzentriert an seinem Laptop saß und den Text schrieb, wie er seine Brille hochschob und die Stirn runzelte.

Ich schluckte die Enttäuschung herunter, über mich, dass ich irgendwelche Zeichen gedeutet hatte, die es nicht gab. Über ihn, dass er nicht deutlicher gemacht hatte, dass er verheiratet war. Und damit war es abgehakt.

Ich würde nicht länger an meinem Groll festhalten. Heute war Weihnachten, es gab keinen besseren Tag, um zu verzeihen. Und wenn ich daran dachte, was meine Mutter hatte durchmachen müssen, kamen mir meine Gefühle der letzten Tage eitel und selbstsüchtig vor.

Wieder hatte Jasper sein Versprechen gehalten, mit keinem

Wort erwähnte er im Artikel, dass die Weihnachtskiste meiner Familie gehörte. Stattdessen las es sich, als wäre die Weihnachtskiste ein ausgesetztes Findelkind, dass nun bei Peer Hinrichsen in guten und liebevollen Händen war. Wie wichtig mir das alles gewesen war. Schon jetzt kam es mir klein und unbedeutend vor.

Es war vorbei. Meine Arbeit an der Kiste. Das Geheimnis, das ich tatsächlich gelöst hatte. Die Fragen über meine Mutter, die mich ein Leben lang beschäftigt hatten. Nun hatte ich alle Antworten. Doch statt des erhofften Triumphs fühlte ich mich leer und erschöpft. Meine Mutter hatte all die Jahre nicht auf Weihnachten verzichtet, weil es ein egozentrischer Spleen von ihr war, sondern weil sie Schuldgefühle hatte. Die Schuldgefühle einer Zehnjährigen, die ihre Zwillingsschwester verloren hatte und nie über ihre Trauer hatte sprechen können, ein ganzes Leben lang, bis jetzt. Die Schuldgefühle eines Kindes, das Trost gebraucht hätte und liebevolle Begleitung. Wozu ihre Eltern nicht in der Lage gewesen waren. Es war so traurig.

»Sollte es nicht Zimtschnecken geben?« Vallys Worte rissen mich aus meinen Gedanken. »Guten Morgen, Rike-Kind«, sagte sie matt und schenkte sich einen Kaffee ein. Sie sah genauso mies aus, wie ich mich fühlte.

»Ich wusste nicht, ob dir nach Zimtschnecken ist.«

»Ich würde mich sehr darüber freuen.«

Ich lächelte sie an und holte den Teig aus dem Kühlschrank. Das war neu, dass meine Mutter einfach sagte, was sie fühlte und wollte. Keine Scherze, keine Ironie, keine verbalen Pirouetten.

Ich walkte den Teig aus und bestrich ihn mit der Zucker-Zimt-Butter-Mischung, dann rollte ich ihn vorsichtig zusammen.

»Ich habe es versucht«, erklärte sie plötzlich mit brüchiger Stimme. »Als du kleiner warst, haben wir ein paarmal ein echtes Weihnachtsfest gefeiert. Dein Vater hat sich so viel Mühe gegeben. Für dich, für mich. Aber es ging einfach nicht. Ich konnte es nicht ertragen.«

»Es tut mir so leid«, sagte ich mitfühlend.

»Dabei habe ich es früher immer so geliebt«, fügte sie leise hinzu.

»Was?«

»Alles, was mit Weihnachten zu tun hat.«

Ich ließ das Messer sinken, mit dem ich die Teigrolle gerade in zwölf gleichgroße Teile schnitt, und sah meine Mutter an.

»Aber nachdem Issi nicht mehr bei uns war, konnte ich doch nicht einfach ohne sie Weihnachten feiern.«

Ich wischte mir die Hände an der Schürze ab und setzte mich zu ihr. »Aber eigentlich magst du das alles?«

Sie nickte schwach.

»Du magst den Geruch von Zimt?«

Sie nickte.

»Du magst die Lichter? Das Dunkle, Warme, Geheimnisvolle?«

Sie nickte.

»Du magst die Lieder und das besondere Essen?«

Wieder nickte sie.

Und ich fuhr fort: »Du magst die Vorfreude, die ruhigen Momente, die Geschichten und die Geselligkeit?«

»Alles.« Ihr Lächeln wurde größer. »Eigentlich liebe ich alles daran. Nur die schreckliche Dekoration von Prüggers, die mag ich nicht.«

Ich musste lachen. Und nahm ihre Hände. »Aber, Mama, dann lass uns Weihnachten feiern!«

»Ich kann nicht.« Ihre Stimme brach. »Weil ich mich so schuldig fühle. Es ist doch nicht fair, Issi musste sterben, ich durfte all das erleben. Wie könnte ich denn einfach so weitermachen?«

Ich überlegte kurz, dann sagte ich: »Wenn du dir Isabell heute vorstellst, als erwachsene Frau, was würde sie dazu sagen, dass du ihretwegen auf etwas verzichtest, das du liebst?«

Meine Mutter wischte sich eine Träne von der Wange. »Sie würde sagen: Du spinnst wohl!« Vally lächelte traurig. »Das würde sie nicht wollen. Schon gar nicht, dass ich ihretwegen verzichte.«

Einen Moment saßen wir einfach so da und hingen unseren Gedanken nach. Dann richtete sich meine Mutter auf und atmete tief durch. »Wie wäre es, wenn …«, setzte sie an, stockte aber dann. »Also, ich habe überlegt, ob … Wahrscheinlich ist es eine schlechte Idee … Ach nein, lassen wir das. Und du wolltest ja sowieso heute zurück nach Hamburg.«

»Was denn, Mama?« Ich strich ihr eine weiße Locke aus der Stirn.

»Ob wir vielleicht doch ein bisschen feiern könnten.« Sie hatte so leise gesprochen, dass ich sie fast nicht verstanden hatte.

»Du möchtest Weihnachten feiern?«, fragte ich behutsam.

Sie legte den Kopf schief und deutete ein Nicken an.

»Du möchtest heute Weihnachten feiern?«, fragte ich noch einmal, weniger behutsam, dafür mit kaum versteckter Begeisterung.

»Also, heute ist doch der 24. Dezember, richtig?«, fragte sie. »Wenn nicht heute, wann dann?« Sie grinste verlegen.

»Valerie Borrmann.« Ich nahm ihre Hand. »Es wäre mir eine Ehre, mit dir Weihnachten feiern zu dürfen.«

»Mit Baum und Braten und ›O du fröhliche‹ und allem Drum und Dran?«

»Mit allem, Mama, mit allem!« Noch einmal umarmte ich sie fest. »Du könntest mir kein schöneres Geschenk machen, weißt du das?« Ich stand auf, streckte mich und sah auf die Uhr. Es war kurz vor neun am 24. Dezember, und die meisten Geschäfte würden um zwölf Uhr schließen, einige wenige hatten bis zwei Uhr geöffnet. Ein Weihnachtsfest mit allem Drum und Dran hatte ich meiner Mutter versprochen. Das würde sportlich werden. Doch obwohl ich nur wenige Stunden geschlafen hatte, fühlte ich mich plötzlich hellwach und voller Energie.

»Also gut«, sagte ich. »Zuerst die Zimtschnecken. Tradition muss sein.«

In Windeseile pinselte ich sie mit dem verquirlten Eigelb ein und schob sie in den Ofen. Während sie backten und ihren köstlichen Duft in der Fischerkate verströmten, sprang ich unter die Dusche. In meinem Kopf formte sich die Liste für die nächsten Stunden, und kaum saßen Vally und ich bei warmen, köstlichen Zimtschnecken am Esstisch, besprachen wir die nächsten Stunden.

Es würde ein schönes Essen geben, ob der Braten rechtzeitig fertig werden konnte, würden wir sehen, sonst mussten wir eben improvisieren. Vally wünschte sich einen bunten Teller mit Plätzchen, Mandarinen und Marzipankartoffeln. Wir wollten uns hübsch anziehen, Weihnachtslieder singen, es sollte eine Bescherung geben, und dann wollten wir den kleinen Lord schauen.

»Du kennst den kleinen Lord?«, fragte ich überrascht. »Ist der nicht in den Achtzigern erschienen? Das war doch nach deiner aktiven Weihnachtszeit?«

»Also eigentlich gibt es die Geschichte seit dem späten 19. Jahrhundert«, klärt mich Vally auf. »Geschrieben von der britischen Schriftstellerin Frances Hodgson Burnett. Zweifach geschieden, eine sehr interessante Frau. Die heute bekannte Verfilmung habe ich mir auch nie an Weihnachten angesehen. Aber vorher. Ich liebe die Frisuren«, erklärte sie mit einem überwältigenden Lächeln im Gesicht.

Ich war baff. Meine Mutter war also begeisterter Fan von *Little Lord Fauntleroy*? Welche Überraschungen ich heute wohl noch erleben würde …

»Okay, Mama. Ich übernehme die Einkaufsrunde, während du schon mal versuchst, das Wohnzimmer weihnachtstauglich zu machen, ja?«

»Und ich besorge einen Baum«, ergänzte sie.

»Also …« Ich wiegte den Kopf. »Ich glaube nicht, dass du heute noch einen bekommst. Die Baumärkte haben ihren Verkauf längst eingestellt. Und auf dem Marktplatz gab es nur an den Adventssonntagen welche zu kaufen.«

»Mach dir darüber keine Gedanken, ich habe eine Idee. Und jetzt los!«

Sie drückte mir einen Kuss auf die Wange. Ich zog mich an und sprintete los.

34.

Ich nahm das Auto, um alle Einkäufe transportieren zu können. Während ich durch den dichten Verkehr in Richtung Innenstadt kroch, ging ich im Kopf meine Einkaufsliste durch: Zuerst würde ich zum Bäcker fahren, um Plätzchen zu kaufen. Dann zum Blumenladen, zum Metzger und zum Schluss zum Supermarkt, um alles zu besorgen, was ich vorher nicht bekommen hatte.

Ich parkte am Hafen und eilte zur Bäckerei. Schon von weitem sah ich die lange Menschenschlange, die aus dem warmen Verkaufsraum bis hinaus auf die Straße reichte. Die Menschen wirkten entspannt und plauderten miteinander oder hielten ihre Gesichter in die Sonne, die sich durch die Wolken drängte.

Ich überschlug gerade, ob es sich lohnen würde, zu warten, oder ob ich vorher noch schnell zum Blumenladen gehen sollte, um uns ein paar schöne Amaryllis zu kaufen, da sah ich ihn. Seine hochgewachsene Figur, die aufrechte Haltung, den anthrazitgrauen Mantel und die dunklen, verwuschelten Haare. Ich erkannte ihn sofort. Mein erster Impuls war, augenblicklich umzudrehen und zu verschwinden.

Doch da sah er sich plötzlich um, sein Blick fand mich, und Erstaunen spiegelte sich auf seinem Gesicht.

»Rike«, formten seine Lippen. Dann verließ er, ohne zu zögern, seinen Platz in der Schlange, obwohl er es gleich schon ins Warme der Bäckerei geschafft hätte, und kam auf mich zu.

»Du bist hier«, sagte er überrascht.

Ich nickte. »Es ist anders gekommen als geplant.«

»Ist alles in Ordnung?« Er klang besorgt.

»Es ist eine lange Geschichte, aber ja, es ist alles in Ordnung.«

»Und wo feierst du Weihnachten?«

Seine Anteilnahme rührte mich. »So wie es aussieht, werde ich mit meiner Mutter feiern. Da die Entscheidung aber erst vor einer Stunde gefallen ist und die Planung etwas hinterherhinkt, muss ich noch einiges besorgen.«

Zusammen rutschten wir in der Schlange weiter nach vorne.

»Ich dachte, sie mag Weihnachten nicht.«

»Wie gesagt, lange Geschichte. Jetzt feiern wir doch. Wie läuft es bei dir?«, fragte ich.

Er verdrehte die Augen. »Meine Neffen haben mein Zimmer in Beschlag genommen, meine alte Carrera-Bahn verläuft jetzt quer über mein Bett. Mein Bruder telefoniert permanent mit Kollegen in Shanghai, und meine Schwester zündet Räucherkerzen gegen die negative Energie an. Meine Mutter steht kurz vor dem Kollaps, und mein Vater ist abgehauen, um das Auto zu waschen. Als sich herausgestellt hat, dass wir für heute Abend noch Baguette brauchen, habe ich das sofort als Vorwand genommen, um zu flüchten.«

»Was ist mit deiner Frau?«, fragte ich. »Ist sie schon angereist?«

Er zuckte förmlich zusammen. »Linda?«

»Wie viele Frauen hast du denn?«

Die Schlange bewegte sich weiter, wir waren in der Bäckerei angekommen und sprachen jetzt leiser.

»Eigentlich gar keine«, erwiderte er. »Woher weißt du überhaupt …? Ich wollte es dir irgendwann in Ruhe erzählen.«

»Du wolltest mir in Ruhe erzählen, dass du verheiratet bist?« Seine Ausrede brachte mich nur noch mehr in Rage. »Weißt du, Jasper, ich dachte irgendwie, wir lernen uns kennen. Ich habe dir meine ganze Lebensgeschichte erzählt, während du nicht mal erwähnen wolltest, dass du verheiratet bist.« Mittlerweile war nun nur noch eine Kundin vor uns in der Schlange. »Es war ziemlich demütigend, es von anderen zu erfahren. Von Peer und Svantje, um genau zu sein. Über eure Verwandtschaftsverhältnisse hast du mich übrigens auch nicht aufgeklärt.«

Nun waren wir an der Reihe. »Was darf's bei Ihnen sein?«, fragte die Bäckereiverkäuferin.

»Ich wollte es dir doch erzählen, habe aber auf den richtigen Moment gewartet.«

»Die Dame, der Herr? Was darf's sein?«

»Es ist ganz anders, als du denkst.« Jasper klang verzweifelt.

»Ist es immer«, schaltete sich die Verkäuferin ein. »Aber nun kommen Sie mal in die Pötte, es warten noch andere.«

»Zwei Baguette bitte.« – »Plätzchen bitte«, sagten wir gleichzeitig.

Die Verkäuferin holte die Sachen, verpackte sie und kassierte uns ab. »Ohne Sie zu kennen«, sagte sie und schob uns das in Papier eingeschlagene Baguette sowie die Tüte mit den Plätzchen über den Tresen, »würde ich sagen, mit Ihrem Timing stimmt was nicht. Frohe Weihnachten.«

»Frohe Weihnachten«, murmelten wir beide und verließen mit gesenktem Blick die Bäckerei.

Draußen nahm Jasper meine Hand. »Rike, bitte lass es mich erklären.«

»Was gibt es da zu erklären? Du bist hier in Husum, sie ist in Berlin. Und ich war sowieso nur für ein paar Wochen zu Besuch. Du bist mir nichts schuldig, Jasper, ich ärgere mich vor allem über mich selbst.«

»Rike, nun hör mir doch mal zu.« Er ließ seinen Blick in meinen Augen versinken. »Wir sind getrennt. Schon seit über einem Jahr. Die Scheidung läuft. Ich rechne jeden Tag mit den Papieren.«

»Oh …« Ich sah auf meine Schuhe. »Trotzdem hättest du es mir sagen müssen. Ich bin selbst geschieden, ich weiß doch, wie das ist.«

»Du hast recht, und es tut mir unendlich leid.«

»Warum hast du es denn nicht gesagt?«

»Weil …« Er rang nach Worten. »Dann hätte ich dir auch erzählen müssen, dass mich diese Trennung vollkommen aus der Bahn geworfen hat. Dass ich meinen Job deswegen verloren habe. Dass ich in eine tiefe Krise geschlittert bin, aus der mich nur ein mehrwöchiger Klinikaufenthalt und eine tägliche Dosis Tabletten wieder rausgeholt haben.« Er fuhr sich durch die Haare. »Ich hätte dir sagen müssen, dass ich erst langsam wieder auf die Beine komme und ganz bestimmt nicht der erfolgreiche Journalist bin, für den du mich hältst. Und dass mir Husum guttut. Dass ich gerne hier bin und nie wieder zurück in eine Großstadt und in das Haifischbecken einer großen Zeitung möchte.« Er hob den Blick und sah mich gequält an. »Und du warst so offen und ehrlich. Außerdem hast du gerade selbst genug um die Ohren. Ich wusste nicht, wie ich dir erzählen kann, was bei mir los ist. Ich bin nicht gut in diesen Dingen.« Er stand jetzt so nah bei mir, dass ich seinen warmen Atem spüren konnte. »Ich will nicht, dass das mit uns aufhört, bevor es überhaupt angefangen hat. Ich würde dich gerne wiedersehen, Rike. Hier oder in Hamburg.«

»Ich weiß nicht …« Ich schüttelte den Kopf. »Wo soll das denn hinführen?«

Er nahm meine Hand. Und wieder fühlte es sich so vertraut an, dass ich ihn am liebsten ganz zu mir herangezogen hätte. »Lass es uns herausfinden. Ich mag dich«, sagte er schlicht, und sein Blick traf mich bis ins Herz.

»Ich mag dich auch«, sagte ich und biss mir auf die Lippe, um mich davon abzuhalten, über das ganze Gesicht zu grinsen.

»Sehen wir uns, wenn das hier«, er machte eine umfassende Bewegung, die ganz Husum in seiner weihnachtlichen Pracht meinte, »vorbei ist.«

»In Hamburg«, entschied ich. Wenn wir uns wiedersehen sollten, dann in meinem echten Leben. Um herauszufinden, was das war zwischen uns und wie es funktionieren könnte.

»Frohe Weihnachten«, sagte er leise, und dann beugte er sich mir entgegen und küsste mich auf die Wange. So zart, dass ich die Berührung kaum spürte. Und sie doch noch Stunden später auf meiner Wange glühte.

Als ich vor der Fischerkate zum Stehen kam, hupte ich zweimal kurz, um Vally auf mich aufmerksam zu machen. Das Auto war bis unter das Dach beladen mit den leckersten und schönsten Dingen für Weihnachten.

Sie hüpfte die Stufen vor der Tür hinunter und half mir, das Auto zu entladen.

»Wie viele Gäste haben wir?«, fragte sie und wuchtete die schweren Einkaufstüten ins Haus.

»Nur das Beste zum Feste«, erklärte ich. »Nicht dass wir heute Abend plötzlich Hunger bekommen.«

Ich hatte maßlos übertrieben und auch noch für ein Weihnachtsfrühstück am nächsten Morgen eingekauft sowie die Zutaten fürs Raclette, das wir morgen mit den Kindern essen würden. Außerdem hatten unzählige Süßigkeiten ihren Weg in den Einkaufswagen gefunden. Und Obst. Und Wein. Und ein Marzipanlikör und einfach all das, worauf ich gerade Lust gehabt hatte.

»Willst du wissen, was ich in der Zwischenzeit besorgt habe?«, fragte meine Mutter und führte mich ungeduldig wie ein kleines Kind ins Wohnzimmer.

»Tataaa«, machte sie, und ihre Augen funkelten.

Ich war sprachlos. Da stand ein Tannenbaum im Wohnzimmer der Fischerkate. Und was für ein Prachtexemplar! Deckenhoch, schlanker, aber üppiger Wuchs, keine Lücken zwischen den Ästen, eine kerzengerade Spitze.

»Mama!«, entfuhr es mir. »Der ist wunderschön!« Ich umrundete den Weihnachtsbaum und sah, dass er auch von hinten perfekt gewachsen war, als Baumständer diente ein einfaches Lattenkreuz. »Wo hast du den denn her?« Ich fasste nach den Nadeln, rieb sie zwischen meinen Fingern und schnupperte daran. Es roch herrlich holzig und winterlich. »Er sieht toll aus und ist ja noch ganz frisch.«

»Er war über«, sagte Vally nur und schmunzelte geheimnisvoll.

»Wie über?«

»Er wurde nicht mehr gebraucht. Ich habe ihn schon vor

Wochen entdeckt und mir immer gedacht, das ist der perfekte Baum. Der Wuchs, die Größe, die Fülle. Es sollte so sein.«

»Hast du ihn jemandem abgekauft?«

»Nicht direkt.«

»Okay …« Ich atmete tief durch und musste an das Versprechen denken, das ich mir selbst gegeben hatte. Ich würde sie nicht mehr dazu drängen, mir etwas zu erzählen, das sie nicht erzählen wollte.

»Aber wir haben nichts, um ihn zu schmücken«, sagte meine Mutter enttäuscht. »Wollen wir noch mal in die Stadt fahren?«

»Es ist zu spät«. Ich sah mich im Wohnzimmer um, auf der Suche nach irgendetwas, das wir in den Baum hängen könnten. »Die Tombola-Sterne«, fiel es mir dann ein. Ich lief nach oben und kramte die fünf Anhänger heraus, die Ida mir mitgegeben hatte.

Das Ergebnis sah kläglich aus. »Wir könnten Alufolie in Streifen schneiden«, schlug ich vor. »Das wäre fast wie Lametta.«

»Dann doch lieber puristisch«, meinte Vally. »Ist doch eigentlich ganz schön so. So sehen wir mehr vom Baum.« Sie hob unbekümmert die Schultern, und wir machten uns daran, die Einkäufe auszuräumen und das Essen vorzubereiten.

Es sollte glasierte Entenbrust mit Lebkuchengewürz geben, dazu Kartoffeltaler mit Schalotten-Confit und zum Dessert Birnenauflauf mit Vanilleeis. Das Rezept hatte ich im Supermarkt gegoogelt und die passenden Zutaten gleich eingekauft. Was ich auf die Schnelle nicht bekommen hatte, mussten wir eben improvisieren.

Wir wirbelten durch die Küche, ich den Ton angebend,

meine Mutter als gewissenhafte Küchenhilfe, im Radio liefen Weihnachtslieder, und wir nippten an unseren Bechern mit Punsch. Draußen war es bereits dämmrig, drüben bei Van de Pellts sah man schon die Kerzen am Weihnachtsbaum leuchten.

Das Essen war fast fertig, die Entenstücke mussten nur noch mit der Honig-Lebkuchengewürz-Marinade bepinselt werden und eine Viertelstunde im Ofen kross braten, da wirkte meine Mutter auf einmal irgendwie unruhig.

»Also der Baum …«, druckste sie herum, »ich weiß doch nicht so recht …«

»Gefällt er dir nicht?«, fragte ich alarmiert. Weihnachten von null auf hundert, vielleicht wurde ihr doch alles zu viel.

»Nein, nein, das ist es nicht. Er gefällt mir sogar sehr. Es ist nur, der Baumschmuck.«

Ich betrachtete den Weihnachtsbaum und wusste sofort, was sie meinte. Es sah kläglich aus, nur mit diesen drei kleinen Holzperlen-Sternen geschmückt.

»Hätte ich unsere Weihnachtskiste doch nicht spenden sollen, was?« Vally lächelte matt. »Na ja, wir werden uns über die Jahre schon wieder was zusammensammeln.«

»Wir könnten sie holen.«

»Die Weihnachtskiste?«

Ich nickte.

»Jetzt?« Sie runzelte ungläubig die Stirn.

»Warum nicht? Es ist doch unsere. Ich hab einen Schlüssel zum Weihnachtshaus. Und im Museum wird sie gerade sicherlich nicht gebraucht. Wir können sie nach Weihnachten ja zurückbringen, damit die Ausstellung vollständig ist, bis Peer passende Ersatzstücke gefunden hat.«

»Meinst du wirklich?« Die Augen meiner Mutter funkelten aufgeregt.

»Komm mit«, sagte ich. »Wir fahren zum Weihnachtshaus.«

Schnell schaltete ich den Backofen aus, hängte meine Schürze an den Haken an der Küchentür und schlüpfte in meinen Mantel. Vally tat es mir gleich.

Wenn mir jemand noch vor drei Tagen gesagt hätte, dass ich zusammen mit meiner Mutter am Heiligabend das Weihnachtshaus besuchen würde, hätte ich es nicht geglaubt.

Ich parkte direkt vor dem Museum auf dem breiten Gehweg. »Hier entlang«, lotste ich meine Mutter und ging vor zur großen grünen Eingangstür.

»Da ist ja Licht.« Vally deutete auf das halbmondförmige Buntglasfenster über der Tür, das hell erleuchtet war.

Es traf mich wie ein Schlag. »Stimmt, Peer ist ja hier!«

»Hinrichsen? Am Heiligabend im Weihnachtshaus? Macht der arme Mann denn niemals Feierabend?«

»Er wollte hier Weihnachten feiern.« Kurz überkamen mich Zweifel. War es in Ordnung, ihn zu stören? Statt einfach meinen Schlüssel ins Schloss zu stecken, klopfte ich dreimal kräftig. Eine Klingel gab es nicht. »Peer?«, rief ich. »Bist du da?«

Im Innern des Weihnachtshauses war nichts zu hören.

»Peer?«, rief ich lauter. »Hier ist Henrike. Ich möchte nur schnell was abholen …«

Nun hörte ich Geräusche im Flur, und kurz darauf öffnete sich die Tür. Peer spähte durch einen kleinen Spalt, die Wangen gerötet, die Haare wirr. Er trug eine feine Anzughose, ein weißes Hemd, und seine Hosenträger baumelten um seine Beine.

»Habe ich dich geweckt?«, fragte ich erschrocken. »Das tut mir leid, Peer. Entschuldige.«

»Nein, nein, alles in Ordnung. Was ist denn los, Henrike, warum bist du hier?«

Er hatte die Tür nun geöffnet, und meine Mutter, die sich hinter mir hielt, grüßte ihn verlegen.

»Es ist wegen der Weihnachtskiste«, erklärte ich. »Wir hätten sie gerne … zurück.«

»Wie, zurück?« Umständlich zog er die Hosenträger über seine Arme.

»Also, wenn es keine Umstände macht.« Mist, musste ich ihm nun doch erklären, dass es die Weihnachtskiste meiner Familie war?

Nun trat Vally einen Schritt vor. »Guten Abend, Herr Hinrichsen. Mein Name ist Valerie Borrmann. Ich bin Henrikes Mutter und die rechtmäßige Besitzerin der Weihnachtskiste, die Sie in den vergangenen Jahren so gewissenhaft beherbergt haben.«

»Sie sind was?«

»Dürfen wir vielleicht kurz reinkommen?«, schlug Vally vor. »Dann können wir das sicherlich schnell aufklären.«

»Ja, nun.« Peer kratzte sich am Kopf und ließ uns rein.

Während meine Mutter staunend das Lichtermeer der Eingangshalle bewunderte, den stattlichen Tannenbaum und das Rentier mit der roten Nase, fiel meine Aufmerksamkeit auf eine Person, die sich im Halbdunkeln des Ladens gerade mit einer schnellen Bewegung die feinen hellblonden Haare zu einen Zopf zusammenband.

Svantje.

Am Heiligabend zusammen mit Peer im Weihnachtshaus. Wieder war ich baff.

»Huhu! Henrike, das ist ja eine Überraschung«, flötete sie und kam uns entgegen.

»Svantje?«, fragte ich erstaunt. »Mit dir hätte ich jetzt nie gerechnet.«

»Ich mit dir auch nicht«, sagte sie lachend und umarmte mich.

Wie anders sie aussah. Es war das erste Mal, dass ich sie nicht in ihrer Jeanslatzhose sah. Sie trug ein wadenlanges schwarzes Wickelkleid, das ihren Rundungen schmeichelte, dazu ein leichtes Make-up. Sogar ihre Fingernägel hatte sie sich in einem glitzernden Weihnachtsrot lackiert.

Sie begrüßte nun meine Mutter, die immer noch nicht aus dem Staunen herauskam und neugierig in die Ausstellungsräume mit den Weihnachtsbäumen spähte.

»Also.« Peer räusperte sich. »Es ist *Ihre* Weihnachtskiste?«

Vally nickte.

»Und du wusstest das?«, fragte er mich.

»Sie kann nichts dafür«, erklärte Vally schnell. »Diese Kiste ist mit einem großen Verlust verbunden. Den ich lange nicht überwinden konnte. Deshalb wollte ich nichts von ihr wissen. Aber jetzt ist alles anders. Wir wollen gemeinsam Weihnachten feiern, Rike und ich, wir haben sogar einen Baum. Nur eben keinen Schmuck.«

»Es tut mir leid, Peer, ich hätte es dir sagen müssen«, ergänzte ich entschuldigend.

»Seit wann weißt du es?«

»Sie weiß es erst seit ein paar Tagen, und es hätte doch auch gar nichts geändert, oder?«, antwortete Vally nicht ganz wahrheitsgemäß an meiner Stelle.

»Nun, wenn das so ist …« Peer strich sich über den Bart.

»Es ist zwar sehr schade für das Museum, eine so interessante Sammlung zu verlieren, aber wenn Sie sie zurückhaben wollen, stelle ich mich dem natürlich nicht in den Weg.«

»Wir bringen sie nach Weihnachten auch wieder her«, versprach ich.

Doch Peer machte eine wegwerfende Handbewegung. »Das ist nicht nötig, Rike. Diese Weihnachtskiste ist ja zum Glück nicht unser einziges Ausstellungsstück.«

Als er den passenden Vitrinenschlüssel heraussuchte, erklang das vertraute Klimpern seines Schüsselrings.

»Hier entlang«, sagte Peer und ging zum Bereich »Weihnacht im Wandel«. Zum ersten Mal sah ich die ausgestellte Weihnachtskiste zusammen mit dem Beschreibungstext, an dem ich so lange gefeilt hatte. Altehrwürdig wirkte der raue Karton der ehemaligen Konservenkiste, in die Peer nun vorsichtig die ausgestellten Stücke zurücklegte. Es hatte etwas Zeremonielles, als er sie meiner Mutter überreichte.

»Bitte sehr«, sagte er. »Auf dass Sie noch viele glückliche Weihnachtsfeste mit diesen schönen Stücken feiern werden.«

»Vielen Dank.« Ehrfurchtsvoll nahm meine Mutter sie entgegen.

Wir gingen zurück in die Eingangshalle, und Svantje nahm mich beiseite: »Du, Henrike, ich wollte noch sagen, dass es mir leidtut, dass ich mich in das zwischen Jasper und dir eingemischt habe.« Sie wirkte ehrlich zerknirscht. »Heute hat er mir gesagt, dass er und Linda sich scheiden lassen. Ich wusste, dass es nicht gut läuft bei den beiden. Er ist ja schon eine Weile hier in Husum und sie in Berlin. Aber dass es endgültig vorbei ist, war mir nicht klar. Ich wollte keine Verwirrung stiften. Mir war es nur wichtig, dass du nicht verletzt wirst. Entschuldige bitte.«

»Mach dir keine Gedanken darüber, Svantje.« Ich umarmte sie fest. »Er hätte es mir trotzdem sagen müssen.«

»Habt ihr euch wieder vertragen?«

Ich wiegte den Kopf. »Nach den Feiertagen wollen wir in Ruhe über alles reden.«

Ihre Miene erhellte sich. »Das freut mich. Ich finde nämlich, dass ihr beiden hervorragend zusammenpasst.«

»Komm her«, sagte ich und umarmte sie fest. »Du kannst Jasper lieb von mir grüßen, wenn du ihn gleich bei eurer großen Weihnachtssause siehst.«

»Ich glaube nicht, dass es dazu kommt. Meine Pläne haben sich geändert, ich feiere mit Peer, hier im Weihnachtshaus, ganz besinnlich.«

Ich grinste. »Na dann: Frohe Weihnachten euch beiden!«

»Frohe Weihnachten!«, riefen sie uns nach, als wir zurück zum Auto gingen. Vally hielt die Weihnachtskiste wie ein Neugeborenes im Arm.

Als wir wieder zu Hause waren, packten wir die Gegenstände vorsichtig aus und legten sie auf den Esstisch. Mit feierlicher Sorgfalt nahm Vally die kleinen Engelfiguren in die Hand. Dann ließ sie die Kugelkette durch ihre Finger gleiten. »Die hing bei uns immer ganz unten im Baum, auf den untersten Ästen.«

»So?«, fragte ich und legte die Kugelkette behutsam auf die Tannenzweige.

Sie nickte und nahm einen der alten Kerzenhalter und klemmte ihn an einen der oberen Äste. Ich hing die kleinen Engelfiguren auf. Sie die Kugeln mit den Blumen und zuletzt die beiden Papiersterne von Isabell und ihr.

Ich beobachtete meine Mutter und spürte, wie wichtig und heilsam es für sie war, den Baum mit ihren vertrauten Sachen zu schmücken. Und für mich war es einfach nur verrückt, all die Gegenstände, mit denen ich mich so lange und so intensiv beschäftigt hatte, nun an einem echten Weihnachtsbaum zu sehen. An *unserem* Weihnachtsbaum.

35.

Dann war es so weit: Wir zogen unsere festlichen Kleider an, Vally hatte sich für ein rotes Samtkleid entschieden, ich mich für das schwarze Strickkleid, das ich wieder aus meinem bereits gepackten Koffer zog. Nacheinander gingen wir ins Bad, um unsere Frisuren aufzufrischen und ein wenig Make-up aufzulegen. Unsere Stimmung war aufgekratzt, und ich fühlte mich beschwipst, ob vom Crémant oder den Wendungen der letzten Stunden, konnte ich nicht unterscheiden. Es war so schön, mich hier im Haus meiner Kindheit zusammen mit meiner Mutter auf das Weihnachtsfest vorzubereiten. Auch wenn wir nur zu zweit waren, war alles so, wie ich es mir immer erträumt hatte. Und als wir an der improvisierten, aber liebevoll geschmückten Tafel saßen, unser leckeres Weihnachtsmenü genossen und zu jedem Gang an einem passenden Getränk nippten, fühlte ich mich, als hätte ich etwas sehr Großes und absolut Unwahrscheinliches geschafft.

Nach dem Dessert überreichte ich Vally ihr Geschenk. Am Tag zuvor hatte sie das Päckchen mit der Stola nicht geöffnet, und sie gefiel ihr so gut, dass sie sie sich gleich überwarf.

»Und das ist für dich«, sagte sie und reichte mir ein kleines Päckchen in der Größe einer Schmuckschatulle. Behutsam packte ich es aus und öffnete den Deckel des kleinen

Kästchens. Darin befand sich eine silberne Kette mit einem kleinen, kreisrunden Medaillon.

»Gefüllt mit Nordseesand«, erklärte Vally mir. »Damit du deine Heimat immer bei dir trägst.«

Mir schossen Tränen in die Augen, so gerührt war ich. Es war das erste Geschenk, dass ich jemals von meiner Mutter an Weihnachten bekommen hatte. Und es hätte nicht schöner sein können.

»Das habe ich dir gekauft, als ich mit Gesa in der Stadt war.«

»Am Tag nach unserem Streit?«, fragte ich überrascht. »Du wirktest nicht so, als wärst du in Stimmung, um Weihnachtsgeschenke zu kaufen.«

»Ich habe die Kette an einem kleinen Stand in der Innenstadt entdeckt und sofort gewusst, dass sie dir gefallen würde.«

»Auf dem Weihnachtsmarkt?«

Sie hob die Schultern. »Wenn du es unbedingt so nennen willst, ja, auf dem Weihnachtsmarkt.«

Ich umarmte sie stürmisch. »Du steckst wirklich voller Überraschungen. Ich danke dir sehr. Die Kette ist wunderschön. Und ihre Geschichte noch viel schöner.«

Nach dem Essen entzündeten wir die Kerzenstummel am Baum. Vorsichtig umrundete Vally die Tanne mit einem langen Streichholz und trug die kleine Flamme von Kerze zu Kerze.

»Wollen wir singen?«, fragte ich aufgeregt.

»O du fröhliche«, bestimmte Vally. »Aus voller Kehle. Wenn nicht heute, wann dann?«

Und so standen wir vor diesem wunderschönen Baum, geschmückt mit den Schätzen unserer Familie, sangen und lachten, im Ofen knisterte ein Feuer, und draußen war es stockdunkel. Es war perfekt und genau so, wie ich es mir immer gewünscht hatte.

Und doch fühlte es sich vollkommen falsch an.

»Was hast du?«, frage mich Vally.

»Entschuldige.« Ich hatte aufgehört zu singen, starrte auf den Baum, die Lichter verschwammen vor meinen Augen.

»Die Kinder?«, fragte meine Mutter und traf damit genau ins Schwarze.

»Es ist das erste Mal, dass wir an Weihnachten nicht zusammen sind. Ich vermisse sie.« Ich räusperte mich. »Und Papa fehlt mir auch.« Nun konnte ich meine Tränen nicht mehr zurückhalten. »Da haben wir einmal ein richtiges Weihnachten, und er kann es nicht mehr erleben.«

»Ich weiß«, sagte sie und strich mir über den Rücken. »Ich kann nicht aufhören, an Issi zu denken. Zum ersten Mal nach so vielen Jahren erlaube ich es mir und kann nicht mehr aufhören. Zuletzt haben diese Kerzen an dem Abend geleuchtet, als sie gestorben ist«, sagte sie leise. »Sie hat ihr Licht gesehen, genauso wie wir es heute vor uns haben.« Ihre Stimme zitterte. »Ich frage mich, ob wir gemeinsam feiern würden. Ob sie Kinder hätte, Enkel? Vielleicht würden wir noch im Süden leben, und ich hätte Arno nie kennengelernt.«

»Das wäre schlimm«, sagte ich leise. »Dann gäbe es mich nämlich nicht.«

»Das stimmt.« Sie nahm mein Gesicht in die Hände und küsste meine Stirn. »Das wäre wirklich schlimm.«

So standen wir eine Weile vor unserem perfekten Weihnachtsbaum, in unseren schönen Kleidern, und Tränen liefen über unsere Wangen.

»Aber du kannst die, die du vermisst, doch wenigstens anrufen«, sagte sie.

»Die Kinder?«, fragte ich. »Jetzt?«

»Warum nicht?«

»Ich will sie nicht stören.«

»Henrike, du bist ihre Mutter.«

»Aber was ist mit Moritz und Nicola? Ich will nicht in ihr Weihnachten platzen.« Beim Gedanken an die unfreiwillige Wohnungsführung beim letzten Videotelefonat wurde es mir gleich wieder ganz mulmig.

»Du nimmst viel zu viel Rücksicht auf andere«, sagte meine Mutter in ernstem Ton. »War Moritz denn rücksichtsvoll mit dir oder deinen Plänen, bevor er den Kindern den Floh ins Ohr gesetzt hat, dass sie zusammen in Hamburg feiern? Oder als er dich verlassen hat?«

Ich schüttelte leicht den Kopf. Nein, er hatte sich nicht darum gekümmert, wie es mir ging. Wieder einmal.

»Es ist an der Zeit, dass du dein Leben in die Hand nimmst, Rike. Lass dich nicht länger hin und her schubsen. Von niemandem. Hier.« Meine Mutter hielt mir mein Handy entgegen. »Ruf sie an.«

»Mama!«, rief Feline begeistert, als wir uns im kleinen Bildschirm unserer Handys sahen. Sie trug das geblümte Kleid, das ich ihr für Weihnachten gekauft hatte, ihre Wangen waren gerötet, und ihre dunkelblonden Haare lagen in großen Wellen glänzend über ihren Schultern.

»Mein Schatz!«, rief ich. »Wie wunderschön du aussiehst. Geht es dir gut? Frohe Weihnachten!«

»Frohe Weihnachten, Mama! Ich vermisse dich so sehr!«

»Oh, ich euch auch, mein Engel.«

»Ist das ein Weihnachtsbaum?«, fragte sie plötzlich skeptisch. »Bei Oma im Wohnzimmer?«

»Hallo, Feline!«, grüßte Vally sie. »Ich bin jetzt auch unter die Weihnachtsfeierer gegangen.«

»Wie cool! Dann feiern wir nächstes Jahr auf jeden Fall bei dir.«

»Ihr seid herzlich eingeladen«, sagte Vally.

»Hey, Mum!« Lennard beugte sich von schräg oben ins Bild, und mein Herz machte einen Satz, so schön war es, ihn zu sehen.

»Hey, mein Großer! Geht's dir gut? Was hat dir der Weihnachtsmann gebracht?«

»Line, halt mal das Handy, damit Mama mich sehen kann«, gab er seiner Schwester Anweisungen.

Ich sah den funkelnden Weihnachtsbaum, der ganz in Weiß und Silber gehalten war. Einen Schwenk auf Moritz und Nicola, er im Anzug, sie in einem silbernen Pailettenkleid, und dann – das Schlagzeug. Es war riesig. Gigantisch. Viel größer, als es online ausgesehen hatte.

»Hör mal!«, rief Lenny und begann, die Drumms zu schlagen, dass selbst Vally neben mir das Gesicht verzog.

»Das hast du ihm geschenkt?«, fragte sie mich.

»Schön, oder?«, flüsterte ich ihr zu. »Und weil bei uns so wenig Platz in der Wohnung ist, muss das Schlagzeug leider bei Moritz und Nicola bleiben.«

»Wie fies!« Sie knuffte mich in die Seite.

»Nur fair«, erklärte ich, und gemeinsam applaudierten wir frenetisch, als Lenny sein kleines Konzert beendet hatte.

Wir telefonierten lange, ließen das Video einfach laufen,

während wir den Tisch abdeckten und die Sachen in der Küche zusammenstellten. Ab und zu erhaschte ich einen Blick auf Moritz oder Nicola, vielleicht sahen sie auch mich, aber es war mir egal. Feline bedankte sich für die Stifte und versprach, gleich morgen mit einem Bild für mich anzufangen.

»Und ziehst du gleich auch deinen Weihnachtspyjama an?«, fragte Lenny.

»Auf jeden Fall«, versprach ich.

»Nächstes Jahr brauchen wir dann noch einen für Oma«, sagte Feline, und wir lachten.

Als ich auflegte, war das Handy heiß, genauso wie meine Wangen, die regelrecht glühten.

»Danke«, sagte ich zu Vally.

»Gerne, mein Kind. Und was hältst du davon, wenn wir jetzt den kleinen Lord schauen?«, fragte Vally.

»Im Weihnachtspyjama?«, schlug ich vor.

»Großartig! Meine Strumpfhose macht mich schon den ganzen Abend fertig. Die kneift unerträglich.«

Weil wir die Handlung längst auswendig kannten, verquatschten wir fast den gesamten Film. Wir holten uns den bunten Teller ins Wohnzimmer, kuschelten uns aufs Sofa, naschten Marzipankartoffeln und Zimtsterne und redeten über Papa, der sich immer demonstrativ mit einer seiner Biografien in die Ecke verzogen hatte, wenn Vally und ich *Wetten, dass …?* sahen. Er hatte Fernsehen nicht ausstehen können. Meine Mutter erzählte von Issi, die aus Marzipankartoffeln liebend gerne Schneemänner gebastelt hatte. Und ich redete über Lenny und Line, die bald echte Teenager sein würden. Von einem Thema kamen wir aufs nächste, es gab keine Untiefen, keine verbotenen Zonen, alles durfte angesprochen werden, es war herrlich entspannt.

Als der Film zu Ende war, gähnte Vally herzhaft. Und auch ich fühlte mich wohlig müde.

»Ich muss ins Bett«, sagte sie, stand auf und streckte sich. An der Tür zu ihrem Schlafzimmer drehte sie sich noch einmal um. »Danke für das Weihnachtsfest«, sagte sie. »Ich hätte mir kein schöneres vorstellen können.«

»Es war mir eine Ehre, Mama. Auf viele weitere schöne Weihnachtsfeste!«

Epilog

Ein Jahr später

»Mama, wohin sollen die Engel?« Um meine Aufmerksamkeit zu gewinnen, wedelte Feline mit dem kleinen, fast achtzig Jahre alten Baumanhänger durch die Luft.

»Nicht so wild!«, rief ich entsetzt, eilte zu ihr und nahm ihr das kostbare Familienerbstück ab.

»Ist ja gut«, sagte sie und hob beschwichtigend die Hände.

»Wir hängen ihn hier hin.« Ich stellte mich auf die Zehenspitzen und platzierte den kleinen Geige spielenden Engel an einen der oberen buschigen Tannenzweige.

Dann trat ich einen Schritt zurück und betrachtete unser Werk: Es war eine wilde Mischung aus den alten Gegenständen der Weihnachtskiste, unseren eigenen neuen Kugeln und Baumanhängern und schließlich eine Menge Lametta, von dem Vally ein echter Fan war, wie ich heute herausgefunden hatte. Bis unter die Decke der Fischerkate war der Weihnachtsbaum über und über mit Schmuck behängt.

Dass wir wieder hier feierten, hätte im letzten Jahr wohl niemand gedacht. Ein fehlender Grundbuchauszug hatte den Verkauf meines Elternhauses im allerletzten Moment platzen lassen. Vally war trotzdem in die Wohnung am Hafen gezogen – allerdings nur für ein paar Monate, während die Fischerkate grundsaniert wurde. Mit dem Geld aus Arnos Lebensversicherung hatte sie eine Zentralheizung installieren, unten im Wohnzimmer größere Fenster einbauen und das Reetdach ausbessern lassen. Im Garten wuchsen Wildblumen statt Rasen, die großen Tannen hatte die Freiwillige Feuerwehr abgenommen.

»Ich war noch nicht bereit«, hatte sie mir erklärt. »In ein paar Jahren ziehe ich aus. Aber jetzt noch nicht.«

Im Nachhinein fragte ich mich, ob das nicht vielleicht immer der Plan gewesen war. Oder zumindest eine Option, von der sie mir nichts erzählt hatte. Wenn ich daran dachte, wie leichtfertig sie den Termin mit Ferien-Peters damals hatte sausen lassen und wie halbherzig sie ihren Umzug vorbereitet hatte, überkamen mich immer häufiger Zweifel. Aber als ich sie mal darauf ansprach, zuckte meine Mutter nur mit den Schultern und sagte: »Was spielt das denn jetzt noch für eine Rolle?«

Womit sie ja recht hatte. Und letztendlich war alles so viel besser gekommen, als ich es mir je hätte träumen lassen.

»Mama, was sagst du?«, rief ich in Richtung Küche, wo sie gerade mit Lenny den Rotkohl vorbereitete. Ich hörte die beiden lachen, und als ich in die Küche linste, sah ich, wie Lennard das große Messer wie eine Machete hielt und Vally sich die Haare mit einem Tuch zurückgebunden hatte. Sie sah aus wie eine kampfbereite Amazone.

»Wusstest du, dass man Messer auch mit Alufolie schleifen kann?«, erklärte sie Lenny.

»Echt?«

»Dein Opa hat es mir gezeigt. Damit erspart man sich den teuren Messerschleifer. Schau, so.« Sie demonstrierte Arnos

Trick und erzählte Lenny, wie findig und kreativ sein Opa gewesen war.

Es tat mir leid, die beiden zu stören, aber ich musste gleich los, und Vallys Meinung zum Weihnachtsbaum war essenziell. »Mama, der Baum«, sagte ich. »Schaust du mal?«

Sie folgte mir ins Wohnzimmer, stemmte die Hände in die Hüften und begutachtete unser Werk. »Wunderschön«, urteilte sie und wischte sich mit dem Handrücken eine weiße Strähne aus der Stirn. Ihre Finger waren vom Kohl lila verfärbt.

»Nicht ein bisschen zu bunt?«

Sie schüttelte energisch den Kopf. »Genau richtig!«

»Und die Tanne ist auch wieder eine echte Schönheit«, sagte ich anerkennend, trat einen Schritt auf die stattliche Nordmanntanne zu und ließ ihre seidigen Nadeln durch meine Handfläche gleiten. »Woher bekommst du die nur immer so kurzfristig in dieser Qualität?«

»Vom Weihnachtsmarkt.«

»Dort werden an Heiligabend noch Tannenbäume verkauft?«

»Ich habe ihn nicht gekauft. Ich habe ihn mitgenommen. Sie stehen da ja doch nur rum. Und ob einer fehlt, merkt keiner.«

Ich zwinkerte ein paarmal, um ihre Worte zu verarbeiten. Meine Mutter stahl die Dekoration des Weihnachtsmarkts, um sie in unserem Wohnzimmer aufzustellen? Schon letztes Jahr hatten wir Weihnachten unter einem gestohlenen Christbaum gefeiert?

»Jetzt muss ich zurück zu meinem kleinen Ninja in die Küche, sonst ist der Rotkohl gleich püriert.« Damit machte sie auf der Hacke kehrt und verschwand.

Fassungslos starrte ich ihr hinterher.

»Nicht aufregen«, flüsterte da eine vertraute Stimme hinter mir, und ein kräftiger Arm schmiegte sich um meine Taille.

Ich lehnte mich an ihn und schloss die Augen. Jaspers Umarmungen fühlten sich immer an, wie in ein warmes Federbett zu sinken.

»Meine Mutter stiehlt Weihnachtsbäume«, flüsterte ich fassungslos.

»Upcycling nennt sich das heute«, entgegnete er, und seine Bartstoppeln kitzelten mich am Ohr.

Ich drehte mich zu ihm. »Und du willst wirklich den ganzen Abend bei uns bleiben?«, fragte ich. »Letzte Warnung, falls es dir im letzten Jahr noch nicht aufgefallen ist: Wir sind alle verrückt!«

»Nur die Erwachsenen«, mischte sich Feline vorlaut ein und wühlte dabei schon wieder gefährlich sorglos in der Weihnachtskiste, *unserer* Weihnachtskiste mit den alten und neuen Gegenständen. »Coole Kette!« Sie zog die Kugelkette hervor und legte sie sich in mehreren Schlaufen um den Hals. »Kann ich die heute Abend tragen?«

»Alles Verrückte, sag ich doch.« Ich hob entschuldigend die Schultern.

»Die liebenswertesten Verrückten von ganz Husum.« Jasper gab mir einen Kuss auf die Wange, löste sich von mir und nahm Feline behutsam die Kette ab.

»Das ist eine Baumkette aus dem späten 19. Jahrhundert«, erklärte er ihr. »Damit hat vermutlich schon dein Ururgroßvater Paul seinen Weihnachtsbaum geschmückt. Wollen wir die nicht vielleicht lieber vorsichtig auf den Baum legen?«

»Du klingst schon wie Mama.« Feline verdrehte die Augen.

»Seit sie ihren neuen Job hat, ist alles alt und wertvoll und entzückend und interessant.«

Sie äffte mich so überzeugend nach, dass ich ihr nicht böse sein konnte. Es stimmte, ich liebte meinen neuen Job, und wenn man mir nicht manchmal sehr direkt sagte, dass ich besser das Thema wechseln sollte, konnte ich stundenlang von historischem Weihnachtsschmuck schwärmen.

Gleich nach meiner Rückkehr in Hamburg im vergangenen Jahr hatte ich die Jobanzeigen der Museen durchgekämmt, aber nichts Passendes gefunden. Die alte Rike hätte sich wahrscheinlich enttäuscht zurückgezogen, doch ich fühlte mich nach den aufregenden Wochen in Husum so voller Energie und Tatendrang, dass ich mir die Programme und Ausstellungen der Museen genauer ansah und schließlich eine Initiativbewerbung an das Altonaer Museum schrieb – Schwerpunkt: die Weihnachtsausstellung.

Erst war es ein Minijob gewesen, doch schon nach zwei Monaten boten sie mir eine Halbtagsstelle an. Meine Aufgabe bestand darin, die Ausstellung aufzubauen und neue Exponate einzuwerben. Wie gut, dass ich über hervorragende Kontakte ins Husumer Weihnachtshaus verfügte, und der regelmäßige Besuch in der Hafenstadt gehörte bald zu meiner Routine.

Und noch etwas hatte sich geändert: Nachdem ich wieder zurück war, hatten Moritz, Nicola, die Kinder und ich uns zusammengesetzt und uns auf das Wechselmodell geeinigt. Eine Woche waren die Kinder bei mir, eine bei Moritz und Nicola. Das fühlte sich für uns alle richtig an. Und jeden ersten Montag im Monat saßen wir abends zusammen, um gemeinsam Termine zu besprechen und Entscheidungen zu fällen. Die Last, die immer ganz allein auf meinen Schultern gelegen hatte, verteilte sich nun, und ich fühlte mich leichter und freier.

Mein Leben spielte sich jetzt zu gleichen Teilen in Husum und Hamburg ab. Für den Moment war es gut. Wie es sich weiter entwickeln würde, wusste ich nicht. Aber was ich mit großer Sicherheit fühlte, war die Liebe zu Jasper, das Vertrauen in ihn und uns.

Nach der Scheidung war er in eine geräumige Altstadtwohnung im Zentrum gezogen. Und obwohl es seine Wohnung war, bezog er mich in alle wichtigen Entscheidungen mit ein, sodass es sich ein bisschen wie *unsere* Wohnung anfühlte.

»Wann gehst du zu Ida?«, riss Jasper mich aus meinen Gedanken.

»Am besten jetzt.« Ich sah auf die Uhr und nickte. Wieso raste die Zeit am Vierundzwanzigsten nur immer so?

»Sind noch Kokosmakronen da?«, fragte ich ihn.

»Voilà!« Er reichte mir ein kleines Cellophantütchen, in dem sich eine Handvoll Kokosmakronen befand. Auch in diesem Jahr waren sie perfekt geworden. Und Ida würde sich sicherlich darüber freuen, wenn sie morgen früh im Flieger ein paar Plätzchen naschen konnte.

Ein Jahr Weltreise, das war ihr Plan. Ihre Eltern waren entsetzt, als sie es ihnen erzählt hatte. Den sicheren Job hinschmeißen? In ihrem Alter? Sie war doch keine zwanzig mehr. Van de Pellts hatten versucht, es ihr auszureden, und Prüggers hielten den Fischermannskoog mit Gruselgeschichten über kannibalistische Rituale in Papua-Neuguinea auf Trab.

Doch meine Freundin war standhaft geblieben. »Ich will herausfinden, was ich will. Und wenn ich das weiß, dann komme ich zurück, versprochen.« Es passte nicht in das Weltbild der anderen. Urlaub machen und nichts tun. Ein ganzes Jahr lang. Aber sie tat es trotzdem, und ich war wahnsinnig stolz auf sie. Denn, das hatte ich im letzten Jahr verstanden, der richtige Weg war selten der leichteste. Und manchmal musste erst alles durcheinandergewirbelt werden, damit sich ein neues Bild ergab.

»Und das solltest du auch nicht vergessen.« Jasper hielt mir ein in rot-weiß gestreiftes Geschenkpapier gewickeltes Päckchen entgegen.

»Was würde ich nur ohne dich tun?« Ich küsste ihn und steckte den kleinen Bilderrahmen in meine Tasche. *Do wat Du wullt, de Lüd snackt doch* stand darauf. Der Spruch hatte meiner Familie Glück gebracht, nun sollte er weiterreisen. Jasper ging zurück ins Wohnzimmer, und ich zog mich schnell an.

»Bis gleich!«, rief ich in Richtung Küche. Doch Vally und die Kinder reagierten nicht. Ich warf noch mal einen Blick hinein und sah sie einträchtig nebeneinanderstehen und die Kartoffeln schälen. »Issi war das schönste Mädchen im ganzen Dorf«, erzählte meine Mutter gerade. »Sie sah eurer Mutter sehr ähnlich.« Und dann erzählte sie, wie sie früher Weihnachten feierten. Bei Schnee und Eis in den Bergen, dass ihr Vater sie auf dem Schlitten in die Kirche zum Christspiel zog, dass es bei ihnen immer Würstl und Kartoffelsalat gab.

Lächelnd zog ich die Tür der Fischerkate hinter mir ins Schloss. Ich nahm die beiden Stufen, dann lief ich die Einfahrt hinunter, und der Schnee knirschte unter meinen Stiefeln.

Ich hätte nicht glücklicher sein können. Es war Weihnachten, und wir waren alle zusammen: meine Kinder, meine Mutter und der Mann, der mich liebte. Und auch diejenigen, die von uns gegangen waren, würden in gewisser Weise mit dabei sein. Sie lebten in unseren Erinnerungen weiter.

Dank

Wieder danke ich den drei Lisas, die gemeinsam mit mir an diesem Herzensprojekt gearbeitet haben:

Meiner Agentin, Lisa Volpp, für ihre zuverlässige Unterstützung, ihren klaren Blick und ihre Herzlichkeit.

Meiner Lektorin, Lisa Krämer, die es mir ermöglicht hat, mit diesem Roman Genre-Neuland zu betreten. Dank ihrer versierten Anmerkungen hat dieser Text zu seinem finalen weihnachtlichen Glanz gefunden.

Außerdem danke ich meiner Außenlektorin, Lisa Wolf, für ihre Sorgfalt und Begeisterung. Mit ihren klugen Anmerkungen hat sie das Beste aus diesem Text herausgeholt.

Ich danke Alix Paulsen und den Mitarbeitenden vom Weihnachtshaus Husum, die mir während des Schreibprozesses beratend zur Seite standen und Einblicke in ihre Arbeit gewährt haben. Das Weihnachtsmuseum in Husum gibt es wirklich, und ich kann Ihnen, liebe Leserinnen und Leser, einen Besuch dieser beeindruckenden Sammlung nur empfehlen – auch wenn es in der Realität vielleicht ein kleines bisschen weniger glitzert, strahlt und duftet als mein fiktives Weihnachtshaus.

Mein herzlicher Dank gilt meinen Erstleser:innen Anna, Anne, Jutta und Johannes – für die Zeit, die sie meinen Ideen widmen, und ihren großen emotionalen Rückhalt in schweren

(Schreib-)Zeiten. Außerdem danke ich Jochen ganz herzlich für die Übersetzungen ins Plattdeutsche.

Ich danke dem Presse- und Veranstaltungsteam des Goldmann Verlags für die vertrauensvolle Zusammenarbeit. Den emsigen Verlags-Vertreter:innen, allen voran Stefanie Dietrich, die meine Romane mit so viel Herzblut und Engagement in die Buchhandlungen bringen. Ich danke den Buchhändler:innen, die meine Romane bestellen, auslegen und weiterempfehlen. Und ich danke natürlich Ihnen, liebe Lesende, die Sie mein Buch gerade in den Händen halten und mit Rike und Vally hoffentlich ein paar schöne weihnachtliche Lesestunden verbracht haben.

Von ganzem Herzen danke ich meinem Mann, der nicht müde wird, gemeinsam mit mir das Glück unserer Familie immer wieder neu auszuloten und nachzujustieren. Meinen drei Kindern, die den ungewöhnlichen Job ihrer Mutter so großartig respektieren und mit ihren wunderbaren Ideen bereichern.

Und ich danke dir, Mama, für deine Liebe, Verlässlichkeit, und Stärke. Du hast mir vorgelebt, wie Träume wahr werden können – die vielleicht wichtigste Lektion meines Lebens.